作家出版社 & 悬疑世界（上海浩林文化传播股份有限公司）

命运有无限种可能

奇谭物语

致命之旅

宁航一

著

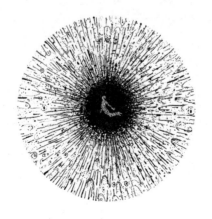

作家出版社

目 录
Contents

楔子

在各位看到以下内容之前，我想有必要做一个解释和说明——我为什么会在现在才把二十年前发生的这件事记录下来呢？原因有两点：第一，二十年前我们一群人所做的那个"死亡约定"在几天前才刚刚生效——至于这个"约定"是什么，你会在下面的内容中看到；第二，这件事的阴暗、恐怖和残忍是我不愿去回忆和面对的。

但基于对自己良心的告慰和对那些逝去灵魂的祭奠，以及我一生以来一贯对承诺的遵守——我最终还是决定将这件黑暗的往事记叙下来，将它公之于众，让那躲藏在我心灵的黑暗深处，几乎已经沉淀发霉的秘密往事重现于阳光之下。

我叫兰成，今年四十七岁，以下是我在二十年前所经历的事。

那一年，我刚好读完漫长的本科和研究生，因为成绩的优异而幸运地留在学校当一名心理讲师。跟年纪和我相仿的学生们探讨、研究心理学是我乐此不疲的趣事。而令我意料不到的是，另一件充满惊喜的乐事（现在看来正好相反）也在此时接踵而来。

我的父母在知道我刚毕业便顺利地留在大学任教后，高兴得难以形容。我家家资颇丰，父母一高兴，当即就决定给我汇一笔为数不少的钱过来，作为对我的犒劳和奖励。我本来以为到了自力更生的年龄，父母不会再支援我什么了——所以这笔钱对我来说真是个意外收获。

我拿到钱之后，心中充满欣喜。我知道这对于二十七岁，正好精力充沛的我来说意味着什么。我当时几乎没什么别的爱好，只对旅游充满热情。而旅游的地点，我更是想都没想便确定在我向往已久的地中海群岛上。

当时正值暑假，我拥有时间、金钱和旺盛的精力。我一分钟都不想再耽搁了，找出一本旅游手册翻阅了几分钟后，便将旅游的目的地锁定在了地中海的克里特岛上，那里具有一切吸引我前往的因素——充满爱琴文化的海岛风光、神秘的地下迷宫和大自然鬼斧神工的杰作萨马利亚峡谷——克里特岛完全符合了我对于观光和探险的双重乐趣。我立刻兴奋地打电话向旅行社询问。在了解了行程之后，我认为随团旅行无法满足我的某些特别要求，便决定独自前往，以便将旅行的节奏掌握在自己手中，不受人左右。

旅游的行程不是我要讲述的重点。总之，我花了五天的时间乘坐多种交通工具到达塞浦路斯，在那里登上了前往克里特岛的海轮。出于对旅行经费的节省，我没有乘坐巨型豪华邮轮——因为那会花掉我几乎一半的钱。我认为只要能到克里特岛，坐什么船去并不重要，所以便踏上了那艘名叫"绿色法皇号"的小型海轮。事后我才意识到，这是我所犯的若干个错误中最严重的一个。

不管怎么说，在轮船开始起程的时候，我站在甲板上，面对着一望无边的蔚蓝色大海，感觉整个人真的飞了起来。我张开双臂，闭上眼睛，在海风的吹拂下，我变成了一只快乐翱翔的海鸥。

但遗憾的是，快乐的时光只持续了一天多便被噩梦所取代。现在回想起来，我仍然无法判断海难是怎么发生的。我只知道，那是在船上的第二个午后，我坐在甲板的躺椅上喝着红茶，惬意地享受着地中海温暖的日光浴。突然，船像是撞到了什么东西，剧烈地震动了一下。我和甲板上的所有人一样，重重地摔倒在地，无法控制身体的翻滚。当我狼狈地从地上爬起来的时候，看到很多人惊慌失措地从船舱跑到甲板上来。跑在最前面那个人用英语喊道："船触礁了！"

其实我当时不用听他说也能猜到发生了什么事。那些惊慌失措的人只不过是证实了我心中的可怕想法而已。没有经历过这种场面的人很难描绘和想象在这种情形中的人是怎样地惊恐万状，我很快就成了那些惊慌失措的人中的一分子。我们一起大声惊叫着，充满恐惧地感受着船正在迅速地往下沉。我起初还保留着一些天真和乐观的想法，认为船就算要沉下去也得花上一个小时左右。现在我才知道这个想法有多么可笑——我当时已经完全丧失冷静的判断力了——把自己所坐的船想成了泰坦尼克号。

这个时候，从船长室冲出来一个船员，他手中拿着一把刀，快速地冲到船尾，用刀子割断拴着救生艇的绳子。但他没有想到的是，船在这时开始向左侧倾斜，他刚刚割开那些绳子，所有的救生艇便一骨碌地滚到了海里，眼看着便随波漂走了。

船上的人全都惊呆了。被海浪冲走的除了救生艇外还有他们求生的希望。一个希腊妇女抱住头尖叫道："不！"所有人都瞪着绝望、恐惧的双眼，我想我也跟他们一样。

几秒钟后，几个德国人最先反应过来，他们开始在甲板上寻找救生衣。这时船已经倾斜得越来越厉害了，没有人敢再回到船舱中去——那等于是找死。人们都必须抓住一些东西才能站稳，而且开始拼命地寻找甲板上一些仅存的救生衣和救生圈。

船长室里又跑出来两个船员，他们分别抱着一大堆救生衣，把它们分发给众人。我因为离他们很近，幸运地分到了一件，赶紧把它套在身上。那两个船员在发了一阵后，显然意识到救生衣的数量和人数是不成正比的，所以改为只发给妇女、小孩和老人——但这一点儿数量可怜的救生衣连发给老弱妇孺都远远不够。

这时很多人都朝海中跳了下去——我立刻明白他们为什么会这么做，因为船身已经倾斜到45度了。我估计再过最多两分钟，整个船就会彻底翻转过来，从而将待在船上的人全都盖在水下，和它一起沉入海底，成为"绿色法皇号"的殉葬品。

很明显，意识到这一点的不止我一个人。此时，船上所有的人不管穿没穿救生衣都在朝海里跳。我本来就因为船身的倾斜而滑到了船舷边上，所以用不着跳，只是稍稍翻了下身，便掉落到了海里。

落水之后，我开始感谢我乘坐的不是泰坦尼克号了，因为我掉到的是地中海温暖的海水中，而不是冰冷彻骨的北大西洋——起码我不用担心会被冻死这个问题。

船真的在几分钟之后完全翻转过来，然后迅速地沉了下去。我大致数了一下——现在漂在海面上的人连船上总人数的一半都不到。

我该怎么描述我当时的心情呢？我第一次航海旅行，就遇到了轮船触礁这样的事；但我又无比幸运地分到了一件救生衣——不管怎么样，我还活着，这就够让人欣慰的了。我猜现在漂在海上的这些人多半想法都跟我差不多。我们好歹还能泡在这温暖的海水里等待救援，这已经是不幸中的大幸了。

在海上漂流了约一个小时之后，我在大家的眼光中看到了惶恐的神色——我明白他们所想和我是一样的了——船难发生得太快了，天知道那些船员有没有把求救信号发出去。如果他们还没来得及把求救信号发出去船就已经沉了的话——我光是想到这点就已经毛骨悚然了。这意味着，我们不知道要在海上漂流多久！老天啊！这里可是一望无际的大海，不是某个公交汽车站，就算十几天或者一个月没有船只路过都是很正常的事。

况且，我又想到——在这种温暖舒适的季节里，想出来散散心的显然除了人类之外还有鲨鱼。另外，海上的天气可是说不准的，现在还是阳光明媚，顷刻之间就可能狂风骤起。要是遇到了海上暴风雨，我看我们这些人没有一个有希望能活下去。

——当然，现在想起来，我所担心的这些情况都没有出现。我们既没有遇到鲨鱼的袭击，也没有遇到暴风雨——但这并不表示我的情况很好。我和其他人一起随波逐流地在海上漂了两天两夜，体力透支、筋疲力尽，而且没有喝过一滴水，身体严重脱水。我们连个轮船的影子都没看到。我当时知道，我们撑不了多久了。

漂流到第三天时，我终于因为饥饿和脱水而昏了过去——之后发生了些什么，我一点儿都不知道了。

我的记忆是从我再一次睁开眼睛开始延续的。我现在回想起我当时睁开眼睛的时候，曾一度以为我已经来到了天堂，我已经抛弃肉身而灵魂升华了。但几秒钟后，身体的强烈不适和腹中的饥饿、口中的干燥又提醒我天堂不应该是这样的。我挣扎着站了起来，环顾四周，终于明白我是被海浪冲到了一个小岛上。至于我之前以昏迷状态在海上漂了多久，我又是怎样被海浪冲到岸上来的——至今都是个谜。我当时唯有一点是可以肯定的——这里肯定不是克里特岛。

我之前的经历和目前的状况使我拿不准到底是该诅咒命运还是感

谢命运。这个问题就跟我现在的情况一样矛盾——我还活着，但我又快要死了。我意识到我如果再不想办法弄到点儿淡水和食物的话，我就连被这个问题所困扰的力气都没有了。于是，我用最后一丝力气拖动自己的双腿，漫无目的地沿着海滩走去。

我艰难地挪动脚步，同时向四处观望——我在这片海岸附近没有发现任何具有人类文化特征和人类生活痕迹的东西——这使我的心凉了半截。而更令我惶恐的是，我走了十多分钟，周围的景致一点儿变化都没有，仍然是茫茫无际的大海、天空和岛上一望无边的森林——我开始意识到，再接着走下去也是没有意义的，那只是将我最后的一点儿生命能量耗光而已，而我的体力严重透支，已经不允许我去探索岛上的密林了。我知道上天给我的恩赐到此结束了。我绝望地倒了下来，再一次昏厥过去——我当时真的以为这次闭上眼睛之后，便不会再醒过来了。

但令我意外的是，我居然又再次睁开眼睛，醒了过来——而且周围的场景全变了，换成了一个山洞。当时那种不可思议的感受带给我一种奇妙的幻想，我尝试着再次闭上眼睛，期待又一次睁开的时候，我已经躺在了自己家中温暖的小床上——但事实是，这回睁开眼看到的是一张陌生的外国女人的脸。

这个从上往下俯视着我的女人看起来三十多岁，有着典型的西班牙人特征，她用西班牙语跟我说着一些话。我晃了晃脑袋，表示听不懂她在说什么。她便换成英语跟我说了一遍，这回我听懂了，她是在问："你终于醒过来了，感觉好些了吗？"

我点了点头，也用英语问道："这是什么地方？"

西班牙女人无奈地耸了耸肩膀："你记得你乘坐的那艘船发生了海难吗？我们都是那艘船上的游客，被海浪冲到了这个荒岛上——你在海滩上昏迷了，我们发现了你，把你抬到这个山洞中来，坚持喂你一些水，你才醒过来。"

我听到她说"我们"，便将身体撑起来，这才发现山洞中聚集了近二十个人，什么国家的人都有，显然都是从世界各地来这里旅游的。让我感到亲切的是，其中还有三个中国人——后来我得知，他们是一个香港旅行团中仅存的三个人。

三个中国同胞见我醒来后，都走过来围在我的身边。他们把我从地上扶起来坐好。我们互相通报了姓名。我得知他们三人分别叫作赖文辉、谢瑜和方忠。

方忠说："你已经在这山洞中昏迷一天多了，如果不是阿莱西娅一直喂些果汁到你嘴里的话，你怕是挺不过来了。"

我望着身边的西班牙女人，这才知道她叫阿莱西娅，原来是她在照顾我，才令我活了过来。我感激地对她说了声："谢谢。"阿莱西娅对我淡淡地笑了笑。

我坐了一会儿，问道："我们为什么全都待在这个山洞里？怎么不到海边去？说不定能发现过往的船只，让它带我们离开这里。"

赖文辉说："这个山洞是我们目前寻找到的最适合的栖息地。我们在这里躲避风雨和毒蛇猛兽的袭击。在你昏迷的这段时间里，我们二十几个幸存者已经约好，每天轮流由三个人出去摘果实回来，再由三个人去海边燃烧树枝发送求救信号。剩下的人都待在山洞里，储备体力，等待救援。"

"储备体力？"我当时不明白为什么要这样做。

方忠知道我显然没意识到问题的严重性，他望着我，严肃地说："兰成，这个荒岛上没有淡水和食物！唯一能让我们活下去的，就只有这个东西。"

他从地上抓起一个橙黄色的水果，看起来既像柑橘，又像柠檬。方忠说："这是一种我们从没见过的亚热带水果，它的皮和肉都不能吃，只有挤出来的果汁能让我们当淡水喝。但一个这种水果也只能挤出大概二十毫升的果汁而已！"

他低下头，沉重地叹了口气："我们这里有二十多个人，但是……岛上的这种野生水果并不多，如果不节省的话，用不了多久就会被摘光的。"

方忠的这番话让我的心中被压上一块沉重的石头。我望着这种橙黄色的水果，难以相信这样一种连名字都叫不出来的水果竟然是维系我们生命的唯一资源。

阿莱西娅似乎是个乐观的人，她说："不要紧，我们已经摘好几十个果子储存在这里了，节省一点儿的话，还是能撑一段时间的。"

我叹息道："可是……只有淡水，没有食物的话，那也不行呀。"

"所以才要储备体力。"谢瑜说，"没轮到我们出去的时候，我们最好就待在这里，少活动，也少说话——尽量多坚持一段时间，撑到有人来救援我们。"

这时，洞穴中传出一阵低沉的呻吟声，我循声望去，发现在洞穴另一端还躺着一个昏迷的老人。阿莱西娅听到他痛苦的呻吟声后，走到他的身边去，问守在老人身边的一个美国人："他怎么样？"

美国人摸了摸老人的额头，摇头道："起码有四十度的高烧，情况很不好。"

阿莱西娅说："得想办法让他退烧才行，不然他会死的。"

美国人叹着气说："恐怕我们无能为力。这里没有退烧药，也没有冰袋——没有任何能让他退烧的措施。"

阿莱西娅担忧地说："那我们就这样眼睁睁地看着他病死吗？"

"只有祈求他自己能挺过这一关了——我们别无他法。"

阿莱西娅没有再说话，悲哀地望着那老人。靠着洞壁而坐的一个土耳其人也凝望着那个老人，他脸部的肌肉不停地发生着抽搐，脸上一点儿血色都没有。

傍晚的时候，三个在海边负责点火发信号的德国人回来了。谁都没有问他们结果如何——因为答案已经写在了他们沮丧的脸上。三个德国人默不作声地用他们从海边带回来的一根点着火的树枝在山洞中生起一堆火。两个英国人负责轮流往火里添一些干树枝，使火堆持续燃烧。其他人——包括我在内，便沉沉地睡去了。

第二天，由两个希腊人、一个美国人到海边去发求救信号。而我的三个中国朋友则去树林里采摘果子。阿莱西娅和那个叫诺曼的美国医生一直照料着那个发烧的老人。终于，到了下午的时候，老人不再呻吟了，因为他停止了呼吸——说实话，我能感受到每个人都松了口气——谁都知道，在这种情况下，死亡对他来说是最人道的礼物。

但有一个人除外，就是那个土耳其人。他在老人的尸体被抬出山洞后，突然发疯般地嘶吼了一声，然后从地上爬起来，冲到山洞外——之后就没有回来。傍晚，那两个希腊人和美国人从海边回来的时候，在山洞旁发现了他的尸体。他用随身携带的一把土耳其弯刀自杀了。

没有人问他自杀的原因。因为那些原因都存在于我们心中——饥饿、疾病、绝望、痛苦——任何一样都能让一个人陷于崩溃，何况是几种加在一起呢？

说句实话，我当时还真有些羡慕那个老人和土耳其人——不管怎么说，他们总算是解脱了。而我还在噩梦般的劣境中苦苦煎熬。别的不说，我已经饿得两眼昏花了，我甚至把那种水果的果肉都吞了下去，但那种感觉就像是在咽被榨干了水的甘蔗，我被那东西噎得差点儿喘不过气来。

晚上，一个德国人从火堆边上站起来，走到洞外去。大概半个小时后，他竟然提着两块血淋淋的肉回来。洞内的人讶异而骇然地望着他。他解释道："我在洞外发现了一种大蜥蜴，我将它打死，再把肉割了回来。"

"大蜥蜴？"诺曼医生皱起眉头问，"我们以前怎么没发现过？"

"可能是夜间才出来活动的蜥蜴。"德国人说。

一个希腊妇女颤抖着指着那两块肉说："蜥蜴的肉……是这种……颜色的吗？"

德国人说："我用刀把它的皮剥下来，里面的肉就是这种颜色。"

希腊妇人捂住嘴，跑到洞口，狂呕起来。但她肚子里什么都没有，吐出来的也只有胃里的酸水。

德国人没有理睬她。他用一把长匕首将肉串起来，伸到火堆里烧烤。不一会儿，肉香便弥漫到洞穴的每一个角落。这种久违的香味仿佛把洞穴里的一些人变成了狼，他们睁着贪婪而饥渴的绿眼睛，大脑在那一刻只剩下动物原始的本能。

德国人察觉到了这一点，他把烤好的肉用刀割成若干小块，说道："要吃的人到这里来拿。"然后，他抓起一块肉，用牙齿撕咬再大口咀嚼，像一只捕获了猎物的猛兽般大快朵颐。

一个希腊人最先忍不住了，他走到火堆旁，抓起一大块肉，像德国人一样野蛮地吃起来。接着，两个美国人和一个比利时人也走了过去，抓起肉塞到嘴里。

赖文辉和方忠吞咽了几下口水，也走过去抓了几块肉过来，递了一块给我，又分别递了一块给谢瑜和阿莱西娅。但阿莱西娅摆着手，说什么也不要，她捂着嘴跑到了洞口。

我看着手中那块油滋滋的、被烤至焦黄发黑的肉，突然觉得这是什么已经不重要了。只要它能让我摆脱饥饿的折磨，就算是毒药我也不在乎。我不再犹豫，一口咬了下去。

那种肉的滋味，我现在不愿意去回想。我只知道我在半分钟内便把一大块肉一点儿不剩地吞进了肚里——而最终的结果是，山洞里除了阿莱西娅和那个希腊妇人没有吃这种蜥蜴肉之外，所有的人都吃了。

吃了东西之后，山洞里一扫以往的沉闷气氛，大家都因为补充了食物而恢复了一些体力和生气，开始互相攀谈起来——洞穴里像是开了一个国际茶话会。而英语在这时发挥了国际通用语的魅力，大家都是使用英语交谈。

我觉得这些人比我起初想象的要乐观多了。因为我听到一个英国人说："如果我们能在夜晚捕获到这种大蜥蜴，吃它们的肉；又可以用果汁当作淡水——那我们就可以撑上很长一段时间，足以等待救援的到来。"

大家的信心都增加了。比利时人也说："我们有了食物和淡水，起码生命就有了保障。只要大家活着，就总能想到办法离开这里。"

诺曼医生提醒道："别忘了，还有一样是我们无法战胜的——疾病。要是在这荒岛上生了病的话，可是没有任何方法来进行医治的。"

"那我们就尽量不要生病。"另一个美国人说，"不过，最好的方法还是快点儿让外界知道我们在这儿——我可不想在这鬼地方待太久。"

山洞里的人都你一言我一语地发表着自己的见解。我听他们说了很久，发现他们都忽略了一个重要的问题。我咳了两声，说道："各位，如果我们想要在这个岛上多坚持一段时间的话，就要满足两个基本条件——这是人活下去的必需因素。"

大家都望向我，英国人问道："食物和淡水？"

"不。"我摇头道，"是物质和精神。"

英国人饶有兴趣地望着我："你是做什么的？"

我答道："一所大学的心理学教师。"

"说下去。"他说。

我清了清嗓子，说："物质和精神是人赖以生存的基本要求。我们就算解决了食物和淡水的问题，那也只是满足了物质这一方面而已。如果我们在精神上处于极度空虚、匮乏的状态，一样会引起很多心理或生理上的疾病，甚至会丧失活下去的信念……"

我顿了顿，说："那个自杀的土耳其人就是个例子。"

"你说得对。"诺曼医生赞许道，"在医学上，很多疾病就是由心理因素引起的，这个问题我们是得重视。"

"怎么重视？"英国人说，"这个荒岛上有报刊、书籍吗？有电影、音乐吗？我们怎么满足精神需求？"

"是没有这些，但我们有嘴啊。有嘴就可以讲故事——那也是一种获取精神需求的方式。"我说。

"讲故事？"英国人眼睛一亮，"太好了！我待在这个山洞里无聊得都快发疯了！我们确实可以通过互相讲故事来消磨时光。"

"我也赞成，这是个好主意。"诺曼医生说。

大家似乎都被我的提议所振奋，纷纷表示赞同。那个比利时人又建议道："如果大家都没意见的话，那我们就每天晚上轮流由一个人讲故事——这个故事必须非常精彩，能让我们得到精神上的愉悦和满足。"

英国人问我："心理学教授，什么类型的故事是最让人感兴趣的？"

我想了想，说："这样吧，我相信我们每个人肯定都经历过或者是听说过一些离奇古怪的事情，我们就把它当作故事讲出来，一定会很吸引人的。"

"好！就这么办！"英国人兴奋地说，"我们都好好想想，明天晚上就开始讲！"

大家沉思了一阵，一个美国人说："不用想了，我现在就能讲一个离奇的故事给你们听——是我从朋友那里听来的，好像是件真实的事。"

"太好了，那就开始讲吧！"英国人说。其他人也随声附和。

于是，大家围坐到火堆旁，听那美国人讲了一个跟一幅世界著名的禁画有关的故事。这个故事果然符合我们之前的要求——诡异、离奇，充满神秘感。以至于我们在听完之后都还沉溺在各自的遐想和沉思之中。毫无疑问，这个故事使我们获得了一个精神充实的夜晚。

就这样，山洞中的二十几个人形成了一种固定生活模式——白天发信号求救、采摘果子；晚上则由那几个德国人去外面猎杀蜥蜴，回来烤熟给大家吃。那三个德国人在猎杀蜥蜴这件事上拒绝了由大家轮流去做的提议，他们似乎不希望其他人参与这件事，心甘情愿地每天为大家服务。而阿莱西娅和希腊妇人最终还是受不了了——她们闭着眼睛把蜥蜴肉咬下去的样子至今都令我历历在目。

吃完东西，便是每晚固定的讲故事时间。我以讲故事为记数单位，大致统计了一下：

第一天晚上，是美国人讲的禁画的故事；

第二天晚上，一个法国女人讲了一个关于噩梦的故事；

第三天晚上，赖文辉讲了一个叫"黑色秘密"的故事；

第四天晚上，我有些记不清了，好像是一个泰国学生还是马来西亚学生讲的，故事的内容跟一部著名的恐怖电影有关；

第五天晚上，一个韩国男人讲了一个故事，但他讲的故事没有名字，后来我给取了一个名字，叫"七月十三"；

第六天晚上，英国人讲了一个叫"吠犬"的故事。

每个晚上的故事都很精彩。讲故事的人运用各自的技巧点燃了我们的想象力。我惊诧于他们所讲的这些故事是不是都源于他们的亲身经历，否则他们怎么能讲得如此逼真、投入，让人如临其境。当然，我们谁都没有深究这个问题——只要我们的精神能得到享受和满足，那便足够了。

我本来以为，按照我们的人数，我起码能听到二十个以上的故事。但事实是我错了，有一些事情是我们无法预料的——尽管我们解决了物质和精神的问题，但几乎每天都还是有人会死。一开始，大家都想要努力弄清死亡的原因，想知道那个人是死于疾病、自杀或是别的什么原因。但到了后来，也许是大家对于死亡的恐惧感已经麻木了，当再有人死去的时候，没多少人还关心那个人为什么会死。甚至有人出去走一趟，便再没有回来，也没有人会过问他（她）的去向——我们只知道一件事——蜥蜴肉越来越多，越来越容易弄到手了。那三个德国人甚至将剩余的蜥蜴肉熏制成肉干储存起来。我们的食物暂时不成问题了。

很快，我们发现一个怪异的规律——"死亡"与"讲故事"之间存在着一些微妙的联系。确切地说，我们发现，当一个人讲完他（她）的故事后，便极有可能在之后的一两天内死去，并且原因不明；而那些还没有讲故事的人，死亡的概率便远远低于前者。这个现象使后面的人对于讲故事产生了一种恐惧心理。但即便如此，"讲故事"这个每晚的固定节目仍然没有终止，因为习惯和模式已经形成了，而且前面的人都讲了，后面的人便没有理由不讲。

第七天晚上，轮到谢瑜讲故事了。他在讲之前说："你们有没有意识到，我们这样下去不是办法？通过燃烧树枝来发求救信号已经这么多天了，根本就没有人发现我们——如果一直都是这种状况的话，我们在这岛上撑不了多久的！"

美国人用树枝拨弄着火堆说："这个故事不是我们想听的。"

希腊人说："那你认为我们该怎么办？像鲁滨孙一样扎个木筏尝试离开荒岛？我可是知道这片海有多大——当我们漂流出去，情况会比现在更糟。"

谢瑜低声说道："照现在这样下去，我们全都会死掉的。"

"够了！"美国人呵斥道，"如果你没有好故事讲给我们听，就闭嘴，别说这些丧气的废话！"

谢瑜沉默了一阵，抬起头来说道："我可以讲一个比以往都要精彩的故事给你们听，但在那之前，我希望我们大家能做一个约定。"

所有的人都望着他。

谢瑜说："我不知道我们之中最后能有几个人获救。所以我想，如果我们当中有一个人最后能听完所有人讲的故事，并且能活着离开这个荒岛的话，就要把在岛上发生的所有事情，以及每个人讲的这些故事全都公之于众——你们接受我这个提议吗？"

诺曼医生望着他："为什么要这样做？"

谢瑜神情悲哀地说："我不希望我们这些命运多舛的人不明不白地死在这个荒岛上后，不但尸骨无存，连一丝活过的痕迹都无法保存在这个世界上——如果有人能把荒岛发生过的事，以及我们所讲的故事记录下来，好歹也算是对死者的一种纪念和告慰。"

大家都沉默不语。过了一会儿，诺曼医生带头说："好的，我同意这个约定。如果我能活着出去，一定把所有的一切都记录下来。"

阿莱西娅说："我也同意。"

我也表态，同意谢瑜的这个提议。在我们的带动下，最后所有人都表示同意。

"那好。"谢瑜说，"我们剩下的这十四个人便在此约定好，无论谁都不准食言。"

谢瑜说完这句话，便开始讲他的那个故事。

接下来，我便将第七天晚上、第八天晚上、第九天晚上和第十天晚上听到的四个故事详细地讲述出来。这四个故事我认为是所有故事中最离奇和最精彩的，并且这些故事和讲述者的命运息息相关。我听完他们这些故事之后，便在最后一个晚上讲出了自己的故事。

Story 1
死神的财宝

第一章

　　杜丽是个聪明而敏感的姑娘。她知道，事情不能再拖了，今天晚上必须跟柯林彻底摊牌。

　　他们约定晚上七点在巴厘岛西餐厅见面。六点四十分，杜丽便提前到了这里，她选择的位置是这家狭长的西餐厅最里边的一张桌子，这里僻静而安宁，是谈话的最佳场所。

　　七点零五分，一个穿着横条纹 T 恤衫，高大、英俊的男人出现在西餐厅门口。杜丽看见他后，站起来挥了挥手，那男人快步走了过来。

　　"对不起，迟到了一会儿。"柯林坐到杜丽的对面后，解释道，"你知道，又堵车了。"

　　"没关系，柯林，只迟到了五分钟而已。"杜丽淡淡笑了笑。

　　餐厅的侍者向他们的桌子走来，礼貌地问道："请问两位，现在可以点菜了吗？"

　　"当然。"柯林接过侍者递来的菜单，随便翻了几下，说，"一份香煎鹅肝，记着配白酒冻。六成熟的牛排、芝士通心粉和一杯白兰地。"

　　"你呢，杜丽？"柯林将菜单递到对面，杜丽翻都没翻一下，直接递给侍者，说："一杯柳橙汁，谢谢。"

　　侍者点了点头，说了一句"请稍等"，便离开了。

　　柯林问："你已经吃过晚饭了？"

　　"不，没有。"

"你可别告诉我柳橙汁就是你的晚饭。"

杜丽轻轻摇着头说："我今天没什么胃口。"

"那你还约我在西餐厅见面？"

杜丽沉默了一阵，说："那是因为我有事情跟你讲。"

"什么事这么严肃？"柯林撇了撇嘴说，"杜丽，我们就不能看起来开心一点儿吗？别忘了，我们是快要订婚了，而不是离婚。"

"就是订婚的事。"杜丽沉着脸，阴郁地说，"我认为，在我们下个月订婚之前……有一些事情必须要让你知道。"

"是什么？你会不会是要告诉我，事实上，你有一个两岁大的儿子？"

"柯林。"杜丽抬起头说，"我现在没心情开玩笑，好吗？"

"好的，好的。"柯林摆摆手，笑着说，"你说吧，什么事？"

杜丽再次犹豫了一阵，说："是关于我父亲的事。"

"你父亲……我记得你跟我说过，你父亲是一家公司的技术顾问。"

"不，柯林，对不起，我……我骗了你，实际上不是这样的。"

"怎么回事，杜丽？"

"我不知道该怎么说，柯林。"杜丽显出十分难堪的样子，"几个月前，我才认识你时，根本没有想过我们会走到结婚这一步。所以，当你问起我的家人时，我随口告诉你我的父亲是个普通的技术顾问。但现在，我意识到，如果我们真的要结婚，你就不可能永远都不知道我父亲的真实情况……所以，我必须告诉你实情，你真要和我结婚的话，就要准备好接受和面对我的父亲。"

柯林皱起眉问："到底是怎么回事，你说清楚些呀，我越听越糊涂了。"

这时，侍者端着满满一托盘的美食走了过来，将杯盘和食物摆好后，恭敬地说"请慢用"，然后走开了。

柯林没有理会摆在面前的这些让人垂涎的食物，继续追问道："杜丽，你父亲到底怎么了，他是什么人？"

杜丽叹了口气，说："我想，你肯定听说过他。"

"什么？他是谁？"

停了几秒钟，像是思维在几千米外绕了一圈又转回来，杜丽说："我父亲是杜桑。"

柯林张了张嘴，迟疑着说："杜桑……你是说，那个著名的大画家杜桑？"

"是的。"杜丽点头道。

"真难以置信，我的未婚妻竟然是大画家杜桑的女儿！"柯林惊讶地低呼道。

"可我不认为这是什么值得兴奋的事。"杜丽带着忧郁说。

一阵尴尬的沉默之后，柯林谨慎地选择着字眼："这么说，报纸上报道的是真的……你父亲他，确实……嗯，是有一点儿……"

"别绕弯子了。"杜丽直截了当地说出来，"媒体报道都是真的，我父亲在大概半年前莫名其妙地疯了——著名的大画家杜桑突然成为精神病患者——这件事在当时引起了不小的轰动。"

柯林凝视着杜丽，像是要非常努力，才能把自己温婉文静的未婚妻和那个发了疯的大画家联系起来。他问道："那么你知道是怎么回事吗？我的意思是，你父亲突然精神失常，总该有些原因吧？"

"原因……"杜丽木讷而痛苦地摇着头，"我不知道那算不算原因……似乎我父亲的精神失常，是由一个梦引起的。"

"什么？梦？"

杜丽轻轻喝了一口柳橙汁，然后充满忧郁地说："我父亲本来非常正常，可是半年前的一天早上，他起床后突然就像发了疯一样，铺开画纸，用颜料在上面画一幅画。他说，要把自己在梦中看到的东西画下来……从那天之后，他就说自己时常都会做那个同样的梦，并且每天不再做其他任何事情，就反复地画同一张画！"

柯林把身体仰向椅子靠背，皱起眉思索了一阵，说："你父亲还有其他什么反常的表现吗？"

"就这你还觉得不够反常吗？从那天起，我父亲每天都会重复地画那张画几十次。一开始是在他的画室里，后来就是任何一个地方，餐厅、卧室，甚至在厕所里，他都画这张画。他画的时候自言自语，而且不准任何人打扰他，我们只要一劝他，他就立刻暴躁地向我们吼过来——我觉得他简直变成了一个完全不认识的人！一个彻头彻尾的精神病人！"

说到这里，杜丽再也控制不住，用手捂住嘴，小声地呜咽起来，大颗的眼泪顺着手背滚落下来。

柯林将手伸过去握住杜丽的另一只手，想安慰一下她，却不知道该说什么才好。

过了好一阵，杜丽稍微平静了一些，她用纸巾擦掉脸上的泪痕，喝了几口柳橙汁。

柯林故作轻描淡写地说："你刚才讲的这些情况，似乎报纸上都没有提到啊。"

杜丽说："我父亲突然疯了这件事被一些人传了出去，一些记者立刻赶到了我家来，可是我拒绝了所有的来访，我父亲更是将他们直接轰了出去，所以那些记者对真实情况了解得并不清楚。"

柯林点了点头，说："你找过心理医生来给你父亲瞧病吗？"

"当然找过，可结局和那些记者一样，也是被赶了出去。我父亲根本就不接受。而且他还恼羞成怒地冲我吼叫，说他自己根本就没什么病，叫我不要多管闲事。"

"我想，你应该把你父亲的症状直接告诉医生，请他做出诊断。"

"是的，我后来就是这么做的。那个心理医生从我提供的情况得出结论，说我父亲的这种情况确实是精神疾病中的一种，叫心理强迫症。患者会总是难以控制地想去做同一件事——至于那个梦，心理医生认为是我父亲臆想的产物，根本就是子虚乌有的。"

"那医生有没有说这种病该怎么治疗？"

"他说了，要治疗必须得找到引起病人强迫性行为的根源是什么。如果病人不配合，就根本没办法治疗。"

"这么说，你父亲现在仍是每天都在画那张画？"

"噢，可不是嘛。"杜丽露出痛苦而疲倦的神色，"都不知道已经画了几千张还是上万张了。我和家里的佣人把那些画偷偷地丢掉了很多，可剩下的画稿仍在我父亲的画室里堆积如山——我真不知道，这种状况还要持续到什么时候。"

柯林用手托住下巴，疑惑地问："你父亲天天都在画的到底是张什么样的画？"

"我看不懂，像是某种复杂的图案，也许是什么抽象画——说实话，我已经看够了，我现在只要一瞧见这幅画就浑身不舒服。"

柯林用手指轻轻敲打着餐桌，说："杜丽，你刚才说，在我们订婚之前，我必须要了解到这些事实——这是什么意思？难道你认为我了解到你父亲的这些情况之后，就会打消和你结婚的念头吗？我还以为你知道，我有多么爱你，不管你或者你家里发生什么事，都不能改变我们在一起的事实。"

柯林的这些话像一道道暖流淌进杜丽的心窝，令她感动不已，但杜丽仍有些担心地说："可是，柯林，你知道，我母亲早就去世了，我一直和父亲住在一起，特别是他又得了这种病，我更不可能让他一个人住——这意味着，就算我们结了婚，也得和我父亲住在一起，这些你想过吗？"

"这又怎么样。"柯林不以为意地说，"结婚之后，你的父亲就是我的父亲，我想，我们肯定会一起想办法治好他的。"

杜丽感激地看着柯林，说："那么，这个星期六，你能不能到我家去一趟，和我父亲见见面，顺便告诉他我们准备结婚的事。"

"当然可以，这是结婚前必需的。"

"可是，你得有心理准备。我父亲现在脾气十分古怪，而且经常会做出一些不合常理的事，我希望你不会……"

柯林伸出大手，摸了摸杜丽的头："别担心，亲爱的。我会处理好的，相信我，好吗？"

杜丽望着柯林，轻轻地点了点头。

"好了。"柯林抓起餐桌上的刀叉，切开一块牛排，"我得吃点儿东西了。你能看出来吧，我早就饿坏了。"

第二章

杜丽是一家医院里的年轻的内科医生。星期六的上午，她特意跟同事调了班，专门在家等着柯林的到来。

十点五十分的时候，杜丽的手机响了起来，她拿起电话，看了一眼号码，立刻接通："喂，柯林吗？"

"杜丽，我已经到了你说的金橘湖——可是，你的家究竟在哪里？"

"你往湖的西面看，看到了吗？岸上有一幢蓝白相间的别墅。我现在立刻出来，你把车开过来就能看见我。"

"哦，是的，我想我看见了，我马上过来。"柯林挂断电话。

杜丽拿起手机，迅速地从房子里走出来，不一会儿，她看见柯林那辆银灰色的小轿车缓缓地开了过来。

当柯林打开车门，拎着两大包礼品走出来时，杜丽不禁"噗"的一声笑了出来——柯林的头发梳得油光发亮，穿着一身崭新的白衬衫，系着笔直的深蓝色领带，下半身是笔挺的西裤和锃亮的皮鞋——一反平日那副玩世不恭的模样。

杜丽摇着头笑起来："这是谁呀？我认不出来了，你真的是柯林吗？"

柯林耸了耸肩膀说："你总不希望我第一次和岳父见面就给他留下一个吊儿郎当的印象吧。"

杜丽仍有些惊讶地问："你有这么正式的衣服吗？我怎么不

知道？"

柯林低下头望了望自己的一身，说："这些全都是昨天晚上我叫穆川陪我去买的，花了我好几千块钱呢——但穆川说，第一次和未来老丈人见面，必须得穿正式一些。"

一听到穆川这个名字，杜丽更是忍不住笑，她的脑海里立刻浮现出那个戴着深度近视眼镜、一副文弱书生模样的书呆子形象。她大笑着说："老天，你怎么听那个'天才'的话——知道吗，你穿成这样给我的感觉是你今天就要结婚。"

"好了，杜丽。别再取笑我了。"柯林也有点儿不好意思起来。

"那走吧，我们进屋。"杜丽牵着柯林说。

"等等，"柯林转过身，望着面前那在微风吹拂下安详而平静的湖面，以及湖边青翠的树木、小草，不由得赞叹道，"这里太美了。"

"是的。"杜丽说，"正因为如此，我父亲才在这湖边买下别墅。而且，他以前以这个湖为题材创作过好几幅油画。"

柯林又陶醉地望了一会儿美丽的风景，忽然意识到一个问题，皱起眉说："杜丽，你不觉得你家的这幢别墅离湖水太近了吗？好像连三十米都不到。"

"是啊，怎么了？"

"我是说，你们就住在这里？难道不怕万一涨起水来，会淹到房子吗？"

杜丽撇了撇嘴，露出无可奈何的表情："本来我们是住在城中心，这幢别墅是买来度假用的，只有周末才会过来住一下。可自从我父亲得病之后，就执意要搬过来，每天在这里画画，我们没办法，就只有跟着他一起搬过来了。"

柯林若有所思地点了点头。

"我们进屋吧。"杜丽把门推开。

进门之后，柯林立刻感叹道——不愧是艺术家的房子——别墅内部布置得优雅、精致，充满艺术情调。尤其是客厅里的手织地毯、巨幅油画和古希腊石膏像更是将主人的身份表露无遗。

杜丽引着柯林在客厅的沙发上坐下。一个五十多岁的中年妇女走过来，杜丽说：“徐阿姨，请你帮我们泡壶茶吧。”

“好的。”保姆答应一声后，进厨房去了。

柯林小声问：“你爸爸呢？”

杜丽用眼神看了下楼梯：“肯定在二楼的画室画画呢，我去请他下来吧。”

“他知道我今天要来吗？”

杜丽点头道：“我昨天跟他提起过的。”然后朝楼梯走去。

杜丽上楼之后，走到左侧的一个房间门口，敲了敲门，问：“爸，我可以进来吗？”

里面没有回答，杜丽等了半分钟，推开房门。

在这个凌乱无比的房间里，到处堆放着乱七八糟的画纸、画布、颜料和画具。房间的大桌子前，一个蓬头垢面，留着大胡子、长头发的中年男人正全神贯注地趴在桌子上作画。他的眼睛睁得老大，神经质地注视着纸上的画面，手上蘸着颜料的笔杆灵活地挥动着，神情专注得似乎根本没发现有人走了过来。

杜丽走到父亲身旁，小声地说：“爸，我昨天跟你说的……”

“别说话，别打扰我！”杜桑大喝一声，头都没抬起来一下。

杜丽张开的嘴抖了一下，像是被那没说完的半句话噎住了似的。她不知所措地站在一旁，愣愣地望着父亲和那幅画。

大概二十分钟后，杜桑抬起头来，吐了一口气，然后盯着自己刚才画的那个奇怪图案看了半天，才转过头问女儿：“你有什么事？”

杜丽赶紧说：“爸，我昨天晚上跟你说的那个……准备和我订婚的男朋友——柯林，他专门到我们家来拜访你，现在就在楼下。”

“我没有时间，我昨天晚上又做了那个梦，我一定要把新记下来的图案画出来——你的事，你自己处理吧。”说着，杜桑铺开一张白纸，又要开画。

杜丽呆呆地站在后面，忽然鼻子一酸，掉下泪来：“爸，这不是个普通客人，是一个即将和你女儿共度一生的男人——你就一点儿都不关心他是个什么样的人吗？”

杜桑手中的笔停了下来，顿了几秒钟，他放下画笔，走出画室，朝楼下走去。杜丽紧跟其后。

坐在沙发上百无聊赖的柯林已经喝下第二杯茶了。突然，他看见杜丽的父亲从楼上走下来，立刻认出这个著名的大画家，赶紧站起来，恭敬地说："伯父，您好！"

杜桑微微点了点头，坐到柯林旁边的沙发上，说了句："坐吧。"

柯林有些拘谨地坐下来，杜桑盯着他瞧了一阵，说："你叫柯林？"

"是的，伯父。"

"你是做什么工作的？"

"我在一家电脑公司做部门主管。"

"你是怎么认识我女儿的？"

"嗯，我有一次感冒了，去她们医院看病……就这样认识了。"

杜桑又盯视了柯林一会儿，问："你多大年龄了？"

"三十五岁，伯父。"

"三十五岁……"杜桑傲慢地昂起头问，"你知道你比我女儿大了足足十岁吗？"

"……是的。"

"你以前离过婚？"

"爸！"坐在一旁的杜丽喊了一声，表情极为难堪。

但更难堪的是柯林本人，他涨红着脸说："不，伯父，我还从没结过婚呢。"

"那以你这种条件为什么这么久都不结婚？"杜桑不依不饶地问。

柯林正准备开口，杜丽抢在他前面说："因为柯林告诉过我，他以前是以事业为重的。爸！请你不要再问这些失礼的问题了，好吗？"

杜桑跷起二郎腿说："那好吧，我没什么问题了。你们想结婚吗？那就结吧，我没什么意见。"

柯林和杜丽面面相觑，不知该做何反应。一时间，客厅里没人说话，气氛尴尬到极点。

这时，保姆徐阿姨做好了饭，走过来说："可以吃饭了。"

"啊，好的。"杜丽应了一声，然后紧紧地盯着父亲，眼神强烈地暗示着。

过了好半天，杜桑才淡淡地对柯林说了一句："不介意的话，留下来吃午饭吧。"

"啊，当然……我很愿意。"柯林说。

杜桑没有再搭理柯林，自己站起来朝餐桌走去。

柯林站起来，松了口气——刚才那一连串审讯般的提问把他逼得有些喘不过气来。

几个人一起在餐桌旁坐下，杜桑完全没招呼客人，自顾自地端起饭碗吃起来。他吃的速度相当快，一声不吭，表情严肃——像是要把一项极不情愿的工作赶完。

杜丽为了调节一下餐桌上近乎冷场的气氛，故作轻松地对柯林介绍道："徐阿姨的手艺非常好，做得一手好菜。"一边说，一边夹了一块红烧鱼到柯林的碗里。

柯林点了点头，没有多说话，也埋头吃饭。

沉闷的进餐进行到一半时，杜桑拿起汤勺盛紫菜蛋花汤，刚舀了两勺，捏着汤勺的手突然停住不动。他紧紧地盯着那盆汤看了十几秒，大叫起来："对了！就是这个形状！"

正在吃鱼的柯林被杜桑突如其来的叫喊吓了一大跳，差点儿把嘴里那根鱼刺咽了下去。但他注意到，杜丽和保姆徐阿姨却根本没什么太大反应，似乎对这种情况早已司空见惯。

只见杜桑从上衣口袋里摸出一个随身携带的白本子和一支铅笔，将还没吃完的饭碗推开，立刻就在餐桌上画起来。专注程度完全如入无人之境。

杜丽叹了一口气，把头靠过去小声地对柯林说："又开始发病了。"

柯林低声问："那我们怎么办？"

"没办法。"杜丽摇着头说，"他这一画有可能就是一两个小时。我们别管他，自己吃吧。"

就在这种怪异的氛围下，柯林勉强吃完了饭。离开餐桌时，他还没忘记礼节性地对未来岳父说一句："伯父，我吃好了。"但回答他的只有桌子上"沙沙"的铅笔摩挲声。

杜丽也离开了餐桌，和柯林在沙发上坐了一会儿，然后说："我带你去参观我的房间吧。"

柯林点了点头，两人一起沿着楼梯向二楼走去。

走上二楼时，杜丽领着柯林朝着右边自己的房间走，但柯林却一眼望见了左边那房门打开着的画室，他停下脚步，探头朝里面观望。

杜丽回过头，对驻足观望的男友说："柯林，我的房间在这边。"

柯林心不在焉地"嗯"了一声，说："我们能进你爸爸的画室去参观一下吗？"

"没什么好看的，柯林，那里面全是同一张画。"杜丽说。

"我看见了。"柯林指着墙上挂着的画说，"所以感到有些好奇，想进去看仔细一些。"

杜丽迟疑了一下，有些不大情愿地说："好吧。"

他们走进画室，柯林显然是被这满墙、满地、满桌的同一幅画所震惊了。他瞠目结舌地在房间里转着圈儿，最后走到大桌子前，对杜桑在吃饭前完成的那幅画仔细观看起来。

这确实是一幅奇妙的、让人难以言喻的怪画——画面上没有别的东西，只有一个大体呈椭圆形状的怪异图案。这个图案外形极不规则，弯弯曲曲的像地图册上的国境线，而且颜色十分丰富，由多达数十种色彩组成——柯林呆呆地看着这幅画，竟不自觉地皱起眉头，神情变得复杂而古怪。

"柯林，柯林！"

杜丽在旁边呼喊了好几声，柯林才像从梦中惊醒一般，骤然转过头来，神色迷茫。

"你还要看多久？你已经看了有五六分钟了。"杜丽提醒道，同时发现柯林的神情有些不对，"你怎么了？"

"不，没什么……"柯林低沉地说，显得有些魂不守舍、若有所思。

"我们快离开这里吧，一会儿我爸爸上来，也许会不高兴的。"杜丽担心地说。

两个人走出来，在杜丽将房门关拢之前，柯林的眼睛仍死死地盯着墙上那些画。

"好了，柯林，到我房间去吧。"

但柯林的脚步挪动了几下后，停下来对未婚妻说："杜丽，很抱歉，我突然想到一些事情，必须得马上离开——我想，以后还有很多机会可以参观你的房间。"

　　杜丽不解地问："你怎么了，柯林？发生了什么事？"

　　"我现在脑子里有些混乱，我得先想想。"柯林说，"等我弄明白后，肯定会告诉你的——现在，你先陪我下楼好吗？"

　　杜丽只能无可奈何地陪柯林走下楼梯。

　　杜桑还在餐桌前忘乎所以地画着。柯林估计他是不会搭理自己的，便和杜丽道了别，走出门去。

　　当杜丽目送柯林那辆银灰色小轿车匆匆离去时，心中有一种说不出来的酸楚滋味。

第三章

　　整整一个星期天，柯林没有和杜丽联系一次，甚至就连平时不可或缺的晚安短信也没发来一条。杜丽趴在自己的床上，泪水已经浸湿了枕巾——她知道，这意味着什么。

　　可是，她又能怪谁呢？想想看，有谁会愿意跟一个精神病患者的老丈人住在一起？说实话，有时就连她自己也对父亲的一些行为忍无可忍，就更别说是从来就不愿被约束的柯林了。所以说，在他真正了解到父亲的这种情况后，就算是立刻和自己冷却关系或者是直接提出分手都是可以理解的。

　　哭了好一阵，杜丽意识到，怨谁都没有用。要怨就只能怨自己的命不好。母亲早早地就去世了，父亲又患上了精神病；好不容易碰到一个自己所爱的男人，现在也要离自己而去了——自己的命怎么会这么苦？

　　就这样想着想着，杜丽渐渐地睡去了。

　　睡到半夜的时候，杜丽隐隐觉得手臂有些发痒，像是有什么东西在轻轻地抚摸自己一般——她迷迷糊糊的，无法判断这是做梦还是现实。可是，如果是梦境的话，这种触感未免太过真实了……

　　杜丽惺忪地睁开眼睛，痒酥酥的感觉并没有因为她的醒来而消失。借着窗外的月光，杜丽朝自己的手臂上看去，竟发现手臂上爬着一只麻灰色的壁虎。

杜丽"啊"地惊叫一声，奋力甩动手臂，将壁虎甩了出去。然后从床上弹起来，按开床头灯。她惊魂未定地四处寻找，却不见那壁虎的踪影了。

杜丽从小就害怕蛇、蜘蛛、壁虎这一类让人恶心的生物。以前只要一看见这些东西，她都会立刻躲得远远的。没想到，竟会有壁虎爬到自己手上——一想到那触感，杜丽的心就紧紧地揪起，浑身起鸡皮疙瘩。

她去卫生间冲洗手臂，然后在房间里警觉地寻找，判断壁虎有可能是从哪个地方掉落下来的。后半夜，她一直开着灯睡觉。

第二天起床后，杜丽因为夜晚没睡好，再加上睡前又流了眼泪，整个眼睛红肿发胀。她在洗脸时贴上眼膜足足按摩了半个小时，眼睛的肿才稍稍消退一些。在医院工作时，她还要努力调整，不让自己显得情绪低落。

这一天，杜丽在身心疲惫中度过。下午下班时，她正准备回家，手机响了起来。

杜丽拿起电话一看，是柯林打来的，她的心一阵抽搐，呆了片刻，接起电话。

"喂，是柯林吗？"

"杜丽！"电话那头的柯林显得十分兴奋，他大喊道，"你在哪里？你在干什么？"

杜丽有些茫然地说："我在医院，正准备回家。怎么了？"

"别回家！"柯林仍大喊着，"我现在要见你，我有事情要跟你说！"

从柯林的口气中，杜丽感觉到他要跟自己讲的大概不是一件普通事，便好奇地问道："你要跟我说什么，柯林？"

"我想了一天，又找了整整一天，终于找到了！"柯林激动得语无伦次，"我知道那是什么了！啊，杜丽，我在电话里说不清楚，你快来吧！我在巴厘岛西餐厅等你！"

"好的，我这就去。"

杜丽将手机装进皮包里，走出医院，立刻招了一辆出租车，直奔巴厘岛西餐厅。

几乎是在那天的老位子，杜丽见到了柯林。但这次还多了一个人，是柯林的老朋友——美国哈佛大学毕业的高才生穆川。

柯林站起身来迎接杜丽，坐下来之后，他问道："你还没吃饭吧，先点点儿什么？"

"你还是先说是什么事吧。我一会儿再吃。"杜丽说。

柯林望着杜丽，眼睛发着光说："你无论如何都想象不到，我发现了什么！"

坐在旁边的穆川说："你就别卖关子了。现在杜丽来了，你就快说吧，我都被吊老半天胃口了。"

柯林满脸泛红地对杜丽说："我前天去你家里，看到了你爸爸一直在反复画的那张画，当时就感觉有些眼熟，像是以前在什么地方看过。我回家之后想了整整一天，终于想起来了！在我们家以前有一本古老的书，那本书是我爷爷的。我小时候翻这本书来看的时候，就曾经看到过你爸爸画的那个图案！这个图案很特别，所以这么多年后，我都还能有印象！"

"什么！有这种事！"杜丽惊叫起来。

柯林做了个手势，示意杜丽先别忙说话："听我讲完。我想起那本书后，就在家里翻箱倒柜地一直找。因为我爷爷早就死了，所以我只能在他的遗物里一件一件地寻找。找了大半天后，我真的找到了那本书！"

"是本什么书？"穆川问。

"是一本一九一二年在英国出版的全英文考古研究资料书。"

"你把它带来了吗？"穆川又问。

"带来了。"柯林从身边的黑皮包里摸出一本厚厚的、硬壳封面的旧书来。因为年代太过久远，书显得有些残破，纸张泛黄而发脆——但仍然能看出来，以前这本书的主人对它一定是精心保养的。

柯林小心翼翼地翻到中间某一页，指着那页上的一张照片对杜丽说："你瞧，你爸爸画的就是这个图案，对吧？"

杜丽凑上前去一看，惊呼出来："天哪！真的就是这个图案！"

"不同的是，这张照片是黑白的，而你爸爸画的是彩色的。但我相信这只是因为当初用于照这张相片的相机是黑白相机而已！"柯林说。

"对，没错！"杜丽仔细地端视着这张照片，"我父亲画的那张画，我太熟悉了！简直就和这个图案一模一样！"

"这个图案代表什么意思？"穆川问。

听到这句话，柯林又异常兴奋起来："这正是关键所在！我小时候看不懂英文，只把这本书当作图画书翻着看。但昨天我找到这本书后，对照着英汉词典看了关于这张照片的介绍！"

柯林用手指着书上照片旁的一段英文，对杜丽和穆川说："这段话大致的意思是考古学家在南太平洋群岛中一个不知名的无人岛上，发现这里可能曾出现过远古人类文明，而且令人惊讶的是，时间距离现在有几千万年……"

"等一下。"穆川打断他说，"人类历史到目前为止也就只有几百万年——几千万年前怎么会有人？"

柯林按着书说："听我讲完好吗？"

"考古学家在这个文明遗迹中发现了一些岩画和象形文字，但并没有找到人类化石。"柯林瞄了穆川一眼，"所以，考古学家只能根据这些岩画和象形文字做出推测：这个远古文明曾相当繁盛，生活在那里的人拥有和现代人相接近的智慧，他们曾被称为'埃卡兹'部族——但不知什么原因，这个部族的人和他们的文明神秘地消失了，这个远古文明也就此销声匿迹。"

"'埃卡兹'……什么意思？"穆川好奇地问。

"当地的土语，就是'死神'的意思。"柯林说。

"'死神部族'？真有意思。"穆川推了推眼镜框，显出很大的兴趣。

"那么，照片上的这个图案和这个文明有什么关系？"杜丽问。

"书上说，考古学家在岛上除了发现这个文明遗迹之外，还发现了一种早已灭绝的远古蜥蜴的化石。这种毒蜥蜴据说是世界上毒性最强、最凶恶的动物。而这种毒蜥蜴的背上就有这种图案。考古学家在岛上的文明遗迹中也发现了这个图案，所以推测这个图案是'埃卡兹'部族的图腾标志。"

"那我爸爸怎么会……"

"先等等，杜丽。"柯林按住她的手，指着书上最下方的几段说，"最精彩和有趣的是以下的内容：刻在岛上的岩画和象形文字表明，这个部族有一个至高无上的首领，首领仿佛会一些巫术或具有神秘的力量。就算死去后，也能够在若干年后借助某些仪式复活——并且，这个首领拥有着难以记数的宝藏。这些宝藏似乎就隐藏在附近，但考古学家却没能发现。"

"这只是远古的传说而已，你以为有什么意义吗，柯林？"穆川说。

"当然，所有看到这本书的人都会认为这只是个远古传说。"柯林带着神秘的口吻说，"但当我联系到杜丽的父亲所画的那些画时，就不这么认为了。"

"这正是我刚才想问的！"杜丽急切地说，"你说的这些发生在南太平洋群岛，而我们在中国。我父亲怎么会和这些扯上关系？"

"有两种可能。"柯林说，"第一，你父亲以前也看过我手里这本书，但这种可能性很小。因为这本书本身非常罕见，是由于我爷爷是个老考古学家，才会有这种冷僻的外文书。况且你父亲自称是从梦里看到这个图案的，就更不像是从书上看来的了。"

"第二种可能呢？"杜丽问。

"第二种可能……"柯林歪起头，皱起眉毛说，"也许你父亲和这个神秘的文明之间确实存在着某种微妙的联系。"

"什么？"杜丽哭笑不得，"这也太离谱了吧。我们这里和南太平洋群岛隔了十万八千里远，能扯上什么关系？"

"不，这倒不一定。"穆川托住下巴，严肃地说，"你知道大陆漂移学说吧？一九一五年，德国气象学家阿尔弗雷德·魏格纳在他的新书《海陆的起源》中指出：'巴西的版图突出的部分，正好和非洲西南部版图凹进去的部分相吻合，所以巴西和非洲西南部最初是一体的，后来才逐渐分开。'他的这个理论发展为后来的大陆漂移学说，即我们地球上的大陆可能在远古的时候都是连在一起的，但后来由于地壳变动、地热对流等原因使整块大陆产生漂移，从而逐渐形成我们今天这种几个大洲的现状——如果这个岛上的文明真的是在几千万年前，那么当时它就完全有可能和中国挨在一起。"

听完穆川这一大段极富学术性的长篇大论后，杜丽震惊得说不出话。过了好一会儿，她才困惑地望着柯林和穆川说："你们试图让我相信什么？这本书上讲的都是真的？我父亲是那个'埃卡兹'部族的后裔？"

柯林握着杜丽的手说："亲爱的，这个问题没人回答得了。可是你想过没有，我们也许能从这个线索中找到你父亲突发精神病的根源，这样的话，就有可能治好你父亲的病了。"

杜丽望着柯林的脸，若有所思地点着头说："对，你说得对！"

过了一刻，杜丽又问道："那么，我现在该怎么办呢？"

"实话实说。你一会儿回家之后，把我的这些发现原原本本地告诉你爸爸，看看他会有什么反应。"

"嗯。"杜丽点头道，"我知道了。"

这时，坐在旁边的穆川倒比他们两人都要激动起来："远古遗迹、死神部族、神秘的图案，还有那不知隐藏在何处的秘宝——这些真的存在吗？我们要是解开了这些谜，岂不是成了现代版的印第安纳·琼斯？（电影《夺宝奇兵》的男主角）"

"很遗憾，穆川。"柯林盯着他那满面红光的脸说，"我们现在对远古遗迹和宝藏不感兴趣，也没指望能找到它们。我只想尽快找到杜丽父亲发病的根源。治好他的病之后，我和杜丽就可以正式结婚了。"

杜丽深深地望着柯林，心中充满了感动和歉疚："柯林，你……真是太好了，对不起，我还以为……你这两天都没和我联系，是要和我分手呢。"

柯林做出佯怒的表情："杜丽，如果你以后老是这样，对我没信心，对我们的爱情也没有信心的话，我会真的不理你的。"

"噢，我不会了。"杜丽抓住柯林的手，甜蜜地说，"我再也不会这么傻了。"

第四章

在西餐厅吃完东西后，柯林开车把杜丽送到了她家门口。吻别之后，杜丽对柯林说："我一会儿就跟我爸爸讲这件事，然后立刻和你联系。"

"好的。"柯林再次在杜丽的额头上亲吻了一下，"我先走了。"

杜丽回家之后，发现父亲坐在沙发上出神，不知道他是不是又在想那幅画。杜丽走过去，坐到父亲身边，喊了一声"爸"。

杜桑仍神思惘然地呆坐着，没有任何回应。

杜丽默默地坐了几分钟后，试探着说道："爸，我得告诉你一件事。那天柯林来我们家做客，无意中看到了你画的那张画。他回去之后，发现他家的一本考古资料书中有一张照片和你画的那个图案十分相似，那个图案是……"

杜桑本来木然地坐着，听到这里，突然猛地转过头来，坐直身子问道："你说什么！"

杜丽被父亲激烈的反应吓了一跳，她吞吞吐吐地说："柯林说……你画的那个图案他在考古资料书中看过，好像……和南太平洋群岛中一个无人岛上的远古文明有关。"

杜桑一下从沙发上跃起来，抓住女儿的肩膀问道："他还说什么了！快说，把他说的全告诉我！"

杜丽感觉自己的肩膀被父亲抓得生疼。她有些恐惧地说："爸……

你别这么激动好吗？你让我慢慢说。"

杜桑放开抓着女儿的手，坐到旁边急切地说："好，你快说！他告诉了你些什么？"

杜丽将刚才在西餐厅内，柯林告诉自己的所有事情，甚至包括穆川所说的大陆漂移学说一起原原本本地告诉父亲。讲的时候，她注意到父亲的神情在不断变化着。有好几次，她的眼睛迅速移开，不想在父亲的眼睛中看到那种近乎疯狂的神色。

杜丽讲完之后，杜桑从沙发上站起来，在客厅中来回踱步，像疯子般大声地自言自语："对！他说的完全对得上号！远古文明……肯定就是这样！"

突然，杜桑又望向女儿，几乎是用命令的口吻说道："杜丽，打电话给你的男朋友！叫他马上到这里来，记得带着那本书！"

"现在？"杜丽望了一眼墙上的挂钟，为难地说，"爸，现在已经快九点半了，明天再说行吗？"

"不行，必须是现在！"杜桑强硬地命令道，随即又立刻软下来，用哀求的口吻对杜丽说道，"杜丽，我的乖女儿，我求求你了，我一刻都等不及了。你叫你的男朋友立刻过来好吗？"

这一瞬间，杜丽忽然感觉面前的父亲像是一个吸毒者看到了摆在面前的海洛因一样，完全无法自控地必须立刻得到那件东西。她意识到，劝说已经失去了意义，只能无奈地说："好吧，爸爸。"

杜丽从皮包里摸出手机，拨通柯林的电话。柯林一会儿就接了起来："喂，杜丽吗？"

"是的，柯林，我……刚才跟我父亲谈过那件事了。"

"他是什么反应？"

杜丽望了一眼焦急等待着的父亲，说："柯林，我父亲很感兴趣，他希望你能立刻过来一趟。"

"什么？你是说，现在？"

"……是的，我知道，现在很晚了，这很失礼，可是……"

杜丽的话还没说完，手机被父亲一把抢过去。杜桑对着电话那头大声说："你是柯林吧？我是杜丽的父亲杜桑。对，我们那天见过面。

你今天晚上跟杜丽说的那件事是千真万确的吗？"

"嗯……是的，伯父，我的那本书上就是这么写的。"

"太好了！"杜桑兴奋地嚷道，"那么，现在请你立刻过来一趟！带着那本书！这对我太重要了，你一定得马上来！"

"啊，好的，伯父，我立刻就来。"

"我等着你。"杜桑挂断电话。

之后，杜桑就一直在客厅里来回打转，眼睛每隔五秒钟就望一眼墙上的挂钟。杜丽坐在沙发上，在这种沉闷、诡异的气氛中感到局促不安。

十点零五分的时候，敲门声响起了。杜丽还没来得及站起来，她的父亲就已经三步并作两步地跨到门口，迅速拉开门，伸出手去握住柯林的手，几乎是把他拖了进来。

杜丽站起来望着柯林，不知道该说什么好。

杜桑急切地问道："那本书你带了吧？"

"是的，伯父。"柯林拍了拍提在手中的黑皮包。

"太好了，我……我们到我的画室去谈，好吗？"杜桑一挥手，做了一个"请"的姿势。

柯林说："好的，伯父。"然后望了一眼杜丽。

杜丽赶紧说："爸，那我呢？"

"你？"杜桑回过头望了一眼女儿，似乎这时才想起这房间里还有一个人，他冲女儿挥了挥手，说，"你就留在客厅吧，或者是回房睡觉，总之随便你，我要和柯林谈一些正事。"

杜丽还想说什么，但杜桑拉着柯林，急切地说："我们上楼去谈！"柯林无奈，只得跟着他朝楼上走去。

第五章

在杂乱无比的画室，杜桑收拾出两张椅子，抬了一张到柯林面前，说："请坐吧，年轻人。"

柯林对未来岳父这种和几天前相比大相径庭的态度感到大为不适，他有些局促地坐了下来。

杜桑坐在他对面后，迫不及待地说："能让我看看那本书吗？"

"当然。"柯林从黑皮包里取出那本厚厚的考古资料书，把它翻到那一页递给杜桑。

杜桑的眼睛一接触到书上的那个图案，立刻大叫起来："对！就是这个图案！我在梦里看到过上百遍的就是这个图案！"

接着，他把头俯下去仔细地观察了有十分钟之久，神情亢奋地自言自语道："形状是完全一样的，可惜这是张黑白照片，看不出来颜色。"过了一会儿，他抬起头问柯林："这些文字介绍怎么是英文的？说了些什么？"

"伯父，我想我来之前杜丽大概都告诉您了吧，就是那些内容。"

杜桑又盯着那图案看了一会儿，把书还给柯林，从衣服口袋里摸出一包香烟，冲柯林扬了扬，说："你抽吗？"

"我不抽烟，伯父。"柯林礼貌地摆了摆手。

杜桑用打火机点燃香烟，深深吸了一口，淡淡地笑着说："我猜，你一定认为，我是个老疯子，对吧？"

"不⋯⋯伯父，我没这么想。"

杜桑摆了摆手，老成地说："不必不承认，我知道我周围的人是怎么看我的。别说是外人，就连我的女儿都认为我肯定是精神失常了。她只是嘴上没说出来，但我清楚她心里是怎么想的。"

柯林没有说话。

杜桑又吸了一口烟，说："当然，我承认我现在脾气古怪，性格暴躁，但这都是被我身边的人逼的。知道吗？我最开始做这个梦时，向我周围的亲人、朋友诚恳地说起过，但那些庸俗的人没有一个相信我的话。还可笑地认为我得了什么臆想症，劝我去看心理医生——所有人的不理解造成了我的愤怒，我再也不相信他们，不愿跟他们多说一句话。"

杜桑停顿了一会儿，望着柯林说："但你和他们不同。刚才杜丽跟我讲你对于这件事的一些分析——我就知道，你不是个普通人。你是一个值得我信任的、能和我一起研究这件事的人。"

柯林开口道："伯父，说实话，我也认为这件事确实非常蹊跷和古怪，我很想知道这一切究竟是怎么回事。如果我能有什么帮得上忙的地方，一定会尽力。"

杜桑微微点着头说："那好，我就把我所经历的所有事情全都讲给你听，然后我们来商量一下，下一步应该怎么办。"

"好的，伯父。"

杜桑最后吸了一口烟，将烟蒂掐灭在烟灰缸里，缓缓地说："所有的一切都是从半年前开始的。有一天晚上，我做了一个怪梦。在梦里，我独自一人走在一个漆黑的空间中，说不出来那是个山洞还是隧道。我盲目地朝前面走，忽然出现一丝亮光，我能看到周围的环境——这是一个古老的地方，墙壁上有石刻的壁画，画的是一些爬行类动物和我看不懂的符号。

"我越朝前走，就越是明亮。不知道走了多久，我仿佛走到了尽头，这里有一扇石门，石门上刻着一个怪异、复杂的图案。那个图案像是有魔力一样，吸引着我去推那扇石门。我很想知道门的另一边是什么，可是，我根本推不动石门。于是，我在梦中很自然而然地想到，肯定是需要一把钥匙来打开这扇石门。可钥匙在哪里呢？正在我着急的时候，那扇石门突然自己打开了，我想立刻进去看看，可是每次一到这里我的梦就醒了！"

柯林全神贯注地望着杜桑，像是在听一个惊奇荒诞的探险故事。

杜桑叹了口气，接着说："这个梦的真实感非常强，以至于我醒来之后会懊恼好半天，为自己没能看到那扇石门中的情景而感到遗憾——但我没想到的是，从那一次开始，我就总是会每隔几天就做一回这个同样的梦。而且每次醒来之后，我脑海里都会反复浮现那个怪异的图案。

"所以，我决定，要用自己的画笔把梦中看到的那个奇怪图案画下来。可是我每次在梦中只能看那个图案几秒钟，所以我只有通过每次的记忆来画那个图案，试图将它逐渐完善，最终还原出它的全貌。"

听到这里，柯林不由得望向这满屋子的画。他这时才发现，果然，这些看起来几乎一样的图案，在细看之下就能找出一些微小的区别：有的是形状有出入，有的是颜色不尽相同。他惊讶地问道："这么说来，您越画到后来就越接近梦中那个图案了？"

"对！"杜桑的神情又兴奋起来，"我已经画了几百上千张。但最近这两次，我看得越来越清晰。我相信再用不了多久，就一定能画出一张准确的、完整的图案了！"

"画出来之后，您又准备怎么办呢？"柯林问。

"我暂时还没有考虑这个问题。但我有一种直觉——到时候，一定会发生一件不平凡的、惊世骇俗的事情！"杜桑激动地说。

柯林低下头想了一会儿，说："这么说，伯父，您直到现在也不知道这个图案究竟代表着什么意思？"

"我不知道，不过——"杜桑指着柯林手中的那本厚书说，"这本书上不是说，它是一个远古部族的图腾标志吗？"

"是的。可是我认为这种说法太过笼统了——如果它真的是一个部族的图腾标志，那就更应该代表着某种含义了。"

"那么，你认为它可能代表着什么意义呢？"杜桑问。

"我也不知道。"柯林说，"可是我想，如果您愿意把您画的这些画公布于世，就可能会有人能解答这个问题了。"

"不，那不行。"杜桑摆了摆手，露出一脸憎恶的表情，"我以前试过的，我把我画的这些画拿给我的一些朋友看，可他们全都认为这毫无意义，只是我臆想下的产物。我能猜到，如果我把这些画公布于世，最后换来的也只会是这样的评价——'看看，这就是大画家杜桑发疯后所画的作品，这些画能证明关于他精神失常的传言当真属实。'——哼，我不会给他们制造再一次嘲笑我的机会！"

柯林思索了一会儿，说："要不然……伯父，您看这样好吗？我有一个知识相当渊博的朋友，他是国家科学院的科研人员。我把您画的这些画拍成照片拿给他看看——也许他能通过某些途径研究出这个图案所代表的意义。"

杜桑想了想，说："这样当然好。"

柯林看了看手表，站起来说："伯父，今天已经很晚了，我先告辞。改天我把照相机拿来，拍一下您的画。"

杜桑也站起来，摆着手说："不用拍照了。"他从桌子上随手抓起一沓画稿，递给柯林，说："这些是我最近才画的，你直接把它拿给你的朋友吧——但是记住，别流传到外面。"

柯林接过那一沓画稿，点头道："我明白，伯父。一旦有发现，我就立刻告诉您。"

杜桑陪着柯林一起走下楼，柯林惊讶地发现，杜丽还等在客厅里。这时已经快十二点了。杜丽看见他们后，起身走过来，直视着柯林，眼睛里充满疑问。

柯林小声地对杜丽说："我明天和你联系。"然后向父女俩礼貌地告别，打开门离开了。

第六章

　　作为国家地质科研组的一员，穆川的工作性质和普通人相比有很大的不同。他不用像一般公务员那样"朝九晚五"地坐办公室——事实上，一年当中他有一大半时间都和同事一起在全国各地进行地质勘查，而剩下的时间就是在自己家中整理资料、完成研究报告。上个月，他刚从青海的阿尔金山考察回来，这一个月的任务便是写出关于当地土壤矿物质含量的科研报告。对于普通人来说，这是个令人头痛的过程，但穆川却能把这些烦琐、枯燥的工作干得津津有味。

　　今天早晨，穆川刚打开电脑，正准备按惯例启封每天的电子邮件，门外"咚、咚"的敲门声便划破了清晨的宁静。

　　他走到门口，打开门，外面的柯林急躁地冲了进来，径直走进屋内。

　　穆川看着柯林把手中抱着的一大堆画纸放到书桌上，讶异地问道："这是什么？"

　　柯林坐到椅子上，用手指了指那堆画说："你自己看吧。"

　　穆川走过去翻了一下那些画，"啊"地叫了出来："这些……该不会就是杜丽的父亲画的那些画吧？"

　　"当然是。"柯林说，"看见了吧，和我那本书上的图案几乎一模一样。"

　　穆川戴上眼镜看了好一阵，点头道："果然，太相似了——你是怎么弄到这些画的？"

"是杜丽的父亲自己拿给我的。"

"他为什么要给你这些画？"穆川不解地问。

"是这样的……"柯林把昨天晚上到杜丽家去发生的所有事情详细地讲给穆川听。

"什么？你跟他说我能研究出这个图案代表的意义？"穆川大叫道，"你开什么玩笑！我是搞地质研究的，又不是搞考古学，我怎么会知道这个远古遗迹中的图案是什么意思？"

"你急什么？"柯林用眼神示意穆川坐下来，"你这个书呆子——想想看，你在什么地方工作？就算你不知道，但你可以把这些画拿给你们国家科学院的考古学教授看啊。还有，你以前在哈佛大学读书时的那些同学、教授，你也完全可以请教他们呀！"

穆川若有所思地慢慢坐下来，轻轻点着头。

沉默了好一阵，柯林问仍紧锁着眉头沉思的穆川："你在思考什么？"

穆川晃着头，一脸难以置信的神情，他说："柯林，你知道吗？那天晚上我们三个人在西餐厅里说起这件事，我只是觉得非常奇妙和有趣；但刚才，我实实在在地看到了这些画后——却产生了一种从未有过的、发自内心深处的震撼。柯林，我不知道你是怎么看的。但我却知道，这是我这一辈子遇到过的最怪异、最匪夷所思的事情！"

"怎么了？"柯林问道。

"你知道弗洛伊德吗？"

"你是说，那个著名的心理学家弗洛伊德？"

"对。弗洛伊德在他的著作《梦的解析》中指出——梦是人在睡眠状态中精神活动的延续，而绝不会是偶然形成的空想——其实就是我们通常所说的'日有所思，夜有所梦'。但是，杜桑却说他是在某一天毫无来由地做了这个怪梦。并且很明显，他不可能去过南太平洋上的那个无人岛，又没有在之前看过你那本书——那么，他在梦中的那段奇妙经历和关于那个图案的记忆从何而来呢？总不可能是他的头脑里自然生成的吧？"

"还有更不可思议的。"穆川接着说，"据他所说，这个梦他还不是只做了一次，而是隔三岔五地就会做同样的这个梦，并且越来越频繁——柯林，你觉得这意味着什么？"

"我……只想知道这个图案所代表的意义，并没有想那么多。"

"你只想知道图案的意义，却没有想过，这个梦本身就具有某种象征意义吗？"

"你指什么？"

"《梦的解析》那本书中明确地指出，一个人做的梦表示着他的某种'愿望'。想想看，杜桑在梦境中最大的愿望是什么？他说，他走到一扇石门前，非常想推开门，进入石门后的空间——而他之所以在醒来后便不由自主地想把那个神秘的图案画下来，是因为直觉告诉他，这个图案和石门里的东西是有联系的！"

柯林有些困惑地说道："你是说……他不停地画这个图案其实总的原因是想进那扇石门，这是他潜意识的行为？"

"极有可能就是这样。"穆川说。

"可是我不明白，那扇石门后会有什么？是什么东西让他近乎疯狂地想去探索、寻求？"

穆川盯着柯林的眼睛说："你自己那本书上写的你都忘了吗？宝藏！在那个遗迹中隐藏着巨大的宝藏！"

"宝藏？天哪，我以为那只是一个传说。"柯林难以置信地摇着头说，"穆川，你认为这种天方夜谭式的故事真的会在现实中发生吗？"

穆川低头沉默了一会儿，抬起头来满脸放光地说："不管怎么说，我们应该试试，也许我们依照着杜桑那个梦所做的指示，真的能寻找到那个遗迹和宝藏！"

柯林注视着穆川的眼睛，在其中发现了难以掩饰的兴奋和欲望，他挥了挥手，说："对不起，穆川。我真的没想过要去寻找遗迹和宝藏什么的，我只想找出未来岳父失常的根源，让他在我和杜丽结婚之前变成正常人，仅此而已。"

"不，柯林，你不明白假如找到这宝藏的话，意义有多么重大！"穆川严肃地说，"这不仅仅意味着财富，或者是考古学上的发现。"

"那你觉得这还意味着什么？"

穆川说："想想看，做这个梦的人为什么不是在美国，或者是埃及、葡萄牙、新西兰？为什么是一个中国人做这个梦？也许这个梦是要向它选中的人暗示——那隐藏在地下的巨大宝藏就在那个人的身边！而我们如果真的在中国发现了这个遗迹和宝藏，就等于是从侧面论证了在几千万年前，南太平洋群岛和中国是连在一起的！这将是震惊世界的伟大发现！而且柯林，难道你不想知道吗——那埋藏了几千万年的秘宝究竟是什么？"

柯林听得有些发蒙，正准备说什么，手机响了起来，他接起电话，听到了杜丽的声音："柯林，你没在家吗？你在哪儿？"

"啊，你去我家了吗……我在穆川这里，杜丽。"

"我现在想见你，柯林。"

"你今天不去医院上班吗？"

"我刚才已经跟同事调班了。"

柯林想了想，说："我现在在和穆川商量事情，是关于你父亲那些画的。杜丽，要不你也到这儿来吧。"

"好的，我马上来。"杜丽迅速地挂断电话。

不出二十分钟，杜丽就急匆匆地赶到了穆川的住处。跨进门的时候，她看见穆川正用数码相机给桌子上的每一张画拍照。

柯林走过去挽着杜丽的肩膀说："亲爱的，你这么急着要见我，有什么事？"

杜丽望了一眼穆川，又望向柯林说："我就是想知道昨天晚上你和我爸爸在画室里聊了一个多小时，究竟在谈些什么？"

柯林把杜丽带到沙发上坐下，说："你父亲很相信我，他把他做的那个怪梦详细地讲给我听，还包括他在梦中的感受。杜丽，我觉得你爸爸对我态度的转变对于我们俩来说是件天大的好事。"

杜丽看着那些画说："他把这些画给你做什么？"

"那是我提出的。我说把画上的这个图案交给穆川来研究和分析一下，看能不能知道这个图案代表着什么意思——也许知道了这一点，就能找出藏在你父亲内心深处的病因——当然，我是不可能这样跟他直说的。"

杜丽望着仍在给画拍照的穆川，问："你们准备怎么做？"

柯林说："我和穆川商量了一下，决定把这些画拍下来，然后通过电脑发给穆川在美国的同学、教授，还有穆川所在的国家科学院那些考古学方面的专家、学者。希望他们当中有见多识广之人能做出这个图案所代表意义的解释。"

杜丽倒吸了一口气，低呼道："天哪，就为了我父亲那一个不切实际的梦，这也未免有些兴师动众了吧？想一下，那些专家、学者会问道：'这个图案是从哪儿来的？'你们说'是来源于梦中的景象'——这也太可笑了吧？"

穆川停下拍照，说："不，杜丽。这没有什么可笑的。刚才我和柯林分析，你父亲遇到的这件事情极不寻常。有可能是一种当前科学无法做出解释的奇异现象。现在，我认为这件事已经不仅仅关系着你父亲一个人了，它可能是发掘远古遗迹、地下宝藏的重要线索！我必须让专家们都引起重视——也许这件事会引起惊天大发现！"

杜丽张大着嘴，过了半晌，她望向柯林问道："……宝藏？你们真的想通过这件事发掘出宝藏？"

柯林耸了耸肩膀："穆川是这么认为的。"

杜丽昂起头"哼"了一声："寻宝。真是太好了，我们能过一把劳拉·克劳馥（电影《古墓丽影》的女主角）的瘾了！"

穆川皱起眉头，板起脸说："杜丽，这不是一个科学探究者应该有的态度——如果科学家们都像你这样，以嘲笑的态度来对待未知事物的话，那会错过多少举世闻名的大发现？"

杜丽心说，我本来就不是什么科研人员，只是个普通内科医生而已，你又不是不知道。但她嘴上没说出来。

柯林岔开话题："穆川，拍完了吗？"

"差不多了。"穆川望着桌上那一大堆画，面带困惑地说，"但是我发现，这些图案每张都不尽相同呀，有些形状不同，有些色彩又不同。我到底把哪张发给他们看？"

"要不，你就把这一二十张全发给他们？"柯林说。

穆川微微摇着头说："这样不妥。如果没有一个准确的图案，那些专家也会被搞昏头的。"

说完这句话，穆川抬起头来望向柯林和杜丽，但三人面面相觑，谁都拿不出一个好主意来。

"要不这样吧。"穆川说，"你把画留在我这里，我再静下来想想办法——这个月我把手头的事情放一下，先研究这件事情。"

"那太好了，就这么办！"柯林说。

杜丽这时也意识到穆川这么做和帮助父亲恢复有很大的关系，她恳切地说道："那就拜托你了，穆川。谢谢你！"

穆川挥了挥手，示意不用感谢，然后就眉头紧锁地陷入深思之中。柯林和杜丽不敢再打扰他，赶紧离开。

第七章

在杜丽所在的这座临海城市里，有一条穿插于城市中间的美丽河流，这条蜿蜒曲折的淡水河在滋润完城市中的人与物之后，便静静地汇流入大海，转化为另一种更博大、宽广的形态。城市里的人对这条提供给他们生存资源的河流极为爱护，让河水得以保持多年难得的清澈、纯净。因此，河道边大量的咖啡馆、茶饮摊便应运而生，构成滨河道上优雅、亮丽的风景线。

这个星期日的下午，杜丽约柯林见面的地点就是滨河道上的一家茶饮店，这里不但能看到波光粼粼的河面，更能远离城市喧嚣，是约会的最佳场所。

这一次，柯林迟到了足足半个小时。

"不用解释了，柯林。"杜丽对正要开口的男友说，"你能来我已经感谢上天了，坐下来吧。"

柯林面容尴尬地坐在杜丽的对面："杜丽，你这是怎么说呢？"

"难道不是吗？你仔细想想，这个星期我们只见了这一次面，就连电话都只打了两三次，而且全是我主动的。我现在和大学同学联系的次数都比你多。说实话，我有时候真的不知道我们现在是什么关系了。"

柯林的身子在椅子上不自在地扭了几下："别这么说，杜丽。你明明知道的，我这一个星期都在忙些什么。我每天都到穆川那里去，希望能从他那里听到什么振奋人心的消息——我这么做还不是为了能让你父亲早点儿好起来？"

杜丽低着头说："我父亲……是啊，你现在对于他的关心已经超过我了。"

"杜丽，我还不是希望能在我们结婚前你父亲能好起来？"

"结婚，呵……"杜丽干笑了一声，"谢天谢地，你还没忘记这件事。"

"我怎么会忘记呢，杜丽，你越说越过分了。"

杜丽抬起头望着他："那你说说，我们约好订婚的日期是哪一天？"

柯林暗忖了一会儿，张大嘴巴，难堪地说："对不起，亲爱的，我真的忘了……前天，就是我们约好订婚的日子。"

杜丽叹了一口气道："你直到现在才想起来，可见你根本没把这件事放在心上……柯林，我今天约你出来就只想问你一句——你还想和我结婚吗？"

柯林抓住杜丽的手说："亲爱的，别这么说，这太伤我的心了。实际上，我关心你父亲的事，就是在为我们结婚做准备啊。"

杜丽沉吟了片刻："柯林，我真希望就是你说的这样。可是，我的直觉却告诉我有些不对，我觉得，你现在更关心的已经不是我们结婚的问题了。"

顿了一下，杜丽将脸扭到一旁："我本来不想这么说的。但是——你现在是不是已经和穆川一样，为了能找到那隐藏在地下的宝藏而如痴如狂、心荡神驰？这已经成为你最关心的了，对吗？"

柯林委屈地摇着头说："不，亲爱的，你真的误会我了。我只想尽快治好你父亲的病，然后再为我们办一个盛大的婚礼。"

杜丽盯着他的脸说："可是，我父亲的病能不能治好根本就是不确定的事。就算你们解开了那个图案隐藏的秘密，也未必就能让我父亲恢复正常。如果他五年、十年都好不了，我们就一直不结婚吗？"

"当然不是，亲爱的，我……"柯林的话刚说到一半，他的手机响了起来。

柯林拿起手机看了一眼来电显示，又望了一眼杜丽。

"又是穆川打的？"杜丽问。

柯林轻轻地点了点头。

"那你犹豫什么，接啊。"

柯林接起电话,听筒里传出穆川像是贴在他耳朵前大吼的喊话声："柯林！你在哪儿？快来，快到我家里来！"

"怎么了？"柯林问道。

电话那头的穆川兴奋得声带发抖："我知道了，解开了！那个图案代表着什么意思……我知道了！"

"什么？真的！"柯林激动得差点跳起来，他尽量压抑住自己狂喜的心情，说，"我马上就来！"

穆川在电话里的吼叫声已经让坐在柯林对面的杜丽都听得清清楚楚，她不禁也急切地问道："他真的……解开了那个图案所代表的意思？"

"是的，快，我们现在就到穆川家里去！"柯林拉着杜丽站起来。

第八章

半小时后，柯林和杜丽就心急火燎地赶到了穆川家。穆川满脸通红地在屋里来回踱着步，看见他们俩后，立刻兴奋地把他们拉到沙发上坐下，然后表情夸张地大声说道："太不可思议了！你们无论如何也想不到，那个图案竟然会有这么神奇！"

"快说吧，那个图案到底代表着什么意义？"柯林焦急地问。

"先别忙，你们应该先听听我发现这个秘密的过程——过程本身就非常地奇妙。"穆川手舞足蹈地说，"柯林，你记得吧？几天前我还非常发愁——这一二十张不尽相同的图案，到底哪一张才是最准确的呢？我想了很久，决定做一个尝试。"

柯林和杜丽聚精会神地盯着穆川，不敢打岔。

"我想到，这些图案大致形状是相同的，但每张都有些细微的差别，如果要去细数每个图案的不同之处，几乎是不可能的；所以，我转换了思维方式——为什么不想办法找出它们的相同之处呢？

"于是，我利用数学上的'合并同类项'法则编了一个简易的程序，再把那一二十张图案全输进这个程序里，结果，就得到这样一张图。"

穆川边说边走到电脑前，指着屏幕上的一幅图说："如果把图案的色彩忽略不计，那么这一二十张图案的共同点就是这样的——"

　　柯林盯着电脑屏幕上的这幅图看了半晌，惊诧地说："你的意思是，这些小黑点儿的位置就是这一二十张图案形状上的共同之处？"

　　"对！这些图案虽有差别，但每一张的形状都与这十六个小黑点儿的位置相重合！"

　　"可是，这又代表什么呢？"杜丽不解地问。

　　"听我说完。"穆川做了一个叫杜丽先别开口的手势，"我得出这张图后，就把它连同那一二十张'原图'一起用电子邮件发给了我以前在哈佛大学的一个同学，他现在在美国的NAS（美国国家科学院）工作。我拜托他将这些图交给他认识的考古学家看，希望能做出一些相关的诠释。"

　　"可是……"柯林有些费解地问道，"这几天我都在朝你这儿跑，你怎么完全没提到这些？"

　　"那是因为我希望得出研究结论后再告诉你们。"穆川说，"就像今天上午，我的那个同学终于给我打来电话，说他知道这些图案是什么意义了。"

　　"什么意义？"杜丽略带紧张地问。

　　穆川叹息着摇头道："这件事实在是太阴差阳错了。我的同学告诉我，他把这些图案交给美国最著名的考古学家看，但那个七十多岁的老学者也不知道这个图案是什么意思——也许是因为这个图案实在是太冷僻了。可谁都没想到的是，那位老考古学家的一个朋友，一位天文学家，却在无意中看了那张十六个小黑点儿的图后，立即说出——

这是天上的一个星座图！"

"什么？星座图！"柯林和杜丽一起惊呼起来。

"对，而且你们猜猜，这个星座叫什么名字？"

"我猜不出来，快说吧！"柯林催促道。

"叫毒蜥座！"穆川大叫道。

柯林和杜丽被震惊得瞠目结舌，一句话也说不出来，仿佛心中那些诡异、惊愕的感觉幻化为石块堵在了他们的喉咙眼。

穆川继续向他们解释道："这个星座是在二十世纪七十年代中期才被一个英国天文学家发现的。整个星座的外形看上去就像一只趴在地上的蜥蜴。但因为之前人类早就发现并命名了一个'蜥蜴座'，所以为了区别，这个英国天文学家便把后发现的这个称为'毒蜥座'。"

柯林迟疑了一会儿，望着穆川说："据我所知，在很早以前，人类的天文学家便早已将天空中出现的各个星座发现并命名了——为什么这个'毒蜥座'在七十年代中期才被发现？"

说到这里，穆川激动地从椅子上站起来，大声说："这正是这件事情最神奇、最不可思议的一点！你们知道吗？那个美国的天文学家告诉我的同学，这个星座之所以这么迟才被发现，是因为那实在是种机缘巧合——这个星座非常特殊和罕见——每一百一十六年才会在夏季夜空出现一次，而且每次出现的时间只有一个小时！"

"啊！"柯林惊呼道，"所以那位英国天文学家是凑巧才观察到它的？这真是太奇妙了！"

"不，不，不……"穆川连连摆手道，"这还根本不算神奇的，最让人匪夷所思的是接下来的内容——那位天文学家和我的同学一起查找资料后，惊讶地推算出，这个每一百一十六年出现一次的'毒蜥座'，恰好会在今年的七月十六号出现在夜空之中！"

"天哪！"杜丽捂住嘴说，"七月十六号，不就是四天以后吗？今天是七月十一号！"

柯林张开的嘴像是再也合不拢般。他麻木地晃动着脑袋，喃喃自语道："我的天……这也太凑巧了吧……"

"是的，这整件事简直凑巧到了诡异莫名的程度！"穆川瞪大着双眼说，"柯林，现在我们再结合着你那本书来看一下——远古遗迹中发现的毒蜥蜴化石；'埃卡兹'部族的图腾标志；杜丽的父亲在梦中看到的图案；还有即将出现的罕见星座——这些事情之间，毫无疑问是存在着某种联系的！"

柯林皱起眉头说："你认为这些事情预示着什么？会有什么事情发生吗？"

"我不知道。"穆川沉思着说，"但我在想，这些事情也许与那灭绝了几千万年的'埃卡兹'部族和打开它那神秘的宝藏有关系！"

三个人沉默了一会儿，杜丽问："我们接下来怎么办？"

柯林想了想，说："我认为应该把我们所知道的这些情况立刻告诉你父亲，毕竟他才是和这件事关系最大的人。"

"对，我也这样想。"穆川说，"或许我们告诉他这些后，他能够想起什么新的线索来。"

杜丽思忖了一阵，内心深处隐隐觉得有些不妥，但她又找不到任何反对这样做的理由，只能点头答应。

"事不宜迟，我们现在就去。"柯林对杜丽说。

第九章

柯林开车和杜丽一起来到金橘湖旁边那幢蓝白相间的别墅面前时，杜丽却并没有立刻打开车门走出去，而是眼睛望着前方出神。

柯林靠拢过去问道："亲爱的，怎么了？你在想什么？"

杜丽迟疑了一刻，说："我在想，把这些情况告诉我爸爸，这合适吗？"

"有什么不合适呢？"

杜丽满面愁容地说："他本来就因为这件事而痴狂了，如果又知道了更玄的'毒蜥座'的事，会不会比原来更加走火入魔，完全失控？"

柯林认真思索了一阵，说："可是，如果我们不把这些实情告诉他，这件事就永远得不到解决。你爸爸要是不追寻到一个明确的答案，大概是不会罢休的，也许会一直痴迷下去。"

杜丽紧紧地咬着嘴唇，心中十分为难。

柯林拍着她的肩膀说："让我们试试吧，杜丽。有信心些。"

杜丽长叹出一口气，打开车门走出来。

两人走到门前，杜丽用钥匙打开门，刚刚推门进去，就看见保姆徐阿姨惊恐地靠在墙边，浑身筛糠似的发着抖。

杜丽赶紧走上前去问道："徐阿姨，你怎么了？"

徐阿姨像见到救星般地对杜丽说："丽丽呀，你可回来了！你爸爸他……又犯病了，而且比以前更厉害！"

杜丽顺着徐阿姨手指的方向望过去，见父亲坐在沙发上，手里捧着一大堆钥匙来回翻看，动作机械而生硬，他神经质地瞪大着眼睛，面目显得狰狞可怖。

　　杜丽和柯林走上前去，杜丽问道："爸，你在干什么？"

　　杜桑完全没理睬女儿，继续翻看着那些钥匙，过了一刻，他抬起头冲保姆咆哮道："就只有这些吗？还有呢？你怎么不去找！"

　　徐阿姨带着哭腔说："先生，我已经找完了。家里的钥匙就只有这些了。"

　　杜桑像疯了似的抛开那些钥匙，大吼道："不对，这些都不是！你再去找！每间屋都要找！"

　　杜丽坐到父亲旁边着急地问道："爸！你到底在找什么钥匙呀？"

　　杜桑仿佛这个时候才看到女儿，他愣了一下，随即把杜丽手中的皮包抢过来，一边翻里面的钥匙，一边说："对了，说不定在你这里，那把钥匙说不定在你这里！"

　　他将杜丽皮包里的一串钥匙扯了出来，又一把一把地挨个儿翻看，最后又将钥匙摔在地上，恼羞成怒地吼道："不对！这些也不对！"

　　杜丽的眼泪几乎都要掉了下来，她可怜巴巴地说道："爸，你跟我说话好吗？你到底在找什么钥匙？"

　　杜桑绷着脸上的每一根神经说："我马上就要完成了！最多再过三四天，我就一定能画出准确、完整的那个图案！最近，我在梦里看得越来越清晰了……四天之后，在我画出那准确的图案之前，一定要找到打开那石门的钥匙！我知道，到时一定会有事情发生的，我……我终于能知道那石门后的秘密！"

　　杜桑像疯子般的絮絮叨叨、自言自语。但他那句"四天之后"却像电击一般直入杜丽和柯林的心里，让俩人的心脏同时一颤，一瞬间，诡异、古怪、惊诧的感觉遍布全身。

　　不知为什么，杜丽有种灵魂出窍的感觉，她听见自己的声音对父亲说："爸，你在梦中见过那把钥匙吗？"

　　杜桑板着脸说："我没见过，但我的感觉不会有错！那把钥匙一定就在我的身边，就在这附近，我总会找到它的！"

杜丽心想就算找到了你到哪儿去打开什么石门。但她不敢说出来让父亲听到。

一直站在旁边的柯林认为应该换一个话题转移杜桑对钥匙的注意力，他怕杜桑发现他后把他身上挂着的钥匙也捋了去，忙开口道："伯父，那天我把您的画拿给我那位搞科研的朋友看，他研究出您画的那个图案是什么意思了。"

杜桑抬起头来，像是现在才发现身边还有个人站在这里。他过了好半天才对柯林说的话做出反应，猛地站起来："你说什么？那你快说，那个图案是什么意思？"

柯林用尽量平和的语调说："您画的那个图案与天空中的一个星座形状类似。并且，那是一个极为罕见的星座，每一百一十六年才会在夏季星空出现一次，这一次……"

"也许只是巧合而已。"杜丽插进来打岔道。

杜桑狠狠地瞪了女儿一眼，说："你别开腔！"然后又紧紧地盯住柯林："接着说，你接着说！"

柯林望了望杜丽，感觉十分为难，但他无法躲避杜桑那有如剑一般锋利的目光，只得继续说道："伯父，据我朋友推测，这个星座会在近期出现在夜空之中，如果……您有兴趣的话，可以看看。"

杜桑直视着柯林："别说得含糊其词。'近期'是多久？是具体哪一天？"

柯林犹豫了片刻，如实说道："七月十六号。"

"七月十六号……"杜桑掰着手指算了算，呆了片刻。随即，整个人像触电般地浑身猛抖了几下，然后，他用力拍了一下大腿，大叫道："对了，完全对上号了！我就知道，四天之后一定会发生什么的！"

他张开双臂，手舞足蹈地在客厅里打着转。疯狂的神色让被他忽略的旁人心惊胆寒。"终于到了……这一天终于要到了！我马上就要看到梦中那谜一般的奇异场所！那石洞中的秘密就要揭晓了！"

在一阵肆无忌惮的狂笑之后，杜桑的眼睛又开始神经质地四处搜索："钥匙，现在只差钥匙了！我一定要找到那打开宝库的钥匙！"

杜丽在一旁看着疯狂上演独角戏的父亲，酸楚、悲哀、绝望、不安的感觉一齐涌上心头，让她在瞬间感到心力交瘁。

第十章

七月十五日，下午三点。

杜丽在今天第十八次拨通柯林的电话号码，焦急地向男友汇报父亲的最新状况："柯林，我爸爸已经做好准备了！"

"什么准备？"

"他今天绷了一个大画框，准备明天晚上在金橘湖边画成那张'完整'的图案。"

"湖边？为什么要在湖边画？"

"你忘了吗，明天晚上星空中会出现'毒蜥座'，我爸爸要在能看见天空的地方完成那幅画！"

"……"

"柯林，我这两天心里怦怦直跳，我总感觉……明天晚上会发生什么不好的事。告诉我，我该怎么办？"

"别紧张，杜丽，冷静下来想一想——天空中出现那个星座又不是只有我们看得到，况且这本来就只是一种天文现象而已；而你爸爸画这张画也不是一两天了，他只是在一个特殊的时间画而已——这些都很正常，没有什么值得紧张的。"

"不，柯林，你不明白我心中的感受。这种强烈的不安感绝不是我的无端揣测。我……开始有些相信我爸爸说的话了，明天晚上也许真的会发生什么！"

"那你觉得我们该怎么办，杜丽。"

"我不知道，我无法阻止我爸爸去做这件事。你知道，这根本不可能！"

"那这样吧，明天晚上我到你家来陪着你，这样也许你会安心些。"

"嗯，好的，柯林。"

"那就这样，再见，亲爱的。"

柯林放下电话，坐在他旁边的穆川问道："杜丽说什么？"

柯林摇着头说："他父亲准备在'毒蜥座'出现的时候完成那幅画，杜丽非常担心，害怕会发生意料不到的事。"

"什么意料不到的事？"

"是她的直觉，她自己也说不上来。"柯林思索了一阵，"不过，她的担心也不无道理——我那个岳父的疯病是越来越厉害了，天知道他在看见天上的星座和他画的图案差不多时，会兴奋失控成什么模样，说不定脑子里的最后一根弦也会断掉，变成彻头彻尾的精神病。"

穆川说："要不，我明天和你一起到杜丽家去吧，看看到时候是不是真的会出什么状况。"

柯林摇头道："这不行，杜丽的父亲非常敏感，而且极度排斥陌生人。你如果去了，他也许会认为你是有意去看他的热闹——我怕到时会发生不愉快的事。"

穆川无可奈何地撇了撇嘴："算了，明天我就在自家的阳台上拍摄罕见的'毒蜥座'吧。"

"对了。"柯林像得到什么提醒似的说，"我也应该把照相机带上，拍一下这难得的画面。"

第十一章

七月十六日，晚上七点。

这一整天，杜丽都在忐忑不安中度过。直到吃完晚饭后，柯林准时如约地到来，她才稍稍稳定下来一些。

柯林进门之后，只看见杜丽和保姆两人，轻声问道："你爸爸呢？"

"在他自己的画室里。他早就计划好了，晚上八点半开始画，他说那样的话时间刚好合适。"

柯林微微皱了眉头："你爸爸知道'毒蜥座'在哪个时间出现？我昨天问了穆川，他说美国的那个天文学家也无法准确计算出'毒蜥座'出现的时间。"

"天才知道我爸爸说的是不是真的。"杜丽说，"我们先在客厅坐一会儿吧，我爸爸一会儿就下来了。"

柯林点了点头，他跟着杜丽一起到客厅的沙发旁，坐下来后，柯林在玻璃茶几的第二层发现了一个数码照相机，他有些惊讶地问道："杜丽，这是你的照相机吗？"

杜丽点头道："是啊，怎么了？"

"和我的照相机一模一样。"柯林从手里的黑皮包里拿出一个照相机，展示在杜丽面前，"真没想到，我们居然不约而同地买了同一个牌子的同一款相机。"

杜丽把两个相机放在手里比较了一下，淡淡笑着说："这不奇怪，这款相机的性能是同类型中最好的，买它的人非常之多，又不止我们两个。"

柯林盯着杜丽手里的相机说："你……也想一会儿拍那个难得一见的'毒蜥座'？"

杜丽微微点头道："如果它的形状真的跟我父亲画的那个图案一模一样，那么……我想我父亲说的那些'疯话'就有可能都是真的。"

两人沉默了一会儿，杜丽用恳切的眼神望着柯林说："柯林，我爸爸现在非常相信你，他对你的感觉比对我还要好。我问他一些事，他都根本不愿意跟我多说。一会儿他下来之后，你试着和他交流一下，看看他现在的想法是怎样的。"

"好的。"柯林说，"也许我们可以问问他，在他画那张画的时候，我们能不能陪在他的旁边？"

"哦，这个问题我已经问过了，但他不允许我守在他身边。"杜丽想了一下，"不过，如果是你的话，没准他会同意。"

"我会试一下的。"

两人又闲聊了一阵，杜丽感觉柯林真的有如一支安定剂——与他谈话能逐渐化解自己心中那紧张不安的情绪。在听完柯林讲的第二个笑话后，杜丽竟开心地笑出了声音。这时，她注意到父亲从二楼的楼梯上走了下来。

杜丽和柯林一起站起来，柯林规规矩矩地喊了一声："伯父好。"杜桑冲他点了点头，然后问杜丽："徐阿姨呢？"

"好像在厨房里。"杜丽说。

杜桑说："你去叫她把家里所有的灯全部打开。"

柯林意识到杜桑要开始作画了，他小心地问道："伯父，您一会儿在外面画吗？"

杜桑点了点头，正要走出门去，突然扭过头问柯林："你要陪在我旁边，见证一会儿即将发生的伟大场面吗？"

柯林愣了一下，他没想到自己还没开口，杜桑竟主动提出了这个要求，忙不迭地说："我当然愿意，伯父。"

杜桑干笑了两声，说："我一会儿会向你证实，这一年多来，我到底是在痴人说梦，还是在完成一件伟大的工作！"

说完，杜桑打开房门，走了出去。柯林跟杜丽对了下眼神，赶紧抓起茶几上的照相机塞进包里，跟着杜桑出了门。

夜幕中的金橘湖边，已经布置好了一张大方桌，上面摆着绷好的画框，旁边是颜料和笔。别墅里强烈的灯光透出窗外，将湖边照耀得格外明亮。杜桑走到方桌前，深吸了一口气，表情像是在进行什么庄重的仪式般肃穆、凝重。

他对站在身边的柯林说："一会儿我画的时候，你可以在旁边看，但是不能跟我说话，不能打扰我。"

柯林说："我知道，伯父。"

杜桑看了一眼手表上的时间，提起笔开始作画。

柯林看着这位大画家娴熟地用铅笔定位，勾形，把他在梦中看过无数次的那个图案重现于纸上。

同时，柯林也时刻注意着已经出现点点星光的夜空，他警觉地搜索、判断着那随时有可能惊现于天上的"毒蝎座"。

今晚的夜空，除了星光闪烁之外，还有一些残留在天地边缘的暗红色流云，那些形状不一的云彩组合成种种让人浮想联翩的奇怪图案，让夜色平添了几分神秘和诡异。

待在房间里的杜丽坐立难安、度秒如年。她不时走到阳台上向下俯视，又不时地向星空中仰望，脖子在反复抬高放低中变得酸痛无比。她在房间中坐下来，望着手机上的时间发愣，试图让自己平静一些，但心中的焦躁和不安却没能减少半分。

就这样，时间过了两个小时，现在已经是十点半了。杜丽盘算着父亲的那幅画应该就快要完成了，但天空中却还是没出现"毒蝎座"。杜丽在心里想着，再过一个半小时，就不再是七月十六号了，而是十七号——难道穆川的信息有误？

她一边胡乱猜测着，一边烦躁地摆弄着桌上的照相机。这时，她才想起应该检查一下照相机的电量是否充足，忙打开相机。看到屏幕上显示的是满格电，正要放心，忽然心中一顿——上次出去玩儿照了大半天的相，之后一直没充过电，怎么会电池还是满格？

杜丽疑惑地调出几张储存在照相机内部的照片来看，诧异地发现全是些陌生的画面。愣了几秒后，她才猛然想起，柯林有一个和自己完全一样的相机，刚才在客厅里比较时放在一起——柯林出门之前肯定是拿错了，他拿的是自己的相机！

　　这么说，这个相机才是柯林的。杜丽正感觉无聊，便按动着照相机的按钮，一张张翻看储存在里面的图像：有在柯林公司照的；也有郊外的风景、城市的风景……

　　杜丽就这样下意识地翻看着一张张照片，突然，一个熟悉的图案跃入她的眼帘——

　　是父亲画的那个图案。

　　杜丽怔了怔，想起父亲曾拿过一二十张画给柯林，也许是柯林拿回家照的。正要按动按钮翻到下一个图像，突然，这张照片右下角的一小排数字使她陡地一怔，像遭到电击一般，猛地坐起身来。

　　那一排数字是照相机中显示的照片拍摄时间——二〇〇七年六月十四日。

　　现在是二〇〇八年七月十六日。

　　杜丽的嘴慢慢张开、双眼发直，脑子里面也嗡嗡地响了起来——等等，这是怎么回事？柯林在一年前就已经看过并拍下了父亲画的那个图案？可是，自己和他认识都还只是大半年前的事——这怎么可能呢？

　　猛然间，杜丽的脑子里浮现出一幅幅画面：大半年前，患有感冒的柯林到自己所在的医院看病，认识了自己；之后，他以感谢为由请自己吃饭——进一步地交往——决定结婚——自己向柯林坦白父亲的事；他来家中后，"无意"中看到了父亲的画；接下来，他非常"凑巧"地拿出了那本书，并开始和父亲接触，共同研究……

　　杜丽缓缓地从椅子上站起来，脊背和头皮阵阵发冷，她麻木转动着的大脑开始渐渐明白了——难道，这一切……从一开始就是个阴谋？

第十二章

杜丽抓起照相机，发疯般地冲下楼。她打开房门，看见父亲仍俯在桌前画画，而柯林站在旁边，望一眼父亲的画，又望一眼天空。

杜丽胸中的愤怒让她丧失了理智，她快步走上前去，打算立刻责问柯林。就在这时，她看见父亲丢下笔，大喊一声："我完成了！"而柯林立刻朝天上望去，以更大的声音叫道："出现了！毒蜥座！"

杜丽下意识地抬头一望——果然，天空中赫然出现了与那天在电脑屏幕上看到的一样的，由十六颗星星组成的"毒蜥座"！

杜丽望着天上的星座出神。突然，从毒蜥座正中的天空中射出一道闪电，那闪电不偏不倚地击中杜桑那幅画，天上和地下两张相同的图案被一条银线相连接，"啪嚓"一声巨响，杜桑惨叫着被震飞到几米之外，但那幅画却奇迹般地完好无损。

一切发生得太快了，杜丽目瞪口呆地愣了几秒后，声嘶力竭地喊道："爸——！"

杜丽连扑带爬地奔到父亲身边，扶起父亲的身体，撕心裂肺地哭喊着。但一切都无济于事了，杜桑已经没有了呼吸。

就在杜丽伤心欲绝之时，柯林面对着前方的金橘湖，激动得全身颤抖，大声呼喊道："出来了，那地方居然就在这里！杜桑说的果然没错！这是最伟大的奇迹！是世界上最壮观的场面！"

杜丽抬起头来一看——在她面前的，是一辈子从来没见过的，甚至在梦中都不可能出现的奇异景象——金橘湖的湖面上，出现了一个直径几百米的巨大漩涡，所有的湖水都被巨大、神奇的力量卷到边缘，在漩涡的中心，现出一个向下延伸的湖底深洞！

柯林疯狂地张开双手叫喊着："'埃卡兹'部族的遗迹，埋藏在地下几千万年的秘宝真的存在！它竟然一直隐藏在这金橘湖的湖底洞穴里。太神奇了，这真是远古文明的鬼斧神工！"

杜丽慢慢站起来，朝原形毕露的柯林走去，咬牙切齿地说道："你这个骗子！这一切都是你计划好的。现在，你的目的达到了吧？"

柯林望了一眼杜丽手中的照相机，似乎一切都明白了，他冷冷地说："对不起，杜丽。我要是不耍些小把戏，怎么能接近得了你那个'天才'父亲呢？我又怎么能找到这隐藏得如此巧妙的地下秘宝？"

杜丽举着照相机，狠狠地说："你在一年前是怎么拍到这张照片的？"

"你忘了吗，杜丽？一年多前，你父亲刚开始画这个图案时，你和你家的保姆为家里堆积太多的画而发愁，便瞒着你父亲偷偷地丢掉了一些。也许是缘分吧，你们丢掉的那些画中恰好有那么几张被我看到了——"

"而你又早在那本书中看到过关于这个图案的介绍。"杜丽接着他的话说下去，"所以你就想了个办法来接近我，并借机调查关于宝藏的线索——也就是我父亲，对吗？"

"噢，"柯林阴笑着说，"杜丽，我早就说过，你是个聪明的姑娘。不过话说回来，我一开始也只是好奇，只想借着你爸爸神奇的梦境感应和神通广大的穆川弄清楚这件事而已；但我没想到，发展到后来，竟然真的找出了宝藏——也许这是天意吧。你说呢，亲爱的？"

"不准这样叫我，你这个混蛋！"杜丽噙着泪的眼睛射出愤恨的光芒，"就为了你的好奇心，还有那该死的宝藏，你害死了我的父亲！"

"不，杜丽，你这么说可就不对了。我也不知道你父亲会死——不过，我现在知道了。"柯林望着天上的星座说，"这实在是很遗憾，也是很讽刺的一件事——你父亲死也不会想到，他一直在寻找的那把'钥匙'就是他自己！那个梦暗示他完成自己的使命——画完那个图案。而准确、完整的图案就是开启湖底洞穴的'钥匙'！"

柯林对着天空感叹道："几千万年前的人类，竟然能有这样惊人的智慧和能力——他们设计出一个如此超乎想象的巧妙机关——以天上的星座为'锁'，地上相对应的图案为'钥匙'，这实在是太神奇和伟大的构思了！大概全世界最精明的盗宝贼也不可能想到会有这样的'开锁'方式！"

"可是，你这个盗宝贼不是已经成功了吗？"杜丽一步步向柯林紧逼过来，眼睛里透出拼死的决心，"但我就是拼了这条命，也要阻止你这个卑鄙无耻的混蛋，我不会让你这么顺利就得逞的。"

"你最好冷静一些，亲爱的。"柯林迅速地从黑皮包里掏出一支乌黑光亮的手枪，对准离自己还有几米远的杜丽，"别冲动，别逼我。"

杜丽停下脚步，漠然地望着柯林："看来你早就做好准备要干什么了。"

"不，我并不想使用它。"柯林斜睨了一眼手枪，"只要你乖乖地跟我合作。"

"合作？你还想利用我做什么？"

柯林脖子一歪，指了指湖中心的那个大漩涡："跟我一起下去。找到秘宝之后，我们一人一半——我说到做到。"

"如果我拒绝呢？"杜丽冷冷地说。

"那样的话……"柯林打开手枪的保险，指着杜丽的脑袋，"我就只好自己去了。"

杜丽盯视了他几秒，转过身，面对着那卷着巨大漩涡的湖面，咬了咬牙，闭着眼睛跳了下去。

柯林赶紧跟上前去，他看见杜丽几乎是在一瞬间就被漩涡卷到了湖底深洞里。他走到杜桑作画的方桌前，夹起那幅画，另一只手握着手枪，运了运气，大喝一声之后，也跳进了漩涡里。

第十三章

　　柯林感觉湖水带动的高速旋转让他眼前发黑、大脑眩晕。但只过了两三秒，他就重重地摔到湖底的深洞里。柯林顾不上头晕，狼狈地从地上爬起来。这时，他发现这洞穴里竟有点点彩色亮光，使他能隐约看到站在对面的杜丽。

　　仔细观察之后，柯林发现那些彩色亮光竟是一只只萤火虫，它们的身体里有不同的颜色，散发出各种耀眼的光，一齐飞舞在洞穴的顶壁，像是专门为照亮洞穴而设置的"灯"一般。杜丽也惊诧地望着这些生活在湖底洞穴里的萤火虫，无法判断它们是一直生活在这里，还是今天晚上特殊的"仪式"令它们复活过来，迎接进入洞穴的客人。

　　柯林举着手枪走过来，指着洞穴里唯一的一条通道说："走，你走前面！"

　　杜丽望着柯林手里的枪，冷笑着说："到了现在，你这个玩意儿还有什么用——你好像已经兴奋过头了，完全没想过我们下来容易，但怎么上去？"

　　柯林恶狠狠地望着她说："少说废话！一会儿我自然会想到办法。现在——你给我抓紧时间朝里面走，我们的时间只有不到一个小时——当天上的毒蝎座消失的时候，也许一切都会恢复原状！"

　　"那不就更好了？你可以一直留在这湖底深洞里，永远和你的秘宝做伴。"

柯林面目狰狞地将手枪枪口指到杜丽的额头上："如果你再浪费时间、胡言乱语的话，我现在就让你跟秘宝做伴。"

杜丽用鄙视的眼光瞥了柯林几秒后，转过身朝洞穴深处走去。柯林举着手枪紧跟其后。

两个人就这样一前一后地朝洞穴深处走了十多分钟。越朝里走，周围的环境就越是干燥，也越来越明亮——头顶上的萤火虫越来越密集，将洞穴内的石壁和通道照得光亮清晰。同时，两人都注意到，在两边的洞壁上，出现了一些石刻的壁画和看不懂的文字、符号。画的内容全都是一些蜥蜴生活的场景，那些蜥蜴被刻画得栩栩如生、形容可怖，让人看了不寒而栗。

杜丽在心中惊叹道，自己现在所处的这个环境，不就跟以前父亲叙述的梦境一模一样嘛。她的心中隐隐作痛——难怪父亲对自己态度冷淡——是自己不理解父亲，错怪他了。

又走了几分钟之后，两人骤然发觉来到了洞穴的尽头。在他们的正前方，有一扇巨大的石门，石门的正中间赫然刻着一个他们无比熟悉的图案，和杜桑所画的一模一样。

柯林激动地喊道："到了！这里就是杜桑梦中所见到的'石门'——宝藏就在门的后面！"

他欣喜若狂地走过去，将手里拿着的那幅画举起来，仔细对比，爆发出一阵肆意的狂笑："果然和我想的一样，这幅画不仅是打开洞穴的钥匙，也是打开这扇石门的钥匙——它和这石门上的图案不但形状颜色一样，连大小都完全一致——这真是天作之合啊！"

说着，柯林将手中的画举起来正面面对石门上的图案。可是，过了许久，却什么事也没发生。柯林又将画完全重合地贴到石门上去，却仍然没有任何反应。那石门紧紧地关闭着，纹丝不动。

过了几分钟，柯林焦躁地吼叫道："怎么回事？为什么还不打开？难道——打开石门的方法不是这样吗？"

他看了看手表，现在已经快十一点四十了。柯林明白，时间不多了。但他却想不出任何其他的办法。他无论如何也想不到，进展如此顺利的事情会在最后一个环节卡壳。一瞬间，他恼羞成怒，将画重重地摔到身后，骂道："该死的！"

杜丽看到柯林的美梦在最后一刻破灭，心中升起一股幸灾乐祸的、报复般的快感。但是，她心中的笑脸在刹那间就僵住了，因为她的眼前出现了神奇的一幕——

柯林将画摔到地上后，盘旋在顶壁上的各色萤火虫飞了下来，它们纷纷附着到画上。并且，不同颜色的萤火虫就贴到画中相应颜色的地方。不一会儿，那幅画就变成了一张闪耀着各色光芒的"光图"！

本来沮丧无比的柯林看到了杜丽神情的变化，他猛地转过头，看到了地下的"光图"，惊喜地怪叫一声："啊！原来是这样！"

他赶紧俯下身去，如获至宝地举起那张光图，再一次将它面对石门上的图案。当那彩色耀眼的光芒与石门上的图案完全重合时，只听见"轰隆"一声巨响，石门向后旋转了90度，完全地打开了！

"开了！终于打开了！"柯林兴奋得全身颤抖、血脉偾张，不顾一切地冲了进去。

杜丽待在门口迟疑了几秒，当她听到柯林在里面发出疯子般的狂笑后，也跨了进去。

刚走进这洞内密室一步，杜丽便被那满地闪耀的奇光异彩晃得几乎睁不开眼睛。她适应了一阵后，仔细望去，立刻倒吸了一口凉气，差点儿忘记呼吸——在这个石室之内，遍地堆放着不计其数的钻石、蓝宝石、绿宝石……还有各种她根本见都没见过，也叫不出名字的珍贵宝石。但是，就连傻子都能看得出来，这里的任何一颗宝石拿出去之后都是价值连城的珍宝。

柯林已经完全忘乎所以了，他在宝石堆中打着滚，将随手抓起的宝石抛向空中，歇斯底里地狂叫道："我发财了！这些全都是我的！是我的！"

杜丽在惊诧中平静下来，她仔细看了看周围——这个密室的墙壁十分奇怪，都有着一些细小的裂缝，不知道是天然形成还是人为所致，但这些裂缝让她产生一种不好的预感——柯林还沉浸在与宝石共舞的狂喜之中，对此完全没有察觉。

杜丽看了看时间，对近乎失控的柯林提醒道："还有十分钟就到一个小时了，我看你还是赶紧想想怎么离开这里吧。"

这句话让柯林猛然惊醒，他在衣服口袋和裤子口袋里塞满宝石，正欲离开，却突然发现在这个石室的最里面，有一个由石头堆砌而成的供台，在那供台上，摆放着一个拳头大小的红色小盒子。

柯林的直觉告诉他，那红色小盒子中装着的，是这石洞中的宝中之宝。但潜意识又提醒他，那红色小盒子散发着一种危险信号，一种不可触碰和侵犯的恐惧暗示。

在诱惑和恐惧之间，柯林迟疑不决。这时，他突然看到了杜丽，便举起手枪，威胁道："你，去把那红色盒子拿下来！"

杜丽看了一眼那石头供台上的红色盒子，也本能地感觉到了危险，她站着没有动。

柯林红着眼睛，恶狠狠地说："我只数三声，如果你再不去，我就开枪了！"

杜丽在柯林疯狂的眼神中看出来了，这个在财宝面前丧心病狂的人是什么事都做得出来的。她只有朝那红色的小盒子走去。

杜丽踩着那满地的宝石一步步朝供台走去。柯林在她的身后凶恶地催促道："你给我快点！别浪费时间！"

杜丽走到了供台前，她仔细地看着那个精致小巧的红盒子，觉得那盒子像有魔力般，在召唤着她将它打开。

这个时候，柯林也在后面吼叫道："快，把它拿起来，打开看看里面有什么！"

杜丽感觉自己的手不由自主地伸了过去，她拿起小盒子，将它放到自己眼前，再轻轻地打开盒盖——她愣住了——

里面没有什么珍宝奇玉，却有一样出乎意料的东西——那小盒子里装着一只小指头大小的，像雕塑般一动不动的深色蜥蜴，看上去早就风干死亡了。那蜥蜴的背上，有她再熟悉不过的那个"图案"。

杜丽举着那小盒子，还在困惑和迟疑之中。突然，那"死亡"的蜥蜴动了一下，然后以迅雷不及掩耳的速度爬出盒子，跳到杜丽的手臂上。

杜丽后背一凉，"啊"地惊叫一声，丢掉盒子，然后拼命地甩动手臂，想把那只蜥蜴甩下来。但那只蜥蜴却像涂了强力胶般，死死地贴在杜丽手臂上。并且，它张开嘴，露出尖利的毒牙，一口咬破杜丽的手腕，钻到杜丽的皮肉中去。

杜丽在突如其来的巨大恐惧中翻滚到地上，惨叫着滚到柯林面前。柯林惊恐失措地望着她，不知道刚才发生了什么事。突然，趴在地上的杜丽抬起头来。柯林清楚地看到，在杜丽脸的皮层之下，游动着一个凸起的蜥蜴形状，那东西正快速地向杜丽的脑部爬去。柯林吓得怪叫一声，跌跌撞撞地向后退去。

伏在地上的杜丽痛苦地抱着头，悲惨地号叫着，不一会儿，她的动作停了下来，趴在地上完全不动了。

柯林倒吸一口冷气，吓得头皮发麻，他惊恐地叫道："天哪……太可怕了！她竟然这么恐怖地死去了！"

全身颤抖了一阵后，柯林意识到他也应该赶快逃走，那只蜥蜴随时有可能从杜丽的脑袋中钻出来，突然跳到他的身上！柯林打了个冷战，扶着墙壁朝外跑去。

就在他转过背那一瞬间，身后传出一句："等等。"

柯林惊惧地张开嘴，缓缓回过头来，竟发现杜丽从地上站了起来，她的额头上多了一个蜥蜴形的标志，眼神变得凶悍而阴冷，浑身上下透露出一股至高无上的威严——除了模样之外，简直变成了另一个完全陌生的人。

柯林张大着嘴说不出话来。杜丽向前走了一步，靠近他说："辛苦了，'引领者'。你和'钥匙'一样，你们的使命都完成了。"

柯林瞪大双眼："你说什么……'引领者'？什么意思？"

"我没有必要跟一件'工具'说话，你可以安息了。"杜丽慢慢抬起左手，食指指向柯林的额头。

骤然间，一片死亡前的阴影向柯林笼罩过来。他怪叫着跪了下来，语无伦次地说："杜丽……你……你是谁？你要……干什么？"

"杜丽"轻蔑地斜视着他，冷笑着说："看在你忙活这么久的分上，我就让你死个明白吧——'引领者'，你只惦记着财宝，却忘了这财宝是属于谁的吗？"

柯林像触电般地猛抖了一下，大惊失色。这时，他想起自己那本书上所写的内容——"埃卡兹"部族有一个具有神秘力量的首领，在死去后，都能够于若干年后借助某些仪式复活……

柯林面色惨白地指着"杜丽"说："你……你是……"

"看来你想起来了嘛。我早就说过，你是个聪明的家伙——这也是我选你当'引领者'的原因。"那冰冷的声音讥笑着说。

柯林喘着粗气说："难道，从一开始……我、杜桑，全都是你需要进行'复活仪式'而选择的工具而已？"

"能够在几千万年之后，为我这个即将重新统治世界的女王担任'引领者'和'钥匙'的重任，你们应该感到荣幸之至才对。"她的嘴角浮现出一丝冷笑，"就让我用隆重的方式来庆祝你使命的完成吧。"

"杜丽"拍了拍手，大声说道："我沉睡了几千万年的子民们，都出来吧！"

话音刚落，石室墙壁的裂缝中一齐涌出成千上万只深灰色的毒蜥蜴，一瞬间就把整个石室铺得密密麻麻。

"杜丽"用手指着柯林，对蜥蜴们发号施令："去吧，向他致以你们最热烈的问候。"

"不……不！"柯林厉声尖叫着蜷成一团，几万只毒蜥蜴组成的洪水向他猛扑过去，瞬间就将他淹没吞噬……

毒蜥蜴们完成任务之后，齐聚到首领的脚下，有几只顺着腿爬到了她的指尖。冷艳的首领看着这些灵巧的小家伙，开心地笑道："我的子民们呀，现在地球上的'人'恐怕怎么样也想象不到，我们这些昔日统治地球的主人——'埃卡兹'部族根本就不是'人类'，而是一群有着高等智慧和强大力量的蜥蜴。如果不是几千万年前那巨大的陨石灾难，我们怎么会在这阴冷的地下沉睡这么多年呢？"

女王亲吻了她指尖的小蜥蜴一下，接着说："现在，去夺回原本属于我们的世界吧，爬行类的时代再一次到来了。"

（《死神的财宝》完）

Story 2
通 灵

楔子

　　我一直以为，世界上聪明的作家或者是机智的讲述者都不会愿意去向别人描述一场热闹、盛大的婚礼。因为在那种洋溢着无穷欢愉、喧嚣、热烈和喜庆的氛围之中，任何笔墨的描写和形容都只会显得苍白无力。很显然，除了那些真正身处婚宴现场的宾客之外，其他任何人都无法通过别的途径分享到那些新人的幸福和甜蜜。

　　普通人的婚礼尚且如此，那么关于我们这个故事的两位主角的婚礼就较之更甚了——这两位新人，一个是外贸进出口公司年轻的董事，另一个是在国内小有名气的歌剧名伶。他们是真正的男才女貌。尤其是当他们身穿笔挺的西装和典雅的纯白婚纱惊现于红地毯之上时，当周围的人群发出浪潮般的赞叹与惊呼之际，你尽可以把你想到的诸如"英俊、潇洒、美丽、端庄……"这一类的美好词语一股脑地全安在他们身上也一点儿不为过。

　　而至于现场的热闹气氛，我真是懒得费尽唇舌去形容了——四十八辆名牌轿车组成的迎亲花车，布置在希尔顿酒店大厅内八十九张餐桌和总数接近一千位的宾客——由这些场景组成的画面你自己去想吧。

　　是的，太完美了，一切都太完美了。但还是存在着一个小问题——这个开头，可一点儿都不像是个恐怖故事呀。

第一章

"范尼先生，你愿意娶朱莉小姐为你的妻子吗？从今以后，照顾她，爱护她，无论贫穷还是富有、疾病还是健康，相爱相敬不离不弃，永远在一起？"

"是的，我愿意。"新郎望着美丽动人的妻子，庄严地宣誓。

"那么，朱莉小姐，你愿意嫁给范尼先生吗？不论顺境、逆境，健康、疾病都……"

"好了神父，别说了，我愿意。"朱莉冲神父调皮地一笑，然后搂住新郎的脖子，两人热烈地拥吻起来。

大厅内的宾客们都被这个活泼、可爱的新娘的举动逗乐了，他们一边开怀大笑着，一边爆发出雷鸣般的掌声和欢呼声。

"噢，好吧。现在我宣布你们结为夫妻。"神父无奈地摇着头，苦笑道，"新郎，你可以吻你的新娘了。"

站在台上的新婚夫妻旁若无人地忘情拥吻了足有半分钟之久，甜蜜浪漫的情绪感染了在场的每一个人，台下的欢笑声和尖叫声此起彼伏。

新娘的母亲是个雍容华贵、气质高雅的妇人，她的脸颊上微微发红，笑着嗔怪道："这鬼丫头，也不看一下场合，结婚时都这么顽皮，没个正经！"

"哈哈哈哈！"旁边新娘的父亲发出一阵爽朗的大笑，"我们莉莉是搞艺术的，天性就是这么自由浪漫、不拘一格。"

新娘母亲转过头对亲家母说："你看，本来稳重的范尼都被我那宝贝女儿带得这么开放了。"

新郎母亲轻轻捂着嘴笑，随后，又悄悄拭干那溢出眼角的幸福泪珠。新郎的父亲是个面容威严、身姿硬朗的中年男人，他是儿子那家外贸进出口公司的董事长。此刻，他面露微笑，轻轻颔首道："这两个孩子从读大学时就谈起恋爱。能走到今天这一步不容易呀，他们高兴得忘乎所以也是可以理解的。"

这个时候，主持婚礼的司仪宣布仪式结束，婚宴正式开始。宾客们开始就餐。两位新人手牵着手来到四位父母身边。新娘母亲站起来在女儿鼻子上轻轻刮了一下："你这个调皮丫头，结婚仪式都不认真！"

朱莉牵着母亲的手，满面红光地说："妈，我真的太兴奋、太开心了！难道你不为我感到开心吗？"

"开心，开心。可是当着这么多宾客的面，你也要矜持一点儿呀。"

朱莉挽着范尼的手臂，做了个鬼脸："我就是要让大家都知道我们有多么相爱！"

朱莉的母亲做了个表示肉麻的动作。范尼的母亲微笑着说："好了，你们快去换一下衣服吧，一会儿还要挨桌敬酒呢！"

"好的，我们去了！"朱莉拉着范尼朝酒店的客房部走。

"别忘了，是 309 号房间，你们的东西都准备好放在那里了。"范尼的母亲提醒道。

"知道了。"范尼回过头应了一声。

走出餐厅的喧嚣、热闹，两个年轻人脚步轻快地来到三楼客房部。范尼从裤子口袋里摸出房卡钥匙，在房门口的凹槽处轻轻一划，门开了——里面是豪华的商务套房。这个房间是范尼的母亲早就预订好的，专门用于暂放物品和换衣服。

两人走进来后，范尼一眼便看见了整齐摆放在床上的中式旗袍。他将衣服拿起来递给朱莉，说："快换上吧，亲爱的，我们得赶紧下去敬酒。"

朱莉接过这件镶着金边的丝绸旗袍，却又将它慢慢地滑向床边，她轻柔地圈起手臂，挽住范尼的肩膀。她抬起那有如梦一般美丽的脸庞，眼波闪烁着朦胧的光泽，那是刚才他们一起饮下的葡萄酒的颜色。

"亲爱的。"她轻启朱唇，温柔地说。

"什么事，我的小草莓。"范尼也张开大手，同样温柔地圈在妻子的纤纤细腰上。

"你爱我吗？"

"你说呢？"

"刚才仪式上，神父所说的那一段结婚誓词，你真的能做到吗？无论以后发生什么事，你都只爱我一个人？"

"当然。"范尼坚定地说，"那段誓词中的每一句话我都能百分之百地做到。"

朱莉甜甜地望着丈夫："刚才只是一个形式。现在我要你在只有我们两人单独在一起的时候，把那段誓词再对我说一遍。"

"好吧。"范尼轻轻笑了笑，抬起眼睛望向上方，"那段誓词有点长，我得想想……"

朱莉伸出手指按在丈夫的嘴唇上："亲爱的，我不要你背台词。我想听的是发自你肺腑的誓词。"

范尼凝视着朱莉那闪耀着光辉的双眸，诚恳而庄重地说："我发誓，在以后的日子里，不论发生任何事，我都会永远和你在一起，只爱你一个人。"

又是一轮热情的拥吻。之后，范尼对朱莉说："亲爱的，你呢？你刚才省略了仪式上的过场，现在应该补上了吧？"

朱莉那又细又长的睫毛微微颤动着，挑出一道优美的曲线，仿佛织成一张只有竖纹的网。她动情地说："我也是，无论以后发生任何事，我都只爱你一个人，永远和你在一起，绝不分开。"

范尼毫不迟疑地投入到那张网中。

一分钟之后两人才分开。朱莉抓起床边上的旗袍，再拎起自己的皮包，微笑着对范尼说："我去卫生间换衣服，我们马上下去。"

"有必要吗？你还要避开我到卫生间换衣服？"范尼咧着嘴笑道。

"我还要顺便在镜子前补个妆呢，等着我，亲爱的，一会儿就好。"

范尼躺到床上，长长地舒出一口气，在心里面感叹道——太幸福了，自己真是太幸福了。

过了一会儿，范尼听到卫生间里朱莉的声音："亲爱的，我戴的这对钻石耳环和中式旗袍不配，你帮我在首饰盒里拿一下那对红宝石耳环好吗？"

范尼回过头，看见了在床头柜子上朱莉的首饰盒。他在一个小木盒里找到了那对红宝石耳环，拿起来走到卫生间门前。朱莉打开门，此时她已经换上了那套中式旗袍，和刚才的纯白婚纱相比，又是另一种完全不同的韵味。

范尼将红宝石耳环递给朱莉，同时赞叹道："亲爱的，你真是太美了。"

朱莉微笑着在范尼的脸颊上亲吻了一下，然后又将卫生间的门关上了。

范尼继续回床边躺下，等待着妻子梳妆完毕。

好一阵之后，范尼抬起手腕看了看表，估摸着他们上来已经有十多分钟了。他从床上坐起身来，对着卫生间喊道："亲爱的，快一点儿，我们该去敬酒了。"

卫生间里没有回应。

范尼站起来，走到卫生间前。这时，他才注意到卫生间里正传出隐隐约约的音乐声，那是朱莉的手机铃音。范尼皱了皱眉，他敲了几下卫生间的门，问道："亲爱的，你在干什么？为什么既不接电话也不回答我？"

里面仍然是沉默以对。范尼感到疑惑不解，他抓住门的把手，将卫生间的门缓缓推开——

卫生间的景象展现在范尼眼前的那一瞬间，是他永生难忘的可怕梦魇。他以往几十年的所有噩梦加在一起，也远没有这一次所带来的冲击这样令他惊骇莫名、心胆俱裂。他几乎是在一刹那就变成了一尊停止了呼吸的雕像，只有那布满血丝、快要迸射而出的眼珠和不断向头顶上涌动的热血提醒着他，自己还是个活人。

——卫生间的地板上，刚才还鲜活生动的朱莉此刻仰面倒在了地上。她的双手握着一柄锋利匕首的刀柄，而刀刃已经深深地刺入她的喉管之中。她那闪着美丽光泽的皮肤被鲜血染成一片血红。卫生间的地板和墙壁也被溅射出来的鲜血染得血迹斑斑——整个场景犹如地狱般可怕。

范尼在强烈的天旋地转中踉踉跄跄地扑到妻子身边，一把将她抱起，用力摇晃着妻子的身体，大叫道："朱莉……朱莉！"

但是，范尼在泪眼模糊中分明地看到，那把锋利匕首带给妻子的致命伤，已经夺去了她身上所有的血色和生气，她不可能再睁开眼睛含情脉脉地望着自己，也不可能再和自己说任何一句话了。范尼抱住脑袋，发出撕心裂肺的号叫："啊——！"

然后，他像发了疯似的站起来，冲出卫生间，夺门而去。他在走廊上疯跑，又连扑带爬地狂奔下楼，来到二楼的婚宴大厅。

餐厅里，乐队演奏着舒缓、轻快的音乐，宾客们正在欢声笑语中进餐。突然，几个客人最先发现了那狂奔而至、满身是血的新郎，他们一起失声惊叫出来。乐队的演奏者们受到影响停了下来，音乐声戛然而止。

当浑身血迹的范尼疯跑到父母所在的那张餐桌时，整个大厅的人全都注意到了他，人们都被这突如其来的一幕惊呆了。范尼的父亲最先站起来，抓住儿子的肩膀，大声问道："发生什么事了？"

范尼瞪大的双眼中全是惊慌和恐惧，他浑身筛糠似的猛抖着，过了几秒钟，他大叫道："她死了……死了！朱莉死了！"

这句话将在场的每一个人都震惊得犹如五雷轰顶。朱莉的父亲冲过来抓住范尼的手臂，大吼道："你说什么！"

范尼的双腿瘫软下去，他那混合着无穷无尽惊悸和恐惧的声音说道："朱莉……她在卫生间里刺颈自杀了！"

朱莉的父亲瞠目结舌地呆在原地。几秒钟后，他听到身后传来"噔"的一声，回过头一看，自己的妻子倒在了地上，不省人事。

范尼的母亲也感觉脑子里嗡嗡作响，身体变得摇摇欲坠。在快要昏死过去的那一瞬间，范尼的父亲一把将她扶住，同时声嘶力竭地冲儿子大喊道："在哪里？快带我去看！"

范尼神情惘然，有气无力地说："就在我们订的那个……309 号房间里。"

朱莉的父亲甩开范尼的手臂，跌跌撞撞地掀开人群，朝三楼楼梯走去。范尼的父亲将妻子扶坐在椅子上，也迅速地走了过去。刚才还是一片欢乐海洋的婚宴大厅在顷刻间变成了死一般沉寂的肃杀之地。人们无法理解和接受眼前发生的事情，他们谁都没经历过这从云端坠入地底的强烈情绪反差，全都呆站在原地，不知所措。

范尼神色呆滞地跪在地上，模糊的泪光中，他看到自己几近昏死的母亲和被人扶起后奄奄一息的岳母，终于再也支撑不住，颓然倒地。他感觉自己像是在一辆急速行驶的火车上，周围只有嗡嗡的轰鸣声，其他什么也听不见。最后，他被推入隧道，眼前一黑，便什么也不知道了。

第二章

范尼不知道自己是几时醒来的。当他刚刚睁开眼睛的一刹那，他甚至欣喜地以为——之前发生的可怕事情只是一场噩梦。但是当他看清自己正身处医院的病房之内时，那些恐惧、痛苦的回忆就像是挥之不去的幽灵一般立刻侵占进他的身体，让他又陷入深深的绝望和悲哀之中。

好一阵之后，范尼才注意到在他的病床边还坐着几个人，那是他的叔叔和婶婶。另外还有一个他不认识的中年男人，他的制服告诉别人，他是个警察。

婶婶见侄儿醒来，关切地上前询问："范尼，你醒了？现在感觉好些了吧？"

范尼揉了揉自己仍有些晕乎乎的脑袋，问道："我在这里睡多久了？"

叔叔说："昨天你昏死过去后，被送进医院，已经躺了一天一夜了。"

范尼问："我爸妈呢，他们怎么样？"

叔叔和婶婶对视了一眼，同时叹了一口气。婶婶说："你妈妈昨天也昏死过去了，不过好在送医院及时，休息一阵就好了。你爸爸……"

范尼有些紧张地问："怎么？"

叔叔犹豫了一下，表情沉重地说："你爸爸昨天……亲自去看到那一幕之后，突发高血压，引起脑出血，现在还在抢救之中……"

范尼坐起身子，急迫地问："还没脱离危险期吗？"

叔叔轻轻点了点头。

范尼挣扎着要翻身下床，叔叔按住他的身体，说："别着急，范尼，医生说你爸爸的情况已经控制下来了，你不要太担心。你……受了这么大的打击，身体也很虚弱，要好好休息。"

范尼慢慢坐回到病床上，他张了张嘴，又闭上了——现在他根本不敢问朱莉父母的情况。他知道，视女儿为掌上明珠的岳父母此刻的状况肯定会更糟。

沉闷了一阵，一直坐在旁边没有吭声的警察轻轻咳了两声，婶婶这才想起了什么，她对侄儿说："对了，范尼，这位向警官已经在这里等了很久，他要找你了解一些情况。"

身材高大的中年警察站起来走到范尼床边，礼貌地点了点头："你好，范尼先生，我是刑侦科的调查员向问天。对于昨天在你的婚礼上发生的惨剧，我深表遗憾，我也知道你遭受的打击非常大，也许你现在并不想谈论这件事——但是，我的工作职责是需要尽快将整个事件了解清楚，希望你能配合我的工作。"

范尼眼神木讷地望着别处，没有任何反应。

向警官朝范尼的叔叔和婶婶点了点头，示意他们先出去。然后，他将病房的门关拢，坐到病床前的一张椅子上，从腋下夹着的黑皮包里拿出一个记录本和一支钢笔。

"范尼先生，我会使我们的谈话尽量简短。所以，我只问几个最重要的问题——尽管这可能让你不愉快，但也请务必配合，好吗？"

范尼的身体微微晃了两下。向警官不敢肯定这算不算是在点头。他扬了扬眉毛，开始提问："昨天中午的婚礼仪式结束过后，你陪同你的新婚妻子去事先订好的309号房间换衣服。没过多久你的妻子便在卫生间里用一把匕首刺破颈动脉自杀了。现在，我想请你回忆一下，在你妻子进卫生间换衣服之前，她有没有什么异常的行为？或者是，在那之前你们俩有没有发生什么事？"

范尼机械地将脑袋转过来望着警官，眉头紧紧地绞在一起，看得出来，他在努力地思索这个问题。过了好一会儿，他神思惘然地摇着头说："我不知道……我看不出来她有什么不对的地方。她跟我说的每一句话都很正常，她当时显得既幸福又甜蜜……为什么？她为什么要死？"范尼望向警官，然后又默默地低下头，自言自语："为什么要死……为什么要自杀？"

向警官凝视了范尼一会儿，又问道："她在进卫生间之前跟你说了些什么话？"

范尼竭力回想，心如刀绞："她要我把在结婚仪式上说的誓言再对她说一次。"

"你说了吗？"

"是的。"

"那她有没有对你说什么？"

"……她说了。"范尼忍住巨大的悲伤，"她说不管以后发生什么事，她都会爱我，永远和我在一起。"

向警官微微皱了皱眉，说："你觉得——她在跟你说这些话的时候，有没有一种'道别'的感觉？"

范尼抬起头来望着警官："道别？不，我没有这种感觉。我们的好日子才刚刚开始呢，她为什么要跟我道别？"

"你们认识多少年了？"

"十多年了……我们从相恋到现在，也有六年了。"

"她以前有没有跟你说过自杀一类的话题？或者是，你有没有感觉过她曾经有轻生的念头？"

"不，从来没有过！朱莉是个开朗、活泼、充满阳光和活力的姑娘。她精力充沛、性格坚强，向往艺术和大自然，没有任何人比她更热爱生活！"

"从她进卫生间到你发现她自杀，大概有多长的时间？"

范尼眉头紧锁地回想了片刻："最多五分钟……从我最后一次看见她，到我闯进那卫生间……最多不会超过五分钟。"

"她在卫生间的时候，你在做什么？"

"我就躺在床上，什么也没做。"

警官沉默了几秒，忽然突兀地问道："那把刀是从哪里来的？"

范尼的身体颤动了一下："你是说，那把她用来自杀的匕首？"

"是的。"

范尼捂住额头，痛苦而烦躁地说："我不知道，我不知道那把刀是从哪里来的！"

"你从来没见过那把刀？"

"没见过。"

"那这把刀是从哪里冒出来的？一个新娘在结婚当天竟然会随身携带匕首？而她又是怎么把它拿进卫生间而不被你发现的——请原谅，范尼先生，作为丈夫，你对这些情况一点儿都不了解吗？"警官突然有些咄咄逼人地问道。

范尼像是被这一连串的问题问蒙了头，他张着嘴愣了半天，似乎此时才开始意识到这些疑问确实令人匪夷所思。他思索了好一会儿后，喃喃自语道："难道……她一开始就把那把刀藏在皮包里，然后带到卫生间去的？"

"你是说，她带了一个皮包到卫生间去，而那把刀就放在里面？"

范尼困惑地摇着头说："我实在想不出来，她身上还有哪个地方能藏下一把匕首了。"

向警官用手托住下巴，眯起眼睛说："这么说来，她是早就准备好要在这一天自杀了……否则我想不出来有什么理由会让一个新娘带着一把匕首举行婚礼。"

这句话将本来已经冷静下来的范尼再一次推到了崩溃的边缘，他抓扯着自己的头发，失控地大叫道："为什么！为什么……朱莉！你为什么要这么做？为什么要这么残忍？我有什么地方做得不对吗？你告诉我呀！为什么要这样折磨我、惩罚我？"

范尼的情绪完全失控，他悲痛地号啕大哭、泣不成声。外面的护士闯了进来，对警察说："对不起，病人现在需要休息，不能受到刺激了——请你改天再来吧！"

向警官站起来，有些歉疚地对范尼说："很抱歉，范尼先生，我想我已经了解得比较清楚了——就不再打扰了，你好好休息吧。"

警官正要转身离去，范尼却稳住情绪，声音哽咽地叫住他："等等，警官，我想……再向你确认一件事。"

"什么事？"警官望着他。

范尼强忍住悲痛问："我妻子她……真的是自杀吗？"

警官微微一顿："你为什么要这么问？"

"我的意思是，你们真的能完全排除他杀吗？"

警官迟疑了一下，说："根据我们的调查和分析来看，你妻子绝对是自杀的——因为事发当时你就在那个房间内，即便房间没有上锁，也没有哪个凶手能做到偷偷地进来从正面杀死你的妻子而不让她有丝毫的挣扎，或者是发出一丁点儿的响动；况且他还要有足够的时间和耐心来将你妻子的手握在刀柄上将她摆成自杀的样子，并处理好自己身上的血迹——在我看来，就算是一个职业杀手也不可能在五分钟之内完成这种谋杀。除非——"

警官说到这里，停了下来。

范尼抬起头来望着他："除非什么？"

警官的目光游移了一阵，又回到范尼的身上，清晰而缓慢地说："除非凶手是你。"

"向警官！"站在门口的范尼的婶婶冲进来，大声斥责道，"你在说些什么！你知不知道他们有多相爱？你是不是嫌我侄儿受到的打击还不够大？还要说这些胡话来刺激他！"

令人意外的是，坐在病床上的范尼却完全没有愤怒生气的表现，他只是低垂着头，一副万念俱灰的模样，神情呆滞地低声自语："这么说，她真的是自杀了……她是不再爱我了吧，才会选择离我而去……"

他的声音越来越小。最后，他缓缓地躺到病床上，双目无神，一动不动，就像死人一样。

向警官整理了一下自己的警帽，将方向调正，语气坦诚地说："根据我这么多年的办案经验，我能看得出来，你不可能是凶手——告辞了，范尼先生，请你节哀。"

警官向病房里的人点头致意，然后迈开大步走了出去。

婶婶想上前去对侄儿说些安慰的话，但被自己的丈夫用眼神和动作制止了。"让他一个人静一会儿吧。"叔叔说。

范尼就这样一动不动地躺着，眼睛里充满哀伤。窗外枯黄的树叶就像他的心一样，在渐渐枯萎凋零。

不知什么时候，母亲坐在了儿子的床边，她充满爱意的手抚摸着儿子的额头，轻声呼唤着儿子的小名。范尼缓缓转过头来，望着一脸慈爱却布满倦容的母亲，他突然觉得，母亲也仿佛在一瞬间苍老了十岁。

范尼哽咽着叫了一声："妈——"像一个受尽委屈的孩子。

母亲俯下身去，将儿子的身体扶起来倚床而坐，对他说："儿子，我要你知道一些事情。自从亚当和夏娃偷吃了伊甸园的智慧果后，人类便犯下了原罪。每一个人来到这人间，就注定是要受苦受难的，无一例外。所以，我要你勇敢地面对这些痛苦和灾难，不能任由这些悲痛的荒草在你的身体内无限滋长、蔓延，最后吞噬你的内心。为了我，还有你的父亲，坚强些，好吗？"

范尼泪眼模糊的目光中，母亲似乎忽近忽远。他声音颤抖着说："妈，我也想坚强起来，可是……我真的怎么也想不通，朱莉她……她为什么要这么做？"

母亲捧住儿子的脸说："听着，我要你忘了这件事情。从今往后，我们谁都不要再提起这件事情。儿子，你还年轻，才二十六岁，即便经受打击，你也仍然拥有美好的人生和未来。记住！别再想这事了，过去的事情就让它过去吧！"

范尼的眼泪再一次夺眶而出："妈，我做不到，你知道的，我做不到！我不可能忘得了朱莉！"

母亲凝视着儿子的眼睛说："我要你忘记这件事，忘记朱莉——不是在今天，也不是下个星期、下个月。但是你必须尝试着忘记！你听懂了吗？它不能一直占据在你的内心深处，毁了你！"

范尼伤心欲绝地望着母亲，他分明发现，母亲的眼角也噙着泪花。最后，母子俩难以自控，一起抱头痛哭。

忘记朱莉，忘记我们的爱，这真的做得到吗？

时间能抚平一切的创伤，这句话真的对吗？

也许，我该用十年、二十年，或者更久的时间来验证。

第三章

半夜里，范尼被尿意憋醒了。他摸索着下床，朝卫生间走去。

四周都是黑咕隆咚的，范尼尝试着在墙边寻找电灯开关，却摸了半天也没摸到。他只能凭着白天的记忆摸黑来到卫生间旁。推开门后，他的手触碰到左边墙上的电灯开关，"啪"的一声，灯亮了。

小解完后，范尼到洗手池冲手。正洗着的时候，他无意间望了一眼自己正对面的那面大镜子，愣住了。

镜子里反射出的是整个洗手间的全貌，范尼注视了一阵后，突然张开了嘴，一种不寒而栗的恐怖感觉布满全身——

他骤然发现，这个洗手间的所有陈设、布置居然跟希尔顿酒店的 309 号房间一模一样！

范尼猛地回过头，心中无比骇然——没错，那副天蓝色的窗帘、浴缸边上紫色瓶子的沐浴露，还有米黄色的防滑地板砖，这些全都跟 309 号房间一样！

范尼感觉背脊中有一股凉意冒了起来，他不明白，为什么白天没有发现这些呢？

就在他神情惘然，慢慢转过身子的时候，他又望了一眼那面大镜子，镜子中竟反射出一个穿着红色旗袍的女人，她手中握着一柄尖刀，正对着喉咙。

"啊——！"范尼大叫一声，惊骇之中，他猛地转过身去，大喊道，

"朱莉，不！"

但已经迟了，那柄锋利的匕首已经深深地刺进了她柔软的脖子，鲜血如泉涌般喷溅而出，朱莉倒在地板上，顷刻之间，整个卫生间被染成一片血红。

"不，朱莉，不——"范尼声嘶力竭地狂喊——随即，他的眼睛猛地睁开，周围的一切变为现实。

"怎么了范尼，又做噩梦了？"身边的妻子贾玲迅速地起身，在丈夫的胸口不断轻抚着，并用枕巾拭擦着他额头上沁出的冷汗。范尼的胸口仍猛烈起伏着，大口喘着粗气，一脸的惊魂未定。

一分钟后，范尼才感觉好了些，他握住妻子抚慰自己胸口的手，说："好了，我好多了。"

贾玲担忧地把头靠在丈夫肩膀上，说："亲爱的，都过去十年了，你还忘不了那件事吗？"

范尼叹了口气，轻轻摇着头说："不，我早忘记那件事了——我只是无法控制自己不做噩梦。"

窗外的月光透过玻璃洒在范尼的脸上，使贾玲能看见丈夫的眼睛，她说："不，亲爱的，你没说实话。如果你真的忘记那件事的话，就不会总是反复做这个噩梦了。"

范尼沉默不语。贾玲抚摸着范尼的脸庞说："亲爱的，你就看在我们可爱的儿子的分上，别去想那些不愉快的事吧——我们现在的生活多幸福呀。"

范尼抬起头朝自己刚满四岁的儿子范晓宇的房间望去——看来小家伙睡得还挺沉，自己刚才那声歇斯底里的喊叫也没把他吵醒。范尼缓缓舒出一口气，对妻子说："我知道了，睡吧。"

贾玲顺从地点了点头，紧挨着丈夫，不一会儿便酣然入梦。但范尼的眼睛却一直望着那铺满银灰色月光的窗外。他清楚，每次只要一做这个噩梦，就意味着要度过一个失眠的夜晚了……

清晨醒来后，贾玲到儿子的房间帮儿子穿衣服。范尼揉着疲倦的双眼来到卫生间，洗漱完后，他用刮胡刀刮掉胡楂。他一边摸着下巴，一边端视着镜中的自己——因为大半夜的失眠，眼睛显得有些浮肿，但精神还不太差。镜中的男人虽然已不及十年前那般英俊倜傥，却多出几分成熟男人的稳重和刚毅，风采犹存。

此时，范尼的手机铃声响了起来，他接起电话："喂，你好。"

电话听筒里是甜甜的女孩的声音："董事长，早上好，是我呀。"

范尼听出是公司里女秘书的声音，问道："小周啊，什么事？"

"董事长，今天是星期天，也是您母亲的生日，您没忘吧？"

"嗯，我没忘。"范尼笑起来，"小周，你的工作职责什么时候扩展了，现在还要负责提醒我生活的日程安排？"

"不，董事长。"细心的女秘书说，"是您那天自己说起的，今天是您母亲的生日，您说很重要，千万不能忘了——我便记下来提醒您一下。"

"好的，谢谢你小周，我知道了。"

"董事长再见。"

范尼放下电话，出了一会儿神——这么多年了，他早该适应了"董事长"这个称呼，但每次听到别人这样叫自己的时候，他总会时不时地想起父亲来——十年前的那场惨剧后，父亲因脑出血住进医院。但所有人都没想到的是，父亲这一躺，竟然就没能再起来，他在昏迷了五天后猝然去世了。

短短的时间内便失去妻子和父亲的巨大悲痛，至今仍令范尼感到刻骨铭心。

十几秒后，范尼提醒自己——今天是母亲的生日，不能再想这些悲伤的往事了，应该打起精神来，高高兴兴地为母亲祝寿。

他走出卫生间，来到餐桌旁。妻子和儿子已经在吃着黄油面包和蔬菜沙拉了。范尼坐到儿子身边，摸着他的小脑袋说："晓宇，今天是奶奶的生日，一会儿我们去奶奶家玩，好吗？"

"好啊，好啊！"范晓宇高兴地拍着手掌说，"我最喜欢去奶奶家玩了！"

"因为去奶奶家，你就可以敞开肚皮吃零食了，对吧？"贾玲笑着说，"你这个小机灵鬼！"

范尼拿起一片抹好黄油的面包，咬了一口，说："我们一会儿先去商场买礼物，然后就去妈那儿。"

"不用了，我早就买好了。"贾玲从身后拿出一个精美的大口袋，里面鼓鼓囊囊的，"这件水貂皮大衣是 Dior 这一季的新款——保准妈满意。"

范尼首先就满意了，他微笑着说："太好了，贾玲，你真有心。"

"你妈妈的生日我敢忘吗？"贾玲笑着说，"快吃吧，我们早点儿去。"

吃完早饭后，范尼去车库把他白色的宝马轿车开出来。车子路过一家大蛋糕店时，范尼下车去给母亲订了一个豪华的双层蛋糕，并告诉店员母亲的住址。

十点半时，范尼一家来到了母亲漂亮的别墅。母亲早就猜到他们会来，正在门口的小花园里微笑着迎接他们。

范晓宇最先抢着下车，他欢快地跑过去，大声喊道："奶奶！"

"哎，我的小宝贝儿！"奶奶俯下身去捧住孙子胖嘟嘟的小脸，开心地笑着说，"你又长胖了，这回奶奶可抱不动你了！"

"妈。"范尼和贾玲一起跟母亲打招呼。

"好，好，快进来吧。"母亲带着儿子一家进屋，对保姆说，"你去泡一壶上好的龙井来。"

范晓宇还没来得及坐下，一眼就看见了玻璃茶几上堆成小山的果冻、巧克力酥和牛肉干，他"哇"地大叫一声，立刻扑到那堆零食中去。

贾玲坐到沙发上，无奈地摇着头说："妈，您又给他买这么多零食，越吃越胖了。"

母亲笑着说："小孩子嘛，就是要胖乎乎的才可爱。"

范尼把精美的口袋递给母亲，说："妈，这是贾玲给您买的衣服，您看看喜欢不？"

母亲将奢华的貂皮大衣从口袋里拿出来，"啧、啧"地称赞道："太漂亮了，可惜我一个老太婆哪穿得出这么新的款式呀。"

"哪儿呀，妈。"贾玲站起来将衣服在婆婆身上比了比，说，"您看起来最多也就五十岁，穿上这个保准好看。"

"呵呵呵呵……"母亲开心地大笑道，"还是我媳妇的嘴甜。"

这时，趴在茶几前的范晓宇也停止往嘴里塞牛肉干，他从背着的小书包里拿出一幅画，嚷嚷道："奶奶，我也有礼物要送给你！"

奶奶接过来一看，那张画上用蜡笔稚趣地画着太阳、白云和一张笑脸，并歪歪斜斜地写着"祝奶奶生日快乐"几个大字。老妇人高兴得一把将孙子抱过来，一边亲一边说："我们晓宇越来越聪明了，会写字、画画了！"

清香扑鼻的龙井茶泡来后，一家人其乐融融地边喝茶边聊天。不一会儿，到了中午，保姆已经做好了丰盛的饭菜，订的蛋糕也送了过来，大家一起围坐到餐桌上。

范尼说："妈，中午在家里吃，晚上我去大酒店给您好好地订一桌。"

母亲摆着手说："不要去订了——人老了，不在乎吃什么好的。你们一起来玩就是让我最高兴的事了。"

范尼有些愧疚地说："可惜我平时工作太忙了，不能经常来看您。"

"我知道，妈不会怪你的。以前你爸当董事长的时候也是这样，经常不沾家……"说到这里，母亲骤地停了下来，她把手指放到嘴唇上，仿佛意识到说了不该说的话。

尴尬的空气持续了几秒钟，贾玲端起桌上的酒杯说："来，我们一起祝妈生日快乐！"

"对，祝妈生日快乐。"范尼赶紧附和。

范晓宇也举起饮料，一字一句地说："祝奶奶生日快乐！"

"好、好、好！"母亲的脸上又展露出笑颜，她举起酒杯，说道，"干杯！"

吃饭时，范尼一直对保姆王阿姨的手艺赞不绝口："嗯，这个红焖大虾的味道绝了！大闸蟹也烧得好……还有那个鱼翅羹，都是一流水平嘛！"

贾玲也不停点头称道："妈，我知道您为什么不愿意去大酒店吃了，王阿姨的手艺简直就跟大酒店一模一样嘛。"

母亲得意地说："你们不知道吧，王阿姨以前是专门学过厨艺的。"

王阿姨被夸得有点儿不好意思，红着脸说："你们过奖了。"

范尼对妻子说："贾玲，你没事也跟王阿姨学两手，回去好做给我和儿子吃呀。"

贾玲笑着说："我哪儿学得会呀，王阿姨这手艺一看就知道是十几年功底的。"

母亲说："你们俩工作都忙，饮食上就更该吃营养些，别老是到外面去吃那些西餐呀什么的——没中国菜有营养。"

范尼挽着儿子的肩膀说："妈，您看看这小子就知道我们吃得营不营养了。"

母亲开怀大笑起来，随后，舒出一口气："看到你们全家都好，我就放心了。"

贾玲嚼着菜的嘴放慢了，她低声说道："我们其他的什么都好，就是——"

"就是什么？"母亲问。

贾玲犹豫了一下，说："就是范尼时不时地还是会做噩梦。"

母亲脸上的笑容渐渐凝固下来，表情变得有些僵硬。

范尼看了一眼母亲，微微地瞪了贾玲一眼，然后对母亲说："妈，没什么……我好久都没做过了，我……不是经常。"

母亲还是没有说话。范尼对儿子说："晓宇，给奶奶夹菜呀。"

范晓宇听话地夹起一条鱼放到奶奶碗里，说："奶奶，吃鱼。"

"哎，好，我的乖孙子。"老妇人的脸色这才缓和一些。

接下来的进餐过程中，气氛都有些尴尬沉闷，几个人有一搭没一搭地说着话。

下午，范尼和妻子陪着母亲，带着儿子到附近的公园去玩。今天的天气很好，冬日的暖阳将大家的身心都晒得暖洋洋的，谁都没有再说起不高兴的事，母亲的情绪又变得好起来。

吃过晚饭后，大家一起在客厅看了会儿电视。九点钟，范尼告诉母亲，他们该回家了。

"这个生日我过得很高兴。"母亲把儿子一家送到门口时说。

"妈，我以后一定多抽时间来看您。"范尼说。

母亲点点头，然后对儿媳妇说："贾玲，你带晓宇先上车吧，我跟范尼说几句话。"

"好的，妈。"贾玲对儿子说，"跟奶奶说再见呀。"

"奶奶再见。"范晓宇乖巧地向奶奶挥了挥手。

"再见，我的小乖乖。"奶奶在孙子的额头上亲了一口。

妻子和儿子上车后，范尼问："妈，您要跟我说什么？"

母亲抿了一下嘴，凝视着范尼说："你做得很好，儿子。"

"您指什么？"

母亲说："看看，你有温柔漂亮的妻子、活泼可爱的儿子，你还拥有让人羡慕的家产和职位，你是一个成功的男人——还有什么让你不满意的呢？"

"我对自己的生活的确是很满意啊。"

"那你就应该跟过去彻底告别。"母亲严肃地说，"试想一下，当年就算没有发生'那件事'，你的生活也未必就比现在好，对吗？"

"妈，我真的没有再去想那件事了。"

"那就好，儿子。"母亲说，"但你如果实在无法控制自己不做噩梦，就应该找个心理咨询师好好谈谈。"

"我知道了，妈。"

"好的，去吧。"母亲拍拍儿子的肩膀。

"妈，您自己要保重，我会经常来看您的。"范尼跟母亲告别，跨进自己的轿车。

车子开在路上，范尼一直阴沉着脸，一言不发。贾玲终于忍不住了，一脸歉疚地说："亲爱的，对不起，我不是故意的，我一不注意就说出来了。"

"不是故意的？你难道猜不出妈听了你这么说会是什么反应？我妈已经是快七十岁的老人了，你就不要让她再为我担心了，好吗？"

贾玲委屈地说："我也是担心你，为你好啊。"

范尼烦躁地叹了口气，没有再说话了。

范尼的轿车行驶到一条人流熙攘的小街时，被迫放慢了速度。本来一直在玩着机器人玩具的范晓宇被一阵扑鼻的香味吸引了，他朝车窗外一看，发现街道旁有一家烧烤店正烤着焦黄油亮的羊肉串，烤肉的香味在空气中四溢，让范晓宇连吞口水，他嚷道："妈妈，我要吃烤羊肉串！"

贾玲望了一眼那家烧烤店，说："晓宇，这些街边小店的食物不卫生，吃了会拉肚子的。你饿了妈妈带你去必胜客吃吧。"

"不嘛，我就要吃这个！"范晓宇闹着说，"必胜客早就吃腻了！"

"烤羊肉串有辣椒，小孩子不能吃这个。"

范晓宇指着烧烤店里几个和他年龄相仿、正嚼得满嘴冒油的小孩说："那他们怎么在吃啊！"

"晓宇，听妈妈的话……"

"不嘛，我饿了，我要吃！"范晓宇任性地哭闹起来。

范尼本来就有些烦躁，听到儿子的哭闹，更感觉心烦意乱。他对贾玲说："他要吃，你就下去给他买几串嘛。"

贾玲摸了摸自己身上高档的毛料时装，皱着眉头不情愿地说："我才不想到那烧烤店去，弄得一身的油烟味儿。"

范尼无奈地摇了摇头，对儿子说："别闹了！爸爸去给你买。"

范尼将轿车停到路边，贾玲不愿下车，带着范晓宇留在车上。范尼径直朝烧烤店走去，对店老板说："烤十串羊肉串，不放辣椒。"

"好的，您这边坐着等会儿，马上就好！"老板麻利地翻烤着手中的肉串，同时热情地招呼客人。

范尼点了点头，但并没坐在店门口的椅子上，只是站在烧烤摊旁边等待。

等了一阵后，范尼发现这家烧烤店的生意出奇地好，不但店内坐满了人，就连门口也摆出来好几桌，各桌都在催着老板烤快点儿——范尼开始意识到，老板所谓的"马上就好"完全就是一句不负责任的口头禅。

就在他百无聊赖地等待时，忽然听到旁边一桌喝着啤酒的年轻人爆发出一阵嘘声和笑声。一个胖子用嘲笑的口吻对另一个戴着眼镜的男生说："太老套了吧？这种鬼故事也想吓人？"

那戴眼镜的男生被同伴讥笑得面红耳赤，不服气地说："那你们讲一个新鲜的呀！"

胖子"嗷"地哼了一声："这年头，还有什么鬼故事吓得了人啊？

算了，哥今天给你们讲一个真实的，就发生在我们本市的恐怖事件，保准把你们吓破胆！"

"别铺垫这些没用的了，快说吧。"一个戴着帽子的男生说。

胖子做了个让大家安静的手势，表情严肃下来："哥儿几个听着，你们别不相信，这件事还真是千真万确的，就发生在几个星期前，我们本市的希尔顿酒店里。"

范尼的脸慢慢转过来，凝视着这一群人。

胖子故意压低声音，面色阴沉地讲道："我哥哥是希尔顿酒店客房部的领班，那天他跟我讲了一件事。说酒店里的一个服务生有一天在 309 这个房间里打扫卫生时，突然，走廊里的人听到他惊叫一声，然后就连滚带爬地冲了出来。其他几个服务员将他扶住，他却仍然脸色煞白地不断惊叫，好几分钟后才停下来，身子却还是不停地猛抖。"

听到"309"这个数字，范尼不由自主地张开了嘴，他紧紧地盯着那讲话的胖子。

那伙年轻人中的一个女孩子问道："到底发生什么事了？"

胖子表情夸张地瞪大眼睛说："那些服务员也这么问。于是，被吓得半死的服务生颤抖着告诉他们——刚才他在 309 号房间的卫生间里打扫时，放了些水在浴缸中准备擦洗浴缸，却无意中发现水中除了自己的倒影外，还有另一个女人的倒影！那女人穿着一身红色的旗袍，满身是血，正直勾勾地盯着他看——把他吓得魂都没了，屁滚尿流地就跑了出来。"

"后来呢？"有人问。

胖子耸了耸肩膀："很遗憾，真实的恐怖故事就是这么短，据说那可怜的服务生居然就这么被吓疯了。而我的哥哥后来从酒店里工作了十几年的老服务员那里打听到，很多年前，那个 309 房间真的死过人，一个年轻女人在那里自杀过！"

"这故事就完了？"戴帽子的男生问。

"完了。"胖子说。

年轻人们又爆发出一阵哄笑声，戴帽子的男生说："还以为能听到什么新鲜鬼故事呢——胖子，你这个故事比眼镜那个还要烂。"

"嘿，嘿！"胖子略显愤怒地提高声调说道，"我再跟你们强调一次，这是真实的事情，就发生在几个星期前，我敢向你们发誓这绝对是个……"

说到这里，他突然感到肩膀被一只大手用力地抓住了，那只手像是陷进了他松散的皮肉里，将他抓得生疼。胖子诧异地回过头，见一个神色骇然的中年男人正惊恐地盯着自己。

那一桌的年轻人都愣住了，胖子惊诧莫名地问道："你是谁……你要干什么？"

范尼一字一顿地问道："你刚才说的，都是真的？"

胖子张大嘴，愣了几秒，说："……是真的。"

"那个被吓疯了的服务生，现在在哪里？"范尼问。

"听我哥哥说，他……就在市里的精神病院里。"胖子回答，然后又疑惑地问道，"你是谁？你问这干什么？"

范尼慢慢松开抓着胖子的手，魂不守舍地转过身去。那一桌年轻人面面相觑，不知道这是怎么回事。

范尼感觉脑子乱得简直像一个蜂巢，那些蜜蜂在不断地飞进飞出，让他的大脑一会儿杂乱无比，一会儿又变成一片空白。他呆滞地站了不知道多久，直到身边的那个声音不断提高，他才迷茫地转过头，望着那个叫他的人。

"先生，先生！您想什么这么入神呢？"店老板笑着递给范尼一袋食物，"您的烤羊肉串好了。"

范尼机械地接过肉串，从口袋中掏出钱包，看都没看一眼，抽出一张一百元的递给店老板，朝自己的轿车走去。

"哎，先生！找您的钱哪……先生？"店老板惊讶地看着这个魂不附体的男人渐渐走远。

范尼上车之后，范晓宇立刻从爸爸手中接过羊肉串，拿出一串咬了一口后，叫道："哇，真香。"

"怎么烤个羊肉串要这么久啊？"贾玲问道，随即发现丈夫的脸色有些不对，又问，"你怎么了？"

范尼将手放在方向盘上，却并不发动汽车，只是神情惘然地望着前方。

"出什么事了？"贾玲又问。

范尼望了妻子一眼，又望了望身边大快朵颐的儿子，叹了口气，说："没事，走吧。"

贾玲满脸的疑惑，但范尼发动汽车后，她也没有再问了。

第四章

回到家，贾玲帮儿子洗完脸、脚，安排他睡下后，自己也洗了个澡。她穿着睡袍来到卧室，发现丈夫连外套也没换，穿着整齐地半靠在床头，仍旧一副忧心忡忡、若有所思的样子。

贾玲躺到床上去挨着丈夫，不解地问道："你到底怎么了？买完那个羊肉串回来就一直心事重重的，你到底遇到什么事了？"

范尼皱着眉头轻轻地摇头，不时叹一口气。

贾玲从床上坐起来，翻到丈夫的正前方，双手捧住他的脸，强迫他看着自己的眼睛："范尼，你要这样到什么时候？我到底是不是你的妻子啊？你遇到烦心事就一句话都不想跟我说？"

范尼望着妻子的眼睛，不一会儿眼神又黯淡下去："我不知道该怎么说……"

"你遇到了什么事就怎么跟我说。"

范尼把头低下去，不知道在想些什么，过了一会儿，他抬起头来，突如其来地问了一句："贾玲，你说这世界上真的有'鬼魂'吗？"

贾玲显然被吓了一跳，她浑身抖动了一下，说："什么意思？"

范尼眉头紧锁着说："我刚才在那个烧烤摊旁等着烤羊肉串时，听到一个年轻人在讲什么'恐怖故事'，他说这是几个星期前发生在本市的真实事件——希尔顿酒店的一个服务生在打扫309号房间时发现……发现了……"

贾玲将被子抓起来裹住身体，小心地问："发现了什么？"

范尼讲的时候自己都感觉毛骨悚然："他在309号房间的卫生间里擦洗浴缸时，看到了一个女人的倒影……而且，那个女人，她穿着红色的旗袍，全身是血！"

"啊……天哪！"贾玲被吓得脸色煞白，后背发麻，她惊恐地捂住了嘴。

范尼望着贾玲："他看到的，是……朱莉的亡魂，对吗？"

"别说了！"贾玲恐惧地摇着头说，"别再说了，太可怕了！"

"可感到害怕的只有我们！"范尼说，"那些听'故事'的年轻人全都不屑一顾，他们认为这只是一个拙劣的恐怖故事而已！"

过了好一会儿，贾玲稍稍平静了一点儿，她掖紧身上的被子问："那又怎么样？"

"这说明，那些年轻人根本就不知道十年前希尔顿酒店的309号房间确实发生了这样一件事——那么他讲的这个'恐怖事件'，难道是真的？"范尼难以置信地说。

"不，这不可能。"贾玲摇着头说，"你自己都说了，他们只是在'讲故事'而已，可能是他们当中的某一个人恰好编了一个恐怖故事，这个故事和十年前的惨剧有某些巧合而已。"

"巧合……"范尼抿着嘴，摇着头说，"不可能有这么巧的事。为什么恰好是'309'号房间？为什么恰好是一个穿着'红旗袍'的'女人'？为什么……恰好是'满身的鲜血'？"范尼哀伤地说："为什么所有的一切都跟十年前发生的事完全一样？"

贾玲打了个冷噤，竭力压抑住自己的恐惧感，说："范尼，我觉得……会不会是这样——十年前那件事曾经轰动全市——虽然现在过了这么久，已经没人再提这件事了，但总会有些人还记得这件惨案的。他们以这个为题材来编了一个恐怖故事，所以知情者听起来就像是真的一样。"

范尼突然想起那个胖男人说过，他的哥哥在酒店的老服务员那里打听并证实到——"很多年前确实发生过这种事"——范尼若有所思地缓缓点着头说："你说得对，可能就是这样，那些无聊的人用十年前的惨剧来编该死的鬼故事！"

贾玲抚摸着丈夫因愤怒而大幅起伏的背脊，安慰他说："别跟他们一般见识了，亲爱的。从别人的痛苦中发掘出低级快乐正是这些人的专长和乐趣所在。我们不值得和这种人怄气。"

范尼一言不发地坐在床边，但他身体的起伏平缓了许多，贾玲对他说："去洗个澡睡吧，亲爱的，今天也真是够疲倦了。"

范尼点了下头，疲惫地揉了揉脖子，走进卫生间。

淋浴的时候，范尼试图让温暖的水流冲刷掉自己身上所有的困惑和不快。但只要他一闭上眼睛，脑子里就会浮现出那个胖子讲故事时严肃而阴冷的表情，以及他不断强调的那句话——"这件事还真是千真万确的，就发生在几个星期前"。范尼在心中反复自问：那家伙说的到底是真的，还是在编故事？

等等，几个星期前？

范尼猛然睁开眼睛——对了，我怎么这么笨！很简单就能证实到这件事的真实性啊！

他赶紧关掉淋浴器开关，连身体都来不及擦干，披上浴袍就走了出来，急匆匆地来到书房。

在书柜顶端的一个小盒子里，范尼小心翼翼地拿出一样东西，他轻轻地抚摸着它，暗忖道——我知道怎么去验证了。

第五章

　　星期一的早晨总是特别忙碌。一家人都起来得很早，但贾玲帮儿子穿戴好，自己再梳妆完毕后，还是快到上班时间了——身为商业银行副行长的她，可是从来都不允许自己迟到的。

　　贾玲帮儿子背上书包，和他一起走到门口，边换鞋边对丈夫说："范尼，我开车把儿子送到幼儿园，然后就直接去上班了——早饭你自己解决啊。"

　　"嗯，我知道。"范尼对着镜子调整了一下领带的位置，点头道。

　　贾玲牵着儿子匆匆地出门了。门从外面带拢后，范尼看了一眼门厅，然后从西裤口袋里摸出手机，拨通公司的电话。

　　"喂，您好。"

　　范尼对电话那头的女秘书说："小周啊，是我。"

　　"是董事长，什么事？"

　　"我今天身体有点儿不舒服，就不到公司来了，你一会儿帮我通知一下各位董事，说今天上午的董事会改到明天上午开。"

　　"好的，董事长。您——没什么大碍吧？"

　　"没什么，就是有点儿伤风感冒而已。"

　　"那好，董事长，您好好休息，再见。"

　　"再见。"

　　挂完电话，范尼立刻抓起桌上的黑皮包，迫不及待地走出家门。

从车库中将白色宝马车开出来后，范尼疾驰上路。

四十分钟后，他便来到了位于郊外的市精神病医院。

范尼将车子停好，径直朝精神病院内走去，门口的警卫问道："先生，请问您有什么事吗？"

范尼说："我来看望一下我的一个朋友。"

"请您在这儿登一下记。"警卫递给范尼一个来访记录本。范尼在上面签上自己的名字，然后走了进去。通过病院内的标识牌，他很快就找到了院长室。

范尼礼貌地在院长室门口敲了敲门，里面传出一个中年女人的声音："请进。"

范尼推门走了进去，冲办公室内的女院长点头致意："您好，院长。"

"你是……"女院长推了推眼镜框，望着他。

范尼双手将自己的名片递给女院长，说："我是吉恩外贸进出口公司的董事长，叫范尼——我来找您了解一些事情。"

女院长认真看了一下名片，做了个手势，对范尼说："请坐吧，范董事长。"

"谢谢。"范尼点头致谢，然后坐在院长侧面的沙发上。

"您想找我了解什么事情？"女院长问。

"是这样。"范尼编着准备好的故事，"我听一个朋友说，你们病院前不久送来了一个病人，他有些像我以前失散的一个亲戚——所以我专门来看看，想证实是不是他。"

院长努了下嘴，说："我们这里时常都会有新病人来，您说的到底是哪一个？"

"他是希尔顿酒店的一个服务生。"范尼凝视着院长，"您这儿有这样一个病人吗？"

女院长从办公桌旁拿起一个资料夹："我得找找看，前不久送来的……"

过了半分钟，女院长指着资料夹中的一个人说："哦，是的，有这样一个人，叫赵平，二十七岁，是希尔顿酒店的服务生，一个多月以前送来的——这是你要找的人吗？"

范尼心中一震，从沙发上站起来："院长，我能见见他吗？"

女院长看着资料说："嗯……这个人并无家族精神病史，是受到一次惊吓之后才突发精神病的，情况还有些严重……范董事长，你刚才说什么？"

范尼几乎已经在心中肯定了这就是他要找的人，他略显焦急地说："院长，我想马上见见这个人！"

女院长取下眼镜，对范尼说："可以，但我得提醒你，这个病人的情绪很不稳定，现在住在单人病房里——你可以去跟他见见面，但不要跟他说太多的话，特别是不能刺激到他。"

"好的，院长，我知道了。"

"我请一个医生带你去。"女院长拿起桌子上的电话，按了一个号码后，说，"刘医生吗，你现在到我的办公室来一趟。"

不一会儿，一个穿着白大褂的年轻女医生来到院长办公室。院长把范尼的情况简要叙述了一下，最后说："你带范董事长到 201 病房去一趟，看看那个赵平是不是他要找的人。"

"好的。"年轻的刘医生对范尼说，"你跟我来吧。"

范尼朝院长微微鞠躬道："真是太感谢您了，院长。"

"不用谢，希望你找到失散的亲人。"女院长微笑着说。

离开院长室，刘医生将范尼带下楼，穿过一个小操场后，来到一幢四层高的大楼前，这里的牌子上写着"三病区"。

刘医生一边走一边说："这里全是单人病房，住的都是情况比较严重的精神病患者。你一会儿和病人见面时要记住，尽量小心谨慎，千万别说任何可能刺激到他的话——就算他真是你失散的那个亲戚，你也别急着认他，以免他情况失控。"

范尼点头道："我知道了，刚才院长也提醒了我。"

走在三病区的走廊上，范尼才真正感受到精神病院应有的氛围。两边的单人房间里传出各种怪异的笑声、哭声、喊叫声甚至骂人声，有些完全是歇斯底里的。带路的刘医生似乎对这一切早就习以为常、司空见惯了，她带着范尼来到 201 病房前，轻轻推开房门。

这间病房比其他的都要安静，一个穿着条纹病员服的年轻男人背对着门，正跪在桌前摆弄着一个闹钟。病房里还站着一个男医生，拿着一个本子在记录什么。

刘医生走到那男医生面前低声说了几句话，又问："他今天打过针了吧？"男医生点了点头，离开了这间病房。

刘医生对站在门口的范尼轻声说："你绕到他前面去看一下他是不是你那个亲戚。"

范尼悄悄地走进来，转到病床的另一边，看见了那年轻病人的脸——这是一张陌生的、毫无特点的脸——但为了能符合自己编造的剧情，范尼故意装出激动的样子，然后对刘医生重重地点了一下头。

刘医生走到范尼身边说："他真的就是你要找的人？"

"是的。"范尼故作肯定地说，"谢谢你，刘医生，你——能让我跟他单独谈会儿话吗？"

"那可不行。"刘医生摇头道，"我之前说了，这里的病人情绪都极不稳定，你现在看他好好的，一会儿要是发起病来你根本不知道该怎么办。"

"我保证不说什么刺激他的话。"

"很抱歉，这是我们医院的规定——三病区的病人不能单独和客人见面。"

范尼无可奈何地说："那好吧。"

刘医生说："你先试着问一下他，看他认不认识你——记着，声音尽量轻柔些。"

范尼点了点头，他俯下身去，轻声问道："赵平，你认得我吗？"

年轻男人缓缓地抬起头来，睁大眼睛盯着范尼看，一副困惑的样子——范尼被盯得心里发怵，将自己的目光移到一边。

过了一会儿后，赵平的神情不再困惑了，他拍着巴掌叫起来："我认出你来了！"

刘医生和范尼同时一愣。范尼心想——不可能吧，这么配合？

赵平开心地拍着手说："你是周润发嘛，演《上海滩》的那个，我当然认识了！"

刘医生双手抱在胸前，苦笑着摇了摇头，坐到一旁的椅子上。范尼也是哭笑不得。

范尼想了一会儿，索性顺着赵平的意思往下说："你看过我演的电影？那你知不知道我还演过什么？"

赵平一下来了劲："我当然知道，你演过警察嘛，还演过坏人，对了，你还演过王昭君呢！你演的王昭君好漂亮啊，比那些女明星还要漂亮！"

说着，赵平比出兰花指做了一个京剧里花旦的姿势。坐在一旁的刘医生终于忍不住了，"噗"的一声笑出声来。

范尼却顾不上好笑了——他已经找到了他需要的切入点。他对赵平说："你喜欢漂亮的演员啊？我带了一些漂亮演员的照片来，你要看吗？"

赵平欢快地鼓掌叫道："太好了！太好了！快拿给我看吧！"

范尼望了一眼刘医生，刘医生轻轻点了下头。范尼从自己的皮包里拿出一沓昨天晚上准备好的海报、照片，他把第一张递给赵平，说："这是谁，你认识吗？"

赵平接过来看了一眼，立刻说："我认识，这是刘嘉玲嘛！"

范尼笑着说："对。"又隔着病床递了一张过去："这张是谁呢？"

"是巩俐。"赵平肯定地说。

范尼微笑了一下，接着又递："这张呢？"

"哇，这个我最喜欢了！林青霞嘛！"赵平兴奋地跳起来，"她演的变形金刚可威风了！"

"是啊。"范尼一边配合着赵平的胡说八道，一边将照片不断地递给赵平看，赵平越说越兴奋，手舞足蹈、眉飞色舞。

那一沓照片还剩下最后两张时，范尼看了看自己手里，咽了口唾沫，有些紧张起来，他把倒数第二张递给赵平。

这是一张电影《花样年华》的剧照，出乎意料的，赵平这回居然说对了一次："这个是张曼玉啊，我看过这部电影的，她在戏里面穿的那些旗袍都好漂亮！"

范尼微笑着点头，然后，他再一次看了一眼自己手中的最后一张照片，将它立起来放到赵平眼前，眼睛紧紧地盯视着他说："这一张呢？”

赵平的目光接触到那张照片后，先是一怔，随后他的嘴慢慢张开了，浑身颤抖不已，面色惨白得如同那白色的床单一样，他惊叫一声，然后双手捂着头，疯狂地打开门，冲到走廊上去。

刘医生大惊失色，她从椅子上站起来，飞快地跑出去，对走廊里的医生和护士大喊道：“快拦住他！”

几个男医生和护士一拥而上，其中一个高大的男医生将赵平拦腰抱住，另外几个人分别按住赵平的手和腿，但拼命挣扎、惊声尖叫的赵平却让五六个人都不能将他完全制服。他那撕心裂肺的尖叫让闻声者都感到毛骨悚然。

一个护士拿来一支镇静剂，艰难地注射到赵平的身体中，几分钟过后，他才稍稍平静一些，但仍然惊悸地睁大眼睛，全身颤抖，嘴里语无伦次地念叨着：“求求你……求你，别再来找我了！别再来找我了！”

赵平被抬到另一间特别病房后，刘医生满头大汗地返回到201病房，气冲冲地对呆站在原地的范尼说道：“你到底拿了什么给他看！把他吓成这样！你知道吗？他在我们这里治疗了一个月后，情况已经好得多了，但刚才这么一折腾，又都前功尽弃了！”

范尼呆若木鸡地站在原地，手里捏着那张照片，无言以对。

刘医生烦躁地冲范尼挥了挥手说：“你快走吧，在他好之前你别再来看他了！”

范尼拖着沉重的脚步离开。

回到自己的车子上，范尼再次看了看手中拿着的那张照片——照片中的朱莉穿着红色的旗袍，微笑地望着他。

但范尼却已经泪如泉涌了，他喉咙里涌起的那些酸楚、悲怆的感觉几乎堵住了他的呼吸道，令他有一种窒息般的眩晕感。他轻声地问着照片上的妻子，他心中最爱的妻子——

朱莉，这么多年了，你还在那里吗？

第六章

  星期二的董事会上，范尼在讲话时毫无条理，频繁出错，周秘书在一旁小声地提示了他若干次后，范尼才匆匆结束了糟糕的讲话。

  与会的董事、总经理们都无比诧异——董事长今天的表现与以往精明能干、雷厉风行的形象实在是大相径庭。

  董事会结束后，所有的人都离席而去。偌大的会议室只剩下两个人，范尼和公司的总经理项青——他们是十多年的好朋友。

  项青的年龄和范尼差不多大，他的身材比范尼矮小一些，长着一张娃娃脸。此时，他毫无顾忌地坐在范尼面前的会议桌上，看着精神萎靡、面容憔悴的范尼，问道："你怎么了？"

  范尼双手交叉撑在额前，低头不语。

  项青说："你是不是昨天的感冒还没好啊？要不我陪你去医院看看吧。"

  范尼稍稍抬起头来，叹了口气道："不，我没事。"

  "没事？"项青歪着头观察范尼，"你看看你那脸色，差得不能再差了——到底出什么事了？"

  范尼望着窗外，愁眉不展地说："我跟你说了也没用，你帮不了我的。"

  "那可不一定。"项青说，"是不是跟贾玲吵架了？跟我说说，没准我还真能帮你出出主意呢。"

范尼烦躁地摇着头说："别猜了，你再猜一百次也猜不对。我遇到的这件事情连我自己都难以置信。"

项青愈发感到好奇了，他俯下身追问道："你到底遇到什么事了——这几年世界各国我都跑了不少，什么怪事没见过？难道你遇到的事情更奇怪？"

范尼望着项青，忽然也有些倾诉的欲望。他再次叹了口气，从那天晚上烧烤店发生的事一直讲到昨天离开精神病院，他讲得很详细，足足半个小时才讲完。

听的过程中，项青的眼睛越睁越大，最后瞪到了无以复加的地步。范尼讲完后，他一脸的惊骇，连打了好几个冷战。

范尼白了他一眼："你不是什么怪事都见过吗？怎么还吓成这样？"

项青惊诧地张大嘴，好半天才说："……太不可思议了，我以前倒也听说过这类怪事，但我全当故事听了。没想到，这次竟然真真切切地发生在了你的身上！"

"你怎么知道我不是在讲故事呢？"

项青说："我太了解你了，你是绝对不可能拿朱莉来开玩笑的。"

范尼又愁眉不展地撑住额头，长吁短叹。

项青问道："范尼，你现在在苦恼什么？"

范尼沉默了一会儿，神思惘然地说："这几天，我老是在想一个成语。"

"什么成语？"

"'阴魂不散'。"范尼缓缓地说，"我老是在想，为什么中国会有这样一个成语呢？人死了以后真的会有阴魂吗？而这些阴魂会不会因为怨念而一直留在死去的地方？"

"嘿，嘿。"项青伸出手掌，神色严峻地说，"范尼，你有些走火入魔了。其实你知道的，这只是一个成语而已，是用来比喻一些事情的。"

"那么这件事我该怎么理解？那服务生看到的如果不是朱莉的魂魄，又会是什么？难道我要自欺欺人地对自己说——别去想这些了，这不是真的。对吗？"

两人一起沉默了一阵。项青抿着嘴唇，轻声说："范尼，我不知道该不该说这些话——你得考虑一下你的现在，你已经有新的妻子了，还有可爱的儿子，你们生活得幸福愉快。你为什么还要去纠缠这些多年前的事呢？这对你来说有什么意义？"

　　范尼望着项青："这是我要去纠缠的吗？我也不知道去买几串羊肉串就会引发这一系列的事啊！"

　　"这当然不是你的错。可你一旦知道了这些就丢不开，整天愁眉苦脸地去想，这有什么意义？"

　　范尼摇着头说："我没有办法，我无法控制自己不去想。"

　　项青双手撑在桌上，凝视着范尼："范尼，朱莉已经死了——这是不可改变的事实。不管你怎样苦恼、怎样思索，她都再也回不来了，你明白吗？"

　　"我当然明白。"范尼忽然像一个软弱的孩子那样说道，"这十年来，我无时无刻不在告诉自己，别再去追究那件事了，我得过好自己现在的生活——可是，当我知道这件事后，整个人又几乎崩溃了。十年来一直萦绕在我心底的那个问题又重新鲜活起来——朱莉为什么要死？为什么要在新婚当天自杀？——这个问题折磨了我足足十年！我知道，如果在我有生之年不能找到这个问题的答案，我会永无安宁的！"

　　项青摇着头，长长地吁了口气。迟疑了片刻后，他说："要不……你就亲自去问朱莉吧。"

　　范尼抬起头来，眯起眼睛："你说什么？"

　　项青坐到范尼身边，盯着他："听我说，范尼，我知道我们这个城市里有一个有名的通灵师。"

　　"通灵师？"

　　"对，就是灵媒。你懂这是什么意思吧？"

　　范尼急促地点了点头。

　　"那人自称能与死去的人，也就是灵魂做交流——也许，你可以找他试一下，看能不能通过他问出些什么来。"

　　范尼皱起眉头问："通灵师……这种职业合法吗？"

　　"当然不合法！这种事情显然是只能在地下进行的——你还以为

他会在市中心租个店位呀？"

范尼想了一会儿，说："你以前找过他没有？我的意思是，你试过吗？有没有用？"

项青耸了耸肩膀："我有什么事情值得找他帮我通灵？我那些亲戚们在死之前把后事交代得比教科书还详细——我是有一次跟着朋友去了一趟，才知道我们这座城市里原来还有做这种事情的。"

范尼瞪大眼睛："你看见他怎么通灵了？"

项青说："不，我跟着我朋友去的只是他的家，我们去是提前预约的——你能想得到吧，通灵这种事可不像炸薯条那么简单，不是说做就能立马做的。"

"那他是在哪里通的灵？"

"我朋友的家里。"

"怎么样？"范尼急切地问，"有用吗？"

"好像还行吧。"项青歪了一下嘴巴，"我那个朋友也没跟我说得太具体。"

范尼短暂地思考了一下，说："好的，我决定试一下！"

"我们什么时候去？"项青问。

范尼从椅子上站起来："现在。"

"现在？这都快中午了……"项青接触到范尼急迫的目光，"好吧，就现在。"

两人走出会议厅，乘坐电梯来到公司底楼。一路上碰到的员工都向他们弯腰致意："董事长好，项总经理好。"

出了门，项青说："坐我的车去吧，我认识路。"

范尼点了点头，跨进项青的丰田轿车。

项青开着车在城市里七弯八拐了好一阵，驰进一条僻静的小街，最后在一幢楼房前面停了下来。两人下车后，项青指着二楼的一块"曾氏中医推拿"的招牌说："就是这里。"

"中医推拿？"范尼望着项青。

"表象而已。"项青说，"总不能在招牌上直接写'通灵事务所'吧。"

"那不知情的人怎么知道这里实际上是做什么的？"

"都是像你这样知道的，走吧。"项青说。

两人走过昏暗、狭窄的楼梯，来到二楼，左边的房门开着。项青带着范尼走进去，看见里面铺了几张按摩床，几个年轻学徒正在给客人做着按摩，离门最近的一个小伙子问道："两位先生，按摩吗？"

项青走过去对他说："我是来找你们师傅，曾广全老先生的。"

"两位有什么事？"

项青像说暗号一样说道："最近家里出了点儿事，想请曾老先生帮着问问。"

小伙子点头道："我知道了。"然后对旁边坐着的一个年轻女孩说："小媛，你带两位先生去师傅那里。"

年轻女孩站起来对着两个客人做了一个"请"的手势，说："两位请跟我来吧。"

项青和范尼跟着她来到里面的一间屋，屋里坐着一个头发花白、脸庞瘦削的中年人，看上去五十岁左右，并不是范尼想象中那么老。看来"老先生"这一称呼是一个尊称了。他穿着一身古朴的米黄色唐装，看上去像一个民国时代的人。

那个叫小媛的女孩尊敬地对师傅说："曾老师，这两位客人想见您。"

曾老先生冲她挥了挥手，示意她出去，然后对两位客人说："请坐吧。"

项青和范尼坐到斜侧面的木制长椅上。曾老先生说："两位有什么事？"

项青说："曾老先生，我以前是来拜访过您的。今天我带我的一个朋友来，他有些事情想请您帮忙。"

曾老先生点了点头，望着范尼说："你有什么事情？"

范尼礼貌地向他点头致意道："您好，我叫范尼，我……听说您有一些特殊的能力，希望您能帮我解开困惑。"

老先生说："你遇到什么麻烦了吗？"

范尼望了一眼项青，项青点了点头。范尼说："这件事情说来话长，十年前我和我的第一个妻子举行婚礼之后，她便莫名其妙地在酒店的卫生间里自杀了——曾老先生,我听说您能与灵魂沟通——我实在是很想知道,我妻子他为什么要这样做!"

范尼一边说,一边观察着曾老先生的表情,想判断他是不是知道十年前轰动全市的惨剧。但老先生一直不露声色、面无表情地听着,不知道他在想些什么。听完后,他只问了一句:"这是十年前的事了?"

"是的。"范尼答道。

曾老先生从藤椅上站起来,在屋中来回踱步,过了一会儿,他说:"事情过了这么久,有些难办了。"

范尼屏住呼吸看着他。

老先生再次坐回到藤椅上,说:"我要你们明白一件事——'通灵'这种事情是无法做到十拿九稳的,它只有一定概率会成功。而相隔的时间越长,成功概率就会越低,所以——"他咂了咂嘴。"不大好办啊。"

项青说:"曾老先生,请您试试吧,哪怕只有一丝的希望也行啊。"

老先生摇着头说:"我每进行一次通灵,对身体的元气都有损伤;而且,我也要为名誉考虑——所以,我一般都只做成功概率大一些的,不想做没把握的、徒劳无功的努力。"

项青见老先生一直半推半就,又不明确拒绝,便猜到了些什么,他说:"曾老先生,只要您愿意试一下,您的劳务费我们按双倍付给您,您看行吗?"

曾老先生思索了一下,说:"好吧,我就试一下。"

"太感谢您了。"范尼如释重负地说。

"但我得先说清楚。与灵魂交流就跟和不认识的人谈话一样,是你情我愿的事,强求不得。如果光是我愿意,它不愿意,那也没办法。"

"它是谁?"范尼没听明白。

"你妻子的灵魂。"老先生盯着他说。

范尼一怔,张开了嘴。过了一会儿,他问道:"那在哪里进行'通灵'呢?"

"在你的家里吧,你要在场。"老先生说。

"我家里?"范尼一下想到了贾玲,面有难色,"我家里好像有些不合适呀……"

"那你说在哪里吧？"

范尼沉思了一阵，突然想起贾玲似乎跟自己说过这个周末要启程到欧洲去考察几天，便说："好吧，就在我家里，您看这周的星期六行吗？"

"可以。你留一个详细的地址和电话给我，星期六的晚上七点我准时到你家来。"

范尼在一个本子上写下了自己的住址和电话。曾老先生说："费用现在就付吧，一万块。"

范尼摸了下自己的身上，没那么多现钱，他对项青说："你带着钱吗？"

项青说："我有。"从自己的皮包里数出一万元恭敬地递给曾先生。

老先生收下钱后，对范尼说："还有，你要做一些准备。你找一下你死去妻子以前常用的一些随身物件，越亲近她的越好。我那天晚上要用——记住了吗？"

范尼点点头道："我知道了。"

"那么，星期六晚上见。"送客的时候，曾老先生露出唯一的一丝笑容。

第七章

星期六早上吃过早饭后，贾玲便将昨晚收拾好的皮箱拿到客厅。范尼问："几点的飞机？"

"十点半。"贾玲看了一下手表，"我差不多该去机场了。"

"我送你，走吧。"范尼提起贾玲的皮箱。

范晓宇跑过来拉着妈妈的手说："妈妈，我也要跟你到欧洲去玩！"

贾玲摸着儿子的小脸蛋，笑着说："妈妈不是去玩的，是去工作——你要想去欧洲玩呀，妈妈爸爸暑假带你去，好吗？"

范晓宇还是嘟着小嘴巴，一脸的不满意。贾玲又说："这样，妈妈给你带瑞士糖回来，还有英国的玩具小火车，好吧？"

范晓宇这才高兴地拍着手说："好啊，好啊！"

范尼摸着儿子的脑袋说："晓宇，走，跟爸爸一起去送妈妈——一会儿回来爸爸带你去吃意大利通心粉和法国牛排——咱们在这儿也能吃到欧洲的东西。"

"噢，太好了！"范晓宇高兴得跳了起来。

范尼开车把贾玲送到机场候机大厅时已经十点钟了。登机之前，贾玲抱起儿子亲了亲，说："晓宇乖，在家要听爸爸的话哦，妈妈只去几天就回来了。"

"妈妈……"范晓宇舍不得妈妈，眼圈有些红了。

范尼将儿子抱过来，说："晓宇是懂事的孩子，是男子汉了，不要让妈妈担心，好吗？爸爸明天带你到奶奶家去玩。"

听到去奶奶家玩，范晓宇的情绪好了些，他挥着手说："妈妈再见。"

贾玲心中其实也很舍不得儿子，但她旁边的同事提醒道："贾行长，该上飞机了。"贾玲对儿子做了个"拜拜"的动作，然后对范尼说："你在家要照顾好儿子，还有自己啊。"

"我知道。"范尼说。

送走妻子后，范尼带儿子到附近的游乐园玩了一会儿，中午去西餐厅饱餐了一顿。回到家，范晓宇疲倦了，范尼将他抱到床上睡下。

其实范尼也有些疲惫，但他时刻都没忘记今天晚上要做的重要事情。他顾不上午睡，来到书房，从书柜顶端拿下来那个上着锁的精致小铁盒。

范尼将锁打开，轻启铁盒的盖子，里面装着珍贵的物品和他酸楚的回忆。

范尼轻抚着那些朱莉昔日用过的项链、手镯、发夹、戒指……就像是在抚摸朱莉温柔的手一样。低迷之中，他不禁又悲从中来。

范尼不敢让自己一直沉溺在这种哀思之中。他深呼吸一口，又将气缓缓吐出。随后，他在那些物品中选择了两样拿出来：朱莉以前最常戴的一串项链和一对玉手镯。

范尼将这两件物品小心地放在书桌抽屉里，准备好晚上用。

下午，范尼心神不宁地陪着儿子看电视、玩玩具。五点半，他打电话给楼下的中餐馆，要他们送餐上来——自己和儿子早早地便吃完了晚饭。

接下来，便是焦急的等待。范尼几乎每两分钟就看一次表。

事实证明，曾老先生是一个相当守时的人。七点钟，他准时来到了范尼的家门口，提着一个黑色的大包。

范尼早已在门口恭候了："曾老先生，您快请进。"

范尼请曾老先生坐在沙发上后，亲自替他泡了一杯高级的清茶。曾老先生不慌不忙地呷了一口茶，说道："嗯，好茶。"

范尼问："曾老先生，您……什么时候开始？"

"不慌。等天色再晚一些，阴气更重的时候进行，成功的概率更大。"

"哦……那好。您先休息一会儿。"范尼诚惶诚恐地点头道。曾老先生没有再说话，坐在沙发上闭目养神。

范尼在旁边思绪起伏、坐立难安。他看着时间一分一秒地走过，感觉像是过了几个世纪。

范晓宇今天也恰好特别配合，吃了晚饭后便一直在自己的房间里看动画片，没有出来。

九点钟的时候，范尼带儿子到卫生间去洗漱。收拾好之后他把儿子抱到床上，替他盖上被子，说："晓宇，乖乖睡，爸爸明天带你到奶奶家玩。"

"嗯。"范晓宇听话地应了一声，闭上眼睛睡觉。

范尼轻轻将儿子房间的门带拢，替他关上灯。

范尼走到客厅又坐了一会儿，曾老先生终于睁开眼睛说："时候到了，可以通灵了。"

第八章

范尼将曾老先生带到书房，将门关上，说："在这里进行，可以吗？"

曾老先生看了看那张大书桌，说："可以。"然后走到书桌面前，坐在皮椅上，望着范尼说："那些东西，你准备好了吗？"

"是的。"范尼打开书桌抽屉，从里面拿出项链和手镯，把它们递给曾老先生，"这些都是朱莉以前最常用的东西。"

曾老先生点点头，把它们放在自己的面前，然后对范尼说："你把灯关了，鬼魂不喜欢太亮的地方。"

范尼依言关掉了书房里的所有灯，整个房间一下暗淡下来，只有从窗外投射进来的依稀月光让房间不至于是一片漆黑。

曾老先生对范尼说："现在，你坐到我的对面，不要说话，不要发出任何声音——我无法确定整个过程需要多长时间——如果通灵成功了，你就抓紧时间问你想问的问题。记住，千万不要打扰到我。把你的手机、电话这些全都关掉。"

范尼连连点头，然后从口袋中摸出手机，将它关机。自己端端正正地坐在曾老先生面前的椅子上，大气都不敢出。

曾老先生从自己带着的包里取出两个铜烛台，又取出两根黄色的蜡烛插在烛台上，再用火柴把它们点亮，分别放在自己身体的左右两方。接着，他又从包里拿出一串念珠，闭上眼睛，一边数着念珠，一边低声吟诵着经文一类的东西。

从那两根蜡烛点燃的那一刻起，范尼就闻到一股怪异的臭味。那种臭味和生活中别的臭味都不一样，却和火葬场里的味道有些接近。范尼不愿意去想，那些蜡油是用什么来做的。

　　诵完经文之后，曾老先生放下念珠，将它圈住两根烛台之间的朱莉的项链和手镯。接着，他咬破左手中指，用血在自己的脸上画上了一个像符一般的图案。他的脸在昏暗烛光的照耀下立刻变得狰狞可怕起来——范尼连咽了几口唾沫，被眼前的景象深深震惊。

　　画完血符之后，曾老先生双目紧闭地轻声呼唤道："游弋的魂魄啊，朱莉的亡灵，请你来到这里，你的亲人想再见你一面……"他将这句话连念了三遍之后，闭上嘴巴，整个人纹丝不动。

　　接下来，便是死一般的沉寂。周围的一切都静止下来，只有摇曳的烛光让影子在墙壁上获得了生命，不停地变化、跳动。

　　在这种阴森而诡异的气氛中，时间慢慢流逝了二十分钟。范尼这一辈子都从来没有这么紧张过，他几乎是屏住呼吸，眼睛都不敢眨一下地紧紧盯着曾老先生的脸。他的脑袋刚才还在胡思乱想，现在却只有一片空白了，他根本想不到下一秒会发生什么样的事情。

　　突然间，窗外一阵阴风吹进来，曾老先生的眼睛缓缓睁开了，他说了一句："范尼，是你吗？"

　　范尼先是一怔，然后张大了嘴巴，浑身颤抖起来。他的嗓子像是被什么东西堵住了一样，连张了几次都没能发出声音。好几秒之后，他才颤抖着双唇问出一句："朱莉……是你吗，朱莉？"

　　曾老先生的音调和平时有些不一样："范尼，真的是你找我吗？"

　　"朱莉，朱莉……"范尼激动得想从椅子上站起来，他竭力控制住自己的身体，却无法控制自己的眼泪夺眶而出，"朱莉……我好想你，你知道吗，我好想你！"

　　"范尼，我也好想你。""朱莉"轻声说，"但我不能在这里待太久。你把我叫来，有什么事吗？"

　　范尼尽量压制住身体的颤抖，使自己的声带能发出声音："朱莉，我想知道，你为什么要死？为什么要自杀？"

　　"朱莉"沉默了一会儿，哀哀地说："范尼，对不起，我不知道该怎么跟你说。我只想让你知道，我这么做是有原因的……而这个原因，我不能说。"

"为什么？为什么朱莉？我不值得你信任吗？我不是你这一生最爱的人吗？你为什么……"

突然，范尼猛地停下来，朝身后望去——他听到了房门被推开的声音——

穿着睡衣的范晓宇目瞪口呆地站在门口，惊恐地望着屋内诡异而恐怖的一切，特别是曾老先生那张魔鬼一般可怕的脸。他呆了几秒，"啊——"地尖叫了出来，那声音让人毛骨悚然。

在范晓宇尖叫出来那一瞬间，曾老先生的身体猛地抽搐了几下，他"哇"地大叫一声，身体仰到皮椅靠背上，大口喘着粗气，面容因痛苦而有几分扭曲。

范尼冲到儿子身边，把一直尖叫的儿子紧紧抱在胸前，拍着他的身体安慰道："晓宇乖，别怕，别怕！爸爸在你身边呢！"

但范晓宇无法压抑内心的恐惧，他的尖叫声深深地刺进范尼的耳膜和内心，范尼焦急地抱着儿子转圈、手足无措。

曾老先生躺在椅子上有气无力地说："去……倒杯温开水给他喝。"

范尼赶紧抱着儿子到客厅，在饮水机前接了一杯温水送到儿子嘴边，强行让他喝了下去。范晓宇喝了水之后果然好些，停止了尖叫，但仍然紧紧地抓着爸爸的两只衣袖，将脑袋埋在爸爸的衣服里。

"好了，好了，没事了，晓宇。"范尼轻轻抚摸着儿子的脊背说，"爸爸跟那个伯伯做游戏呢，闹着玩儿的。"

好几分钟后，范晓宇才平静下来，他抬起头来，泪眼婆娑地望着爸爸，让范尼的心像被人揪着一样疼。

"今天晚上挨着爸爸睡，好吗？"范尼将儿子抱到自己床上，将房间的灯全部打开，"爸爸一会儿就来，给你讲小老虎的故事。"

"爸爸，你不要走！"范晓宇躺在床上央求道。

"爸爸哪儿也不去。我到客厅把那位伯伯送出门就来陪晓宇，好吗？"范尼轻抚着儿子的身体说。

范晓宇紧紧地裹住被子说："那你要马上回来啊！"

"好的，我马上就回来。"范尼亲了亲儿子的面颊一下，"等着我。"

范尼走到客厅，曾老先生也从书房里走了出来，他已经擦掉了脸上的血印，显得非常疲惫和虚弱。范尼面对着他，竟不知道该说什么好。

"通灵成功了……"曾老先生气息微弱地说，"但是，在通灵的时候受到了干扰，灵魂就会突然抽身离去……这是大忌。我的元气受到了很大的损伤，只怕是半年内都不能再通灵了。我……要回去休息一下。"

范尼扶他到门口，愧疚地说："曾老先生，真是对不起……我也没想到会发生这种情况。"

曾老先生冲他摆了摆手，打开门，走了出去。

范尼轻轻地关上门，走进卧室，将儿子搂在胸前，不易察觉地悲叹一声。

他知道，自己又将度过一个不眠之夜了。

第九章

第二天早上起来，范尼发现儿子面颊通红、精神恍惚。他伸手去摸了摸儿子的额头，心中一惊——儿子的额头烫得惊人。

范尼赶紧翻身下床，连脸也来不及洗，抱起儿子就出了门，飞快地开车来到医院。

"四十摄氏度。"医生看着手中的温度计说，"烧得不轻哪，得赶紧输液。"

范晓宇被安排进一间单人病房，护士将针管扎进范晓宇的手背中，用绷带固定好，说："你们做家长的怎么这么不小心啊，孩子烧成这样了才送医院。知道吗，再烧高点儿就危险了。"

范尼困惑地说："昨天晚上都好好的呀，怎么早上一起来就烧成这样了？"

中年护士说："半夜踹被子了？"

范尼想了一会儿，突兀地问道："孩子受到惊吓……会不会发烧？"

"受到惊吓？"中年护士明白了，"原来是这样啊。孩子受到惊吓后会让大脑受到刺激，而且晚上容易做噩梦、出盗汗——当然可能引起发烧啊。"

护士说完后走出去了。范尼看着病床上昏睡的儿子，心疼不已。

范晓宇在医院住了三天才基本退烧。范尼这几天都没到公司去，一直在医院陪着儿子。

星期三的上午，范尼替儿子办好出院手续，开车送他回家。

"晓宇，病好了想不想去儿童乐园呀？爸爸下午带你去。"范尼一边开车一边对儿子说。

范晓宇轻轻摇了摇头——虽然不发烧了，但他的精神还是不太好。

范尼焦虑地叹了口气。

吃完中午饭后，范尼陪着儿子一起午睡——这几天他也被拖得疲倦不堪、心力交瘁。

刚刚睡下来没两分钟，范尼突然听到钥匙开门的声音，他从床上坐起来，走到客厅。

门打开后，贾玲拎着皮箱走了进来。范尼看到她，惊讶地问："怎么这么早就回来了，你之前不是跟我说要星期五才能回来吗？"

"帮我接着包呀。"贾玲将手里的皮箱和背上的旅行包递给范尼，"本来安排要去列支敦士登的，但计划中途改变了，不去了。"

范尼把贾玲的东西放在茶几上："你要提前回来给我打个电话啊，我好去机场接你呀。"

"我想给你和儿子一个惊喜嘛。"贾玲笑着亲吻了范尼一下，"下午我去接晓宇，给他一个大大的惊喜！"

范尼望了自己的卧室一眼，吞咽下他的不自在："晓宇……没去幼儿园呢，他在家里睡午觉。"

"什么？晓宇现在在家？"贾玲皱起眉头说，"他为什么不去幼儿园？"

"晓宇前两天发烧了，在医院里住了几天院，今天才回来——不过别担心，他的病已经好了。"

"发烧了？怎么会呢，这孩子不爱发烧的呀。"贾玲边说边走进自己的卧室，坐到床边，摸着儿子的额头。

也许是听到了妈妈的声音，晓宇睁开眼睛醒过来。当他看清面前的确实是妈妈后，竟一下扑到妈妈的怀里，放声大哭起来："妈妈，你不要走了，我害怕……我好害怕！"

"好的，妈妈不走，妈妈陪着晓宇。"贾玲一边安慰儿子，一边抬起头问，"害怕？他害怕什么？"

范尼难堪地站在旁边，面色极为难看。

贾玲疑惑地盯着范尼看了一会儿，扭过头问儿子："晓宇，告诉妈妈，你在害怕什么？"

晓宇哆嗦着说："那天晚上，我在书房看到……爸爸和妖怪在一起！"

"晓宇，不要乱说！"范尼呵斥道。

贾玲疑惑不解地望着丈夫："范尼，到底是怎么回事？什么妖怪？"

范尼的脸上青一阵白一阵，他知道，瞒是肯定瞒不过的，便低声说："星期六晚上，我请了一个通灵师到家里来……"

"通灵师？你请那种人来家里干什么……"话说到一半，贾玲突然明白了，她缓缓地从床上站起来，"我知道了，你想把朱莉的灵魂召唤回来？"

范尼局促地说："不要在孩子面前说这些！"

贾玲抓住范尼的手，把他拖到客厅，逼视着他说："范尼，你想干什么？你想把朱莉的灵魂召唤回来替换我吗？"

范尼烦躁地说："我不想召唤她回来！我只想通过通灵师的口问问她，当年她为什么要自杀！"

贾玲像看陌生人一样看着范尼："这么多年来，我一直叫自己相信你说的话——你已经忘记了朱莉，你要和我过新的生活。现在我才明白，你的心里一直装的都是她。即便是她已经死了，你也要通过这种方式和她沟通！"

范尼控制着自己焦躁的情绪再一次解释道："我说了，我只想弄清楚她当年为什么要死！不然的话我的内心会永远不安的！"

"那现在你就心安了吗？"贾玲吼道，"把那些江湖术士请到家里来装神弄鬼，把我们的儿子吓得发高烧！而且我还不知道他会不会留下什么精神上的后遗症——这样你就心安了吗？"

"我也不知道会这样！"范尼咆哮道，"我让晓宇睡了！我没想到他会半夜爬起来推开书房的门！"

"没想到？你当然没想到。你当时心里想的全是朱莉吧！"

范尼怒目圆睁地嘶吼道："别跟我提朱莉！不准你再说朱莉！"

贾玲绝望地凝视着范尼，轻轻点着头说：“我终于明白了，我在你的心中算个什么——我连一个死去的人都不如。”

　　这时，范晓宇从房间走出来，望着面红耳赤的父母，“哇”的一声号啕大哭起来。

　　贾玲走上前去抱起儿子，对他说：“晓宇乖，不哭，我们到外婆家去。”她拎起茶几上的皮箱，最后对范尼说了一句：“你跟那个鬼魂过日子吧。”

　　打开门，“砰”的一声巨响，她摔门而去。

　　“啊——！”范尼大叫一声，一拳捶在茶几上，虎口震得发麻，连疼都感觉不到。

第十章

项青坐在范尼的董事长办公室里，难以置信地皱起眉说："怎么会这样？这也太糟糕了！"

范尼痛苦地摇着头说："现在好了。不但没能从'朱莉'那里问出什么来，连贾玲也带着儿子离开我了。"

项青问："那天晚上的通灵到底成功没有？"

"我不知道。"范尼困惑地说，"看起来像是成功了，我还跟'朱莉'说了好几句话，可她的回答全是似是而非的。她说她自杀是有原因的，但这个原因却不能跟我说——这不是和没回答一样吗——所以我觉得，就算晓宇没来'破坏'通灵，我也怕是不能从那个曾老先生嘴里问出什么来。"

"他说，短时间内不能再进行'通灵'了？"项青问。

"嗯，他说这次通灵被打断，让他的元气大伤，起码半年不能再通灵了。"

项青皱起眉头说："那天我跟你一起去找这个曾老先生之后，我又打电话问了一下我的那个朋友。他说上次在他家通灵的时候——曾老先生倒是变成了他的祖母，可说出来的也是些似是而非、模棱两可的话，没什么实质性的意义。所以我在想——"

"你觉得他是个骗子？"

"你觉得呢？"项青反问道。

范尼思索了一会儿，说："我真的不知道。关键是这种事情根本就无从考证，你怎么知道他说的那些到底是真是假？"

"那你现在打算怎么办？"

范尼躺在靠椅上，重重地吐出一口气："还能怎么办？该怎么过怎么过呗。其实我也想明白了——想通过这种迷信的手段来解决问题——也许从一开始就是个错误。"

项青看着范尼那副心力交瘁的模样，撇了撇嘴，说："好吧，既然你也放弃了，那我也就用不着跟你说'那个'了——我去做我的事了，你想开点儿啊。"

项青正要走，范尼叫住他："你要跟我说什么？"

"算了，反正你也不打算再做这些事了……没什么，我去忙了。"

"回来！"范尼喝了一声，"别在那儿藏着掖着的了，到底什么事，快说！"

项青回过头迟疑了几秒，又坐回到他的椅子上："是这样的，我还知道另一个通灵师。"

"你哪儿认识的这么多这种人哪？"范尼叫道。

"嗨，你听我说。"项青解释道，"我本来是不知道的。就是那天跟你去拜访了那个曾老先生之后，我才对这些事产生了兴趣。我一好奇，就在互联网上查找了一些相关的资料，结果你猜我找到了什么？"

"别废话，快说！"范尼催促道。

项青眨了眨眼睛，故作神秘地说："我才知道，原来在离我们这儿很近的C市，有一个真正的通灵大师。那人名叫章瑞远。资料上显示，一九九一年，美国的FBI（美国联邦调查局）因为无法破获一起参议员的女儿被杀案，专门远渡重洋来到中国，将章瑞远请到美国去进行了一次通灵。结果通灵成功，那个被杀女孩的灵魂附在章瑞远的身上，说出了凶手的名字和作案手法。调查局的人以此展开侦破，真的将杀人凶手捉拿归案。"

范尼听得聚精会神，眼睛都没有眨一下。

项青顿了顿，接着说："这件事情当时震惊了整个美国，特别是发生这起事件的华盛顿州。FBI想方设法试图把章瑞远留在美国，但被他拒绝。章瑞远回国之后，因为素来行事低调，所以这件事情在国内反而没有多少人知道。"

范尼急切地问："那他现在在哪里？能找到他吗？"

项青皱起眉头："说来有点儿奇怪。章瑞远虽说没有像那个曾老先生一样专门以通灵为职业，但C市的一些人找到他帮忙，他多半还是会答应的。可是多年前，章瑞远在经历了某件事情之后，突然洗手不干了，而且出家当了和尚，据说现在就在C市的凤凰山云来寺里。"

范尼睁大眼睛问："你说的这些信息都是千真万确的吗？"

"应该是吧。不过我也是从网上看来的。"项青指着范尼桌上的电脑说，"要不你自己看看？"

范尼赶紧打开笔记本电脑，在搜索引擎中输入"章瑞远"三个字。果然，弹出的网页中有好几个都讲述了这件事，和刚才项青说的差不多。

范尼又认真地看了一遍，突然，他眼睛一亮——在一个网页上看到了章瑞远的照片。他大叫一声："太好了！"然后立刻用彩色打印机将那一页打印了下来。

项青看着范尼激动地站起来，拿着那张照片在房间里来回踱步，问道："你干什么？真要去找他？"

"当然啦，谢谢你给我提供的这个信息！"范尼满面红光地说。

"喂，范尼，我得提醒你。"项青说，"这个章瑞远早就已经不干这个了，他已经出家多年。就算你去找到他，也未必能请得动他啊！"

"不试试怎么知道——我会尽我所有努力的。"范尼收拾着桌子上的东西，"对了，我可能要去好几天，这段时间里公司的事务就请你帮我费心了。"

"嘿，等等，你不是今天就要去吧？"项青吃惊地问。

"不是今天。"范尼望着他说，"是现在、立刻、马上！"

第十一章

C市的凤凰山自古被称为"神仙居住的地方"。这里清雅幽静，远离尘嚣。山林中有的似乎只有水声、虫叫、鸟鸣，各种声腔调门细细地搭配着，酝酿出一种比寂然无声更静的静。微风吹来，山石间掩映着的丛丛树木便仿佛是在薄雾中轻歌曼舞，所见所闻着实让人恍入仙境。

正是这种奇妙的感觉，让范尼更加坚定了在这里能找到高人的信心。此刻，他正沿着石阶向山上攀爬——刚才向山下的脚夫打听得知，通往云来寺的道路是没有车行道的，只能由石梯上山。

中间几乎没有停歇地攀爬了近两个小时后，范尼终于在石梯的尽头看到一座青砖红瓦的寺庙，正上方写着"云来寺"三个字。本来已经疲惫不堪的范尼立刻精神一振，加紧脚步走了上去。

寺院的门口，一个小和尚用扫帚清扫着落叶，也打扫着这座本来就不大的寺庙中的冷清。从寺院门口望去，里面似乎一个香客也没有，只有寥寥可数的几个和尚在寺内打坐、诵经。

这对于范尼来说，显然是最好不过的了——他之前还以为要在一个几百人的大寺院里苦苦寻找呢。

范尼连汗都顾不上擦一下，就走到那小和尚面前，双手合十行了个礼，说道："小师父，我能向你打听个人吗？"

小和尚问："你要找谁？"

"你们这座寺庙里，有没有一个叫章瑞远的老师父？"

"没有。"小和尚摇了摇头，继续扫地。

范尼突然想起出家人可能已经改了俗名，便从皮包里摸出那张打印的照片，拿到小和尚的面前："就是这个人。小师父，你看看，你们寺里有这个人吗？"

小和尚接过照片看了会儿，仍旧摇着头说："没这个人。"

范尼愣住了，不自觉地皱起眉头——难道那网上的信息有误，章瑞远并不在云来寺中？

这时，寺庙里走出来一个挑着水桶的和尚。范尼不死心，又拿着照片走上前去问道："师父，你们这寺里有这个人吗？"

那和尚看了一眼照片，回答的和小和尚一样："没有这个人。"

范尼焦急起来："请你看仔细一点儿，真的没这个人吗？"

挑水的和尚说："我们这寺里一共就十几个和尚，天天都见面，我还能认不出来吗？"

范尼抱着最后一丝希望问道："那你有没有在这凤凰山上的其他寺院里见过这个人？"

挑水的和尚想了想，说："没有。"然后担着水桶走了。

范尼在原地晃动了几下，脑子里面眩晕起来——刚才他在山下打听了，这凤凰山中一共有大大小小二十几座寺庙，分布在山上不同的地方，如果章瑞远已经离开了云来寺，他该怎样去找？况且，章瑞远离开的也可能不只是云来寺，他有可能已经离开了凤凰山，离开了C市，甚至离开了人间都说不准——想到这里，范尼感觉自己的心像是掉进了一个无底的冰窖，在冻结中层层下坠。

几分钟后，结郁在范尼心中的无奈、绝望突然转化成为一种悲愤的力量，他对着无人的山林大叫道："章瑞远大师——你在哪里！"

一连呼喊了好几遍后，范尼重重地吐出一口怨气，准备迈着蹒跚的脚步下山。临走之前，他回过头最后看了一眼寺门上方的"云来寺"三个字，眼角的余光扫到寺院中的和尚。他们都停下念经，纷纷回过头望着自己。其中有一个刚刚从禅房走出来的老和尚，他用一种怪异的目光注视着范尼。

看吧，惊讶吧，讥笑吧，这些都不重要了——范尼转过身要走，突然他身体一震，眼睛猛地睁大。他举起手中的那张照片仔细端视了十几秒钟，骤然回头——

其他和尚都还在原处，但那个老和尚却不见了！

范尼呆了几秒，然后快速地冲到寺院内，左右四顾之后，他闯进右侧的一间禅房。

在这间禅房里，范尼再一次见到了那个老和尚。他盘腿坐在一个蒲团之上，范尼顾不上礼仪了，走过去盯着他的脸仔细看了一阵后，又拿起照片对比。他激动地大叫起来："您就是章瑞远大师！"

老和尚面无表情，不置可否。外面几个年轻的和尚走进来疑惑地望着范尼，同时叫了一声："慧远大师……"老和尚挥了挥手，示意他们先出去。

此刻，范尼已经完全理解刚才那两个小和尚为什么认不出来这位"慧远大师"就是照片上的章瑞远了。照片上是章瑞远中年时的模样，脸庞饱满、头发乌黑，穿着一身中山装，和面前的这位脸颊瘦削、略显苍老，身穿僧服的老和尚确实大相径庭——如果不是他刚才用那古怪的眼神注视范尼，范尼也根本不会将他们两者联系在一起。他感慨万千地说："章瑞远大师，我终于找到您了！"

"我早就不用那个名字了，贫僧法号慧远。"老和尚平静地说，"施主，你找我有什么事？"

范尼激动得一时不知道该说什么好。他稳定了一下情绪，说："慧远大师，我知道……这很唐突，我的要求可能也很失礼。但是，如果不是有特别重要的事，我是不敢来打扰您的。"

慧远大师说："你是来找我'通灵'的吗？"

范尼一愣，他没想到自己七弯八拐、难于启齿的要求，被慧远大师如此直截了当地说了出来。他怔怔地回答道："……是的。"

接下来的话语依然直截了当："施主请回吧。贫僧自出家以来便再未进行过此等'通灵'之事。"

虽然之前已有心理准备，范尼仍感到难以接受："慧远大师，为什么呢？"

大师闭目合十道："亡者已逝，灵魂在天。何必再去打扰它们？"

简短的两句话，却令范尼全身一阵颤抖——慧远大师这两句话，间接地证明了他确实有能与死者沟通的能力！范尼心中涌起难以名状的悸动，他双膝跪下，央求道："慧远大师，求您帮帮我，我所遇到的绝非是普通事情！否则我也不想打扰任何逝者的灵魂！"

　　"这种话我听了十几年，每个人都这么说。"慧远大师眼睛都没有睁开一下，"如果我答应了你的话，这个云来寺就再也没有安宁了。"

　　"慧远大师，我向您保证，我绝对不会把这件事告诉任何人！"

　　大师仍然坚定地说："你走吧，我不会答应的。"

　　范尼绝望地注视着慧远大师，难过地说："大师，佛教的宗旨不是'救世济人、普度众生'吗？"

　　慧远大师说："不错，但人已经死了，便不必再普度于他，这并不矛盾。"

　　范尼悲从中来，说道："是的，死去的人已经死了，但我还活着呀！十年来，我几乎每天都在受着煎熬、折磨，在痛不欲生中存活——难道这就不值得被大师指引、救助吗？"

　　慧远大师缓缓睁开眼睛："施主，究竟是什么事情要让你非得找死者问个明白？"

　　大师的这句问话让范尼看到一丝希望，他赶紧将十年前悲惨的往事讲了出来："十年前，我和我的新婚妻子朱莉举行婚礼……"

　　慧远大师一直平静地倾听着。十多分钟后，范尼讲完了所有的事情，大师的脸上终于出现了一些变化，但范尼无法从大师深不可测的表情中揣测到他内心的想法。直到沉默了好几分钟后，范尼听到慧远大师清晰地说出一句："好吧，我决定帮你这一次。"

　　范尼简直不敢相信自己的耳朵，他不明白是什么令慧远大师在听完他的故事后改变了主意，但他顾不得想这么多了，他只是不停地鞠躬、道谢："太感谢您了，大师！太感谢您了！"

　　慧远大师站起来，走出禅房，跟寺院中的几个和尚交代了几句后，对范尼说："走吧。"

　　范尼没想到慧远大师竟是如此爽快之人，居然能立刻就跟自己下山，他再次道谢之后，和大师一起朝山下走去。

第十二章

到了范尼所在的城市，天色已近黄昏。慧远大师对范尼说："我不想下山太久，我们现在就去吧。"

范尼有些没听明白，问道："大师，到哪里去？"

"到你妻子自杀的那个地方去。"

范尼身子抖动了一下，问："您……要在她死去的地方进行通灵？"

慧远大师没有回答这个问题，说道："施主，我做事有我的一些特殊的方法，我不太想对此做解释，请你以后也不要问我类似的问题。"

"……好的。"范尼有些尴尬地说。

车子开到希尔顿酒店的门口，范尼的心一阵收紧——自从那次惨剧发生之后，十年来范尼都没有踏进这里一步过。

身穿红色迎宾服的服务生走上前来礼貌地替范尼打开车门，范尼和慧远大师一起走出来。来到酒店大堂后，范尼对总台的服务小姐说："开一个套间，309号房。"

"好的先生。"服务小姐说，"您住几天？"

范尼想了想，说："就今天晚上。"

"你最好是多订几天。"慧远大师说，"我没把握一次就能成功。"

"好的。"范尼点头道，然后对服务小姐说，"改成三天吧。"

"好的，先生，一共是三千六百元。"服务小姐微笑着说。

范尼取出信用卡付钱，服务小姐将房卡钥匙交给他。范尼和慧远大师乘坐电梯来到三楼客房部。

房卡在门口的凹槽划了一下后，伴随着"咔"的一声清脆声响，309 号房间的房门打开了，范尼的手有些颤抖地握住把手，将门推开。

十年了，范尼又一次来到这个令他永生难忘的地方。这里和十年前相比并没有太大的改变，只是床头的柜子和窗帘的颜色换了一下。范尼希望这些变化多多少少换走一些他心中的阴霾。

这个套间有两张床，慧远大师在其中一张床上盘腿而坐，闭目养神。范尼想起他们还没有吃晚饭，问道："慧远大师，您晚饭吃点儿什么？"

"青菜、米饭即可。"

"好的。"范尼打电话给客房部，要他们送一份牛排和几样素菜、米饭到房间里来。

酒店的效率很高，不到一刻钟，范尼点的餐就都送来了。服务生将食品在简易餐桌上摆好，说了声："两位请慢用。"

慧远大师看了那几样菜一眼，端起其中一盘炒得油亮鲜香的青椒玉米闻了闻，对服务生说："把这盘端走。"

服务生诧异地问："怎么，这道菜有什么问题吗？"

慧远大师说："我不吃猪油炒的菜。"

范尼赶紧对服务生说："这个拿走，再去炒一盘一样的来，用植物油炒。"

"不用了。"慧远大师指着一盘白油青菜说，"有这个就足够了。"说完，他端起米饭，夹了一筷青菜到碗里吃起来。

"两位还有什么吩咐吗？"服务生问。

"没有了，你去吧。"范尼对他说。

吃完饭后，范尼有些不知所措。他不知道现在该干什么，也不敢去提醒慧远大师通灵的事，只好等着慧远大师发话。

没想到，慧远大师完全没提通灵的事。他闭目打了会儿坐之后，说道："九点半了，睡了。"然后躺在床上，和衣而寝。

"哦……好的。今天疲倦了，大师您早点儿休息。"范尼只有随声附和。同时，他看了一眼手腕上的表，刚好九点半，一分不多一分不少。范尼不知道慧远大师闭着眼睛什么都没看是怎么知道现在是九点半的。

既然大师都睡了，范尼也找不到其他事做，他只有关掉灯，自己也躺在床上。

但范尼却不能像慧远大师那样轻易入梦，他躺在床上辗转反侧，脑子里涌现出一些杂七杂八的想法。而且，有一个十分关键的问题从刚才起就一直盘旋在范尼的脑海里了，这是令他心慌意乱的最主要原因——

范尼知道，只要他住在这个房间里，就绝对不可能避得开那个卫生间。

他明白，自己并不是出于恐惧，而是害怕当他再次走进那个卫生间时，那在梦中出现过几十上百次的熟悉场景会将他封印在脑子里近十年的可怕记忆又一次毫无保留地彻底唤醒，令他的情绪难以自控。范尼责怪而又屈服于自己的懦弱，他实在是不知道自己能不能面对那扇小门后的几平方米空间。

范尼强迫自己不要去看那扇卫生间的门，但越是这样，他越是条件反射地注视着那扇门。他甚至产生了一些幻觉——那扇门像是具有魔力一样，在黑暗中伸出手来，朝自己轻轻地招手，要他走过去，打开那扇门。

突然间，范尼想起那个发了疯的酒店服务生——他在浴缸里看到了朱莉的倒影……范尼的脑子里忽然跳出来一个想法，令他的呼吸都在瞬间暂停。

如果我也到卫生间去，能看到朱莉吗？

第十三章

范尼确信自己真的是着魔了，否则他不会连自己的双腿都控制不了，任由它们下床，并拖着自己的身体来到卫生间门前。

我在干什么，我是不是疯了？他一边这样想，一边看着自己的右手握住门的把手，将门缓缓推开。同时，左手伸到墙边，摸到开关。

"啪"的一声，卫生间的灯亮了。

范尼的目光接触到卫生间。

过了一会儿，他略略舒了口气——还好，这个卫生间和十年前相比已经完全变样了——浴缸换了新的款式，镜子也由方形换成了金边圆框镜，地板砖不再是米黄色，而是蓝白相间；窗帘的颜色也变成淡绿色了，范尼在心里感谢上帝让他看到的是这样一个相对陌生的画面。

范尼走进卫生间后，呆呆地站了一会儿，然后不由自主地走到浴缸前，按下两个开关。浴缸两侧分别溢出热水和冷水，它们在浴缸中部汇合成温暖的水流。卫生间里渐渐冒出一些蒸汽，范尼想了想，关掉热水那一边，只让冷水注入浴缸里。

几分钟之后，浴缸里的冷水越升越高，蒸汽也随之散去了。范尼将冷水开关也关掉，然后蹲下来，静静地注视着那一池清水。浴缸中间冒出来一个模糊的头像，那是范尼自己的脸。

不知为什么，此刻，范尼心境竟出奇地平静下来。头脑中那些杂乱的思绪像是都沉入到了这池清水的水底。他在心中默默地念叨——

朱莉，我好想你，十年了，我从没有哪天停止过想你。

朱莉，你能感觉到我吗？我是那个你说过要爱一生的人啊。

朱莉，如果你还在这里的话，能出来见我一面吗？

范尼的心对着那池清水说话，渐渐地，他的眼睛被泪水模糊，心像刀绞一样难受。他眨了一下眼睛，泪水从他的眼眶滑落，滴到池水中，让那池清水泛起涟漪。

突然间，范尼清楚地从那水面的波纹中看到，水中的倒影由一个变成了两个！

范尼的脑子里像是发生了某种爆炸，全身的汗毛在一瞬间立了起来，他瞪大眼睛看着水里的另一个倒影，那张脸竟然开口说起话来：

"施主，你在这里干什么？"

范尼浑身一震，猛地抖了一下。他擦干恍惚中的泪眼，这才看清那另一个倒影是谁。范尼赶紧回过头去——慧远大师双掌合十站在他的身后。

范尼站起身来，略显尴尬地说："大师……我……"

"施主，你不必解释，我都明白。"

范尼微微皱了皱眉，有些茫然。愣了几秒后，他说："大师，您要用卫生间吧？我先出去。"

范尼走出去之后，慧远大师转动身体观察着卫生间。突然，他在浴缸的那个方向停了下来。静静地凝视了几秒后，他对着那个方向行了个僧礼，小声念了一句："阿弥陀佛。"

第二天早上醒来后，范尼向客房部要了早餐。慧远大师对那些精致诱人的小面包、汤和蔬菜沙拉一点儿兴趣都没有，他只喝了一碗清粥，便到阳台上打了一会儿太极拳，之后又坐到床上闭目打坐了。

中午，范尼陪着慧远大师吃了一顿清淡的素斋，接着，慧远大师的午觉一直睡到了下午四点。在阳台上悠闲地坐着晒了会儿太阳后，又差不多到晚饭的时间了。

一整天，范尼都在心急难耐中度过。慧远大师对通灵一事只字未提——范尼甚至不能确定他是不是已经忘了到这里来的目的。但鉴于之前大师对自己说过不要过问他做事的原因，范尼一直忍住没有开口。

直到晚饭过后两个小时，夜幕低垂，时间到了九点钟——范尼心中想说的话几乎都到了嗓子眼，慧远大师也没有丝毫要通灵作法的意思。到了九点半，慧远大师又像昨天一样躺到床上，说了句让范尼心凉的话："时候不早了，睡吧。"

范尼关掉灯，沮丧地躺到床上，他真有些沉不住气了。范尼不明白，这个慧远大师到底是什么意思？难道他是在有意考验自己的耐性吗？可是这样做有什么意义？他要是十天半个月都不开始通灵，难道自己就一直跟他在这希尔顿酒店的豪华套间里耗下去？

范尼越想越觉得烦躁不安——虽说住酒店钱倒不是问题，但也不能老这样下去吧。公司里不能耽搁太久，还有一大堆事等着要处理呢。再说贾玲和儿子现在还在娘家，总不能一直不理的。而且最关键的是，住在这间309号房间里始终不是一件让人愉快的事。

范尼在床上辗转难安，身边另一张床上的慧远大师却发出轻微的鼾声了。范尼无奈地叹了口气，劝自己道——算了，还是别胡思乱想了，到了明天再说吧。

范尼刚闭上眼睛没过一会儿，仿佛听到另一张床上的慧远大师翻身起了床。他将身子翻到那边去，竟发现黑暗中的慧远大师朝自己这边走了过来。

慧远大师在范尼的床边停下脚步，轻声问道："范尼，你找我吗？"

范尼愣了一下，有些茫然地说："大师，我没有找您呀。"

慧远大师说话的语气和腔调跟平时完全不一样，那是一种让范尼无比熟悉的感觉："范尼，真的是你吗？"

范尼缓缓地从床上坐起来，这时，他借助窗外微弱的光线看见，慧远大师的双眼居然是紧闭着的！呆了几秒，范尼心中陡地一惊，他感觉全身的血液在一瞬间涌到了头顶。他张大了嘴站起来，颤抖着问道："朱莉……难道你是朱莉吗？"

慧远大师的声音柔和而细腻，和范尼十年前听到的一模一样："范尼，真的是你，我还以为再也见不到你了。"

范尼此刻已经完全明白他在跟谁说话了，他激动得甚至感到头脑缺氧，他深吸一口气问："朱莉，这次真的是你吧？告诉我，你真的是朱莉，对吧！"

"朱莉"说："范尼，我不知道我现在为什么能跟你说话。而你，为什么要到这里来呢？"

"朱莉，朱莉……"范尼控制住自己激动的情绪，"我也不知道能跟你说多久的话。朱莉，我只想要你告诉我，你当初为什么要死！为什么要在我们新婚的那一天自杀？"

"朱莉"沉默了一会儿，说："范尼，这么久了，你还在想这件事？"

"是的，朱莉，我求你告诉我！你究竟为什么要这么做？你把原因告诉我，我也就心安了！"

"朱莉"叹了口气，说："范尼，过去的事就让它过去吧，你不要再追究了。我不想告诉你原因。我只想让你知道，我这么做是迫不得已的，我也不想离开你。"

范尼痛苦地摇着头说："不……朱莉，你又这么说。你还是不肯告诉我吗？你是不是要我去死，变成鬼魂来亲自问你，你才肯告诉我？"

"范尼，你不要这么傻。你现在应该过得很好，有新的生活吧。你为什么不能放开过去呢？你忘了我吧，好好地生活。"

"好好地生活……"范尼发出一声似哭非笑的呻吟，悲痛欲绝地说，"你不明原因地离我而去，折磨了我整整十年，却要我好好地生活？朱莉，你忘了你跟我说的最后一句话了吗？你说不管发生什么事，你都会永远跟我在一起的！你说我们绝不会分开的，你都忘了吗，朱莉？为什么你刚刚说完这些话，又要这样来惩罚我！"

"朱莉"悲哀地说："范尼，对不起，我真的没有想到会让你痛苦这么久。对不起……你就原谅我吧，忘了我曾说过的那些话。"

她顿了顿，说："而且，那也不是我说的最后一句话……我说的最后一句话是——让你帮我找那对红宝石耳环。"

听到这句话，范尼仿佛被一道惊雷轰顶，他像触电般地浑身猛抖起来，大叫道："朱莉！没错，你绝对是朱莉！十年来，我没对任何人提起过这句话！只有我们两人才知道你说的最后一句话是什么！"

"范尼，原谅我，我只能说这么多了。""朱莉"充满哀伤地说，"请你以后不要再找我了。答应我，好好地生活。再见。"

说完这句话，慧远大师的身子晃了几下，然后，他睁开了眼睛。

"不，朱莉！"范尼痛哭流涕地跪倒在地，"不要就这么离开我……你不能再一次这样不明不白地离我而去！"

慧远大师看着悲痛欲绝的范尼，念了一句："阿弥陀佛。"

范尼伸出手来抓住慧远大师："大师，我现在知道了，原来您睡觉就是在进行通灵！我求您……您再一次进入到睡梦中，让我跟朱莉最后说几句话，好吗？"

慧远大师摇着头说："施主，有些事情是不能强求的。如果你妻子的灵魂不愿意再与你交流，那我也是无能为力的。"

范尼跪在地上痛哭不止："可是……朱莉她，最终也没有告诉我原因啊！她为什么……为什么不能告诉我？"

"施主，一切顺其自然吧。我想，她已经把她该说的话都说完了。你也不要强求于她。"

范尼低垂下头，不再说话。过了好一会儿，他慢慢地站起来，走到窗前，静静地合上双眼，让眼泪全都流到心里，汇聚成河流。他在心里想，当河流汇入海洋，不再有明显的间断和停顿，尔后便毫无痛苦地摆脱了自身的存在，如果我也能这样，该多好啊。

第十四章

早晨，当范尼在昏昏沉沉的睡梦中醒来时，发现慧远大师已经不在房间里了。

范尼没有觉得奇怪。他知道慧远大师已经帮完了自己的忙，便又回到那神仙居住的凤凰山中了。而且大师说过的，只"帮这一次"，想来他以后也不会再见自己了。

范尼仰天长叹一声——这一切，真是恍如一梦啊。

临走的时候，范尼意味深长地看了这个房间一眼。现在，他对这个309号房间的感觉已经不再是单纯的恐惧和感伤了，更多了一些复杂的情感和哀思。

朱莉，再见。

范尼轻轻地将门带拢。

离开酒店后，范尼拖着身心俱疲的躯体回到自己的家里。家中仍然是空无一人，但范尼暂时还不想去把贾玲和儿子接回来。他一头倒在床上，想一个人静一静。

但很快，范尼发现能静下来的只有周围的环境和自己的身体，他的心里却无法平静。他一直在反复想着昨晚"朱莉"跟自己说的那些话——

"范尼，我这么做是迫不得已的，我也不想离开你……你就原谅我吧，忘了我曾说过的那些话……那也不是我说的最后一句话，我说的最后一句话是，让你帮我找那对红宝石耳环……"

范尼渐渐睁开眼睛，他的思维凝固在刚才最后那一句话上。

"我说的最后一句话是——让你帮我找那对红宝石耳环。"

红宝石耳环！——范尼猛地从床上坐起来，翻身下来。他冲到书房，从书柜顶端拿出那个装着朱莉首饰的小铁盒。

范尼用钥匙将小铁盒打开，然后在里面快速地翻找。接着，他又把铁盒内的东西全都倒在书桌上，一件一件地清理——几分钟后，他惊诧地张大了嘴巴。

铁盒里面，朱莉的所有首饰都在，唯独少了那对红宝石耳环！

范尼呆若木鸡地坐到椅子上，回忆着十年前的事……

朱莉死之后，自己从楼上跑下来，冲到宴会大厅……接着，朱莉的父亲和自己的父亲，以及几个亲朋好友一起跑了上去。接下来，自己昏了过去，醒来时已经在医院里。三天之后，自己和母亲一起去参加朱莉的葬礼——对！就是那个时候，母亲亲自将朱莉死时戴着的那几样首饰，也是朱莉的遗物交给自己的！

范尼紧皱眉头竭力回想着——当时，母亲是用一个手帕包着那几样东西的：一枚钻石戒指、一串蓝宝石项链和一副铂金的手镯——没错！从那个时候起，就没有那对红宝石耳环了！

范尼重重地敲了自己的脑袋一下——当时只顾伤心了，后来也一直没注意，竟然连这么重要的东西都忘了！

范尼将手指放到嘴边紧紧地咬住，牙印越来越深他也浑然不觉。他反复想着"朱莉"跟自己说的那句话——为什么她要专门强调那是她生前说的最后一句话？本来，叫自己帮她递一件东西只是微不足道的一件事，但她为什么要专门提到这对红宝石耳环？难道……朱莉的死跟这对红宝石耳环有什么关系？

范尼突然又想起，昨晚"朱莉"在说完这句话后，又说了一句"原谅我，我只能说这么多了"——这分明就是在暗示自己之前那句话是有什么意义的！

范尼感觉自己的脑子里混乱得快要爆炸了。围绕着这对红宝石耳环的谜团越来越多，一个接一个地浮现出来，几乎撑破了他脑子里的空间——

第一，这对耳环是从哪里来的？是朱莉自己买的，还是别人送她的？

第二，朱莉为什么不告诉自己这对红宝石耳环是从哪儿来的？

第三，她为什么要在自杀之前戴这对耳环？是巧合，还是刻意的？

第四，朱莉死后，这对耳环到哪里去了？难道有人偷了这对耳环？可他为什么要这么做，别的首饰都不碰，单单偷走这对红宝石耳环！

一系列的问题令范尼想得头痛欲裂。他所有的精神都集中在一起，全然没有注意到，书房的门口不知不觉出现一个人。

"砰、砰。"贾玲轻轻敲了敲书房的门，范尼这才惊觉地抬起头来，望着妻子。

"贾玲……你什么时候回来的？"范尼一脸迷惘。

"我打开门进来，又关上门，你居然都没发现我已经回来了。"贾玲看了一眼书桌上那些朱莉的首饰，冷冷地说，"你真是太专注了。"

说完，她冷漠地转过身，离开书房。

范尼思索了一下，将朱莉的首饰装回小铁盒锁上，然后走出书房——贾玲双手抱在胸前，跷起二郎腿坐在客厅沙发上——范尼走过来坐到她旁边。

"贾玲，我不想再和你吵架了。我们俩冷静地谈谈，行吗？"范尼和颜悦色地说。

贾玲将头扭过来说："好啊，我们心平气和地谈一下。你首先告诉我，这几天你都到哪儿去了？在做什么？"

范尼咬了咬嘴唇，没有说话。

贾玲冷冷地说："你又到什么地方去请那些江湖术士来通灵了吧！"

范尼说："你怎么知道？"

"我怎么知道？——因为我这几天都在给家里打电话，没有一次有人接。而我打电话到你们公司去问项青，他支支吾吾地说你到外地去了，却不肯告诉我你去了哪里，去干什么——我又不是傻子。如果你是正常的工作或出差，他有什么好难以启齿的？"

一番话说得范尼难堪至极，无言以对。

"我这次回来，就是想问个清楚。范尼，你到底是要现实中的妻子和儿子，还是要继续走火入魔地跟那个鬼魂厮守终身——你今天就做个决定吧。"

范尼像不认识似的望着贾玲："我真不明白，你为什么非把话说得这么难听？为什么非得这么极端，对通灵一事如此敏感？贾玲，难道你全忘了吗？我、你、朱莉和项青，我们四个人是十几年的好朋友啊！你当初也和朱莉是好姐妹。她这样不明不白地死了，难道你就没有一点儿难过吗？你就不想知道她为什么要这样做吗？"

贾玲望着范尼说："是的，我没忘记我们四个人是好朋友；但我也没有忘记——现在，你，是我的丈夫！朱莉固然是我的好姐妹，但她毕竟已经死了这么多年了。就算她以前是你的妻子，我也不会允许她和我分享我的丈夫！"

范尼摇着头说："贾玲，朱莉不是这样想的，我也不是这样想的。我既然娶了你，就会和你好好地生活。我现在做的这些事，只是在了却一桩心事而已，你怎么就是不明白呢？"

贾玲眼中噙着泪水："范尼，我不是三岁小孩，我懂。你之所以一直放不下这些事情，就是因为你心中一直忘不了朱莉呀！当你在找那些人通灵的时候，你想过我的感受吗？你知道我会有多难受吗？我会觉得不管我多努力，都永远无法取代朱莉在你心中的位置！"

范尼低下头，沉默了好一阵，他说："你只在乎我通灵的事，却不问一下我通灵的结果吗？"

贾玲的身体抖动了一下，像是打了个寒噤，她问道："怎么……你真的通灵成功了？"

范尼轻轻点了下头。

"那……朱莉她，说了些什么？"贾玲神情骇然地问。

范尼叹了口气："朱莉她什么都不愿意告诉我。她叫我不要再追究了，说不想告诉我她自杀的原因，但是——"范尼顿了一下："她最后似乎又暗示了我一些什么……"

"她……暗示你什么？"贾玲紧张地问。

"她暗示我，她的死跟一对红宝石耳环有关。"范尼眯起眼睛说。

"红宝石……耳环？"

"对了。"范尼望向贾玲，"你当时和她这么要好，你知不知道，有谁送过她一对红宝石耳环？"

贾玲眉头紧皱，竭力思索了一阵，说："你是说，她准备在结婚当天戴的那对红宝石耳环？"

"对！"范尼惊叫道，"而且不只是'准备'，她那天确实是戴了！她戴了那对耳环后没多久就自杀了——你知道那对耳环是从哪来的？"

贾玲紧紧抿着嘴唇想了一会儿，抬起头来说："如果……我没记错的话，那对耳环是项青送给她的。"

第十五章

"什么！项青？"范尼用怀疑的声调惊叫道，"那对耳环是他送给朱莉的？"

贾玲紧紧地抱着手臂，像是自己也有些难以置信。

范尼抓着贾玲的肩膀问道："你确定没有记错吧？如果真是这样，那朱莉为什么不告诉我——而且，你又是怎么知道的？"

"范尼，你把我捏痛了！"贾玲叫道，"你让我想想。"

范尼将手放下来，焦急地望着贾玲。

"嗯……我想起来了，是这样的。"贾玲说，"朱莉在和你结婚之前，我和项青准备送一份礼物给她。但我们不知道该送什么好。于是有一天下午，我们俩一起把朱莉约了出来，想让她自己挑选……"

"我们三个人走进一家珠宝店时，朱莉对其中一条蓝宝石项链很是喜欢，于是我就买了下来，送给她作为礼物。但项青还不知道该买什么好。这时，我们在那条蓝宝石项链的旁边发现了一对红宝石耳环，和那条项链十分搭配，朱莉也是喜欢得不得了。于是，项青便把它买了下来，送给朱莉作为结婚礼物。"

"是的，我想起来了，朱莉告诉过我的，她说那条蓝宝石项链是你送给她的……"范尼皱了下眉，"可是，她为什么不告诉我那对红宝石耳环是项青送的？"

范尼望向贾玲，贾玲说："我也不知道了。"

范尼迟疑了几秒，从沙发上站起来说："不行，我现在就要去找项青问个清楚！"

贾玲知道，她是阻拦不住的，她也只能跟着站了起来。

范尼临出门那一刻，忽然又想起了什么，问道："你记不记得，那对红宝石耳环，项青买的时候是多少钱？"

贾玲皱着眉说："我记不清了。但是，好像比我买的那条项链要贵得多。"

范尼说："你再仔细想想，大概值多少钱？"

贾玲又想了几秒钟，说："应该不会低于两万块。"

范尼一句话都没说，重重地关上门。

一路上，范尼的汽车风驰电掣，他握着的仿佛不是方向盘，而是一柄武器。

到了公司后，范尼径直来到董事长办公室，用内部电话对秘书说："你去叫项总经理马上到我的办公室来，一分钟之内！"

过了一会儿，项青推门进来，见到双目圆睁的范尼，有些茫然不知所措地问道："你什么时候回来的？急匆匆地找我干什么？"

范尼脸色阴沉地说："你没忘记我是去C市干什么的吧？"

项青惊讶地问："你真的找到章瑞远了？他帮你通灵了吗？怎么样？"

范尼挥了挥手说："先别管这些，我问你几个问题，你老实回答我！"

项青感觉范尼的语气有些不对，他问道："你怎么了，发生什么事了？"

范尼没有理他，问道："十年前，你是不是买了一对红宝石耳环送给朱莉？"

听到这句话，项青脸上的表情骤然变化了，变得有些僵硬、呆板。

"回答我，是不是？"范尼逼视着他问道。

项青难堪地承认道："……是的。"

范尼眼睛的焦点聚集在一起："为什么这件事你没告诉我，朱莉也不告诉我？"

"我……认为买一件礼物给她，用不着非得向你汇报吧——再说那是送她的结婚礼物啊。至于她为什么不告诉你，我不知道。"

"你不知道？但现在我知道了——因为那对耳环价值两万元以上。项青，如果我没记错的话，十年前你还只是公司的一个普通职员吧？两万元对你意味着什么？那是你将近一年的工资！如此昂贵的礼物，朱莉当然不方便告诉我，这是另一个男人送给她的。"

项青望着他："范尼，你到底想说什么？"

"我想说的就是——你当时为什么会如此大方，用自己一年多的工资买一对耳环送给朋友的未婚妻，这个人情也未免太大了吧？"

"朋友的未婚妻？"项青伸出手掌挥了一下，"真难以置信，你居然会这么说，难道朱莉就不是我的朋友吗？"

"就算是！那你对于一个普通朋友就该出手如此大方吗？如果是这样的话，那你多几个朋友结婚，你岂不是就倾家荡产了？"

项青摆了摆头，气呼呼地说："好吧，那我就告诉你，我为什么要送她这么贵重的结婚礼物。因为她要结婚的对象不是别人，而是你！我是看在你们俩的分上才买这么贵重的礼物的！"

"真是冠冕堂皇啊。"范尼冷笑着说，"如果是这么光明正大的理由，那为什么你们两人都要瞒着我，不让我知道？"

项青向上翻了一下眼睛，说道："范尼，你是装傻还是真不明白？你真要我说得这么明白吗——一般说来，送首饰给女孩的都是她的恋人或丈夫。但那天朱莉又确实非常喜欢那对耳环，而我又实在不知道该买什么送给她，于是就忍痛给她买了这么贵的一对耳环。朱莉显然是考虑到了你的感受，不想让你在新婚当天心里不舒服才不告诉你的，你明白了吗？"

"对了，新婚当天。朱莉在新婚当天戴的居然是你送给她的耳环，而不是我送她的钻石耳环，这真是讽刺。她对这副耳环的喜欢有点儿太超乎寻常了吧！"

"天哪，范尼！"项青叫起来，"她手上戴的是象征你们爱情的结婚钻戒，这还不够吗？你是不是要她全身都戴着你送她的东西你才满意？范尼，你今天到底是怎么回事？跟我翻这些陈年旧账干什么？"

"别这样一脸无辜地望着我，项青。要是你的妻子在结婚当天戴的是别的男人送的名贵首饰，你就会很高兴吗？"

项青愣了几秒，伸出手掌说："等等，范尼，我有些想起来了，我知道朱莉那天为什么非得要戴那对耳环了——我和贾玲给她买好礼物之后，就和朱莉约好了——在你们结婚那天，朱莉手上戴你送的结婚钻戒，脖子上戴贾玲送的项链，而耳朵上就戴我送她的耳环。这样的话，既代表了你和她的爱情，又是我们四个人友谊的象征！"

范尼脸上的表情缓和了一些："真的是这样吗？"

"你可以回家去问贾玲呀！"项青嚷道，"范尼，你该不会是怀疑我跟朱莉之间有什么吧？这太可笑了！况且，就算你不相信我，也应该相信朱莉呀！"

范尼凝视了项青好一会儿，说："你还有没有什么事情瞒着我？"

"看在我们十几年的好朋友的分上，别问我这种问题，范尼。你要是不信任我，那可真让人伤心。我可以很明确地告诉你——我绝对没有做过任何对不起你的事！"

范尼低下头叹了口气，说："对不起，我刚才有些太不理智了——其实你知道，我一直都是相信你的，项青。要不然，我又怎么会让你坐上公司最高总经理的位置呢？"

项青说："范尼，我不知道你去C市到底发生了什么事，为什么想起问我这些。难道……和通灵有什么关系吗？你到底成功没有？"

范尼说："发生了很多事情，一言难尽。项青，我现在想一个人静一静，以后我再详细地告诉你吧。"

项青最后看了他一会儿，说："好的，我先出去了。"他拉开门，走出董事长办公室，将门带拢。

范尼看着项青离去的背影，思绪起伏。

他自己都有些不太确定，刚才说的信任项青的话究竟是发自内心，还是仅仅对自己的一种心理安慰。

其实，他是真的很想相信项青的。项青这个人虽然年轻时有点儿玩世不恭，但对于重要的事情，他还是能处理好的。而且这么多年来，他好像还真没欺骗过自己什么事情。

但是，这件事又确实非常蹊跷——"朱莉"暗示自己的重要线索，那对红宝石耳环竟是出自项青之手，那么项青和朱莉之死到底有没有什么关系？

这时，范尼又想起一个之前没引起他注意，而现在却让他怀疑的问题——第一个通灵师是项青介绍给自己的，没得到什么成效之后，他又跟自己推荐了另一个通灵大师——项青对通灵一事为何如此热衷，像是比自己还要关心一样？他说章瑞远是他在网上"无意间"搜索到的，这是真的吗？

范尼的心中突然跳出一个大大的疑问：难道，项青也和自己一样，非常想知道朱莉自杀之谜？但是，他为什么对这个问题如此关心？

第十六章

很显然，在这种思绪混乱的状态下，范尼是不可能去处理公司里的那些繁杂事务的。他觉得不能再待在办公室里了，否则一会儿秘书小周就有可能抱来一大堆文件要他审阅。想到这里，范尼离开办公室，悄悄地乘电梯下楼，离开公司。

范尼驾车缓缓行驶在路上，他并没有直接朝回家的路上开，而是在城市中漫无目的地兜着风。他幻想自己能被突然经过的一阵风吹醒，好令他想通这所有的事情究竟是怎么回事。

但这是不可能的——全世界能如此幸运的人恐怕也只有牛顿。范尼开车在城市里绕了一大圈，仍然一无所获。

范尼望着窗外不断变换的景物出神。忽然，他的眼前出现一座高雅宏伟的建筑物——这是本市的歌剧院。

看到歌剧院，范尼又想起了朱莉——朱莉曾是市里红极一时的歌剧名伶，在国内也小有名气。范尼悲哀地感叹道——可惜歌剧这种过于曲高和寡的艺术引不起自己的兴趣。居然直到朱莉死，他都没有来歌剧院看过朱莉的一次演出。

不知道是出于对朱莉的哀思，还是对过去的内疚，范尼不由自主地走下车，走进歌剧院里。

现在是白天，歌剧院里一个观众也没有。空空荡荡的剧院厅内，只有一个女老师在指导着十几个年轻演员排练经典剧目《唐璜》。

范尼怀着复杂的心情观看着年轻演员们的表演，试图在他们身上寻找到一些朱莉的影子。

排练完一段之后，女老师拍拍手，示意大家休息一下。同时，她注意到了台下那唯一的一个观众。

范尼觉得应该在人家下逐客令之前识趣地离开，他转过身，却听到舞台上有人喊了一声："是范尼吗？"

范尼惊讶地回过头，他没想到这里居然有人能认出他来。他朝舞台上望去，喊他的正是那个三十多岁的女老师。

女老师对年轻演员们说："好了，今天上午我们就排到这儿，大家回家吧，下午两点半准时到。"说完，她从舞台的一侧走下来，来到范尼的面前。

范尼看着面前这位气质高雅、端庄大方的女老师，诧异地问道："请问……你怎么认识我呢？"

女老师笑了笑："你可真是贵人多忘事啊。我叫苏琳芳，是朱莉的同事，也是朋友，我和你在很多年前见过面的——你忘了吧？"

范尼着实想不起来了，他尴尬地笑了笑，挠了挠头。

"那也难怪，我当时只是个不起眼的小演员嘛，可没有朱莉那么光彩夺目。不过，你们结婚的时候我还来了呢——"说到这里，苏琳芳意识到失言了，她将手轻轻放到嘴边，"对不起……"

"没关系。"范尼知道她不是有意的。

苏琳芳赶紧将话题转换开："对了，你今天怎么有雅兴到这里来啊？"

范尼叹息了一声，说："我路过这里，忽然想起，在朱莉活着的时候，我还从没来这里看过她的任何一场演出呢，现在，成为永远的遗憾了……"

苏琳芳也跟着叹了口气："唉，那真是有些可惜呢。朱莉以前是我们这个歌剧团中最优秀的演员，一些高难度的剧目都是由她来演唱的。她走了之后，我们剧团的一些保留剧目都没法演了——像《蝴蝶夫人》，就再没有演过。"

范尼问："《蝴蝶夫人》是朱莉最擅长的剧目？"

苏琳芳张大嘴巴，惊诧地问道："怎么，你不知道？难道她没跟你讲过吗，她唱'蝴蝶'在全国都算是一流的！"

范尼难堪地说："我……对于高雅的艺术，不是特别喜欢——朱莉她大概觉得在这方面跟我没什么共同语言吧。"

"噢，那真是太遗憾了。"苏琳芳表情夸张地说，"你知道那时候歌剧院有一半的观众都是冲着朱莉演出的《蝴蝶夫人》而来的。特别是她唱的那一段著名的咏叹调《啊，明朗的一天》，她用歌喉完美地刻画了蝴蝶夫人内心深处对幸福的向往——这么多年来，我们歌剧院的演员无人能及……"

苏琳芳激动地评述着朱莉以往的精湛演出，完全沐浴在艺术的海洋中。范尼站在旁边接受着高雅艺术的熏陶和洗礼。

苏琳芳讲完之后，范尼摇着头说："看来，我的遗憾真是越来越大了。"

苏琳芳眨了眨眼睛，说："不，其实你可以弥补你的遗憾。"

范尼有些不明白地望着她。

"到这边来。"苏琳芳做了个手势，示意范尼跟着她走。

他们走过舞台，穿过幕布，来到演出后台，在这堆放着杂物、道具、各类服装和化妆用具的拥挤空间里，还有一台电视机和影碟机。苏琳芳搬来一把椅子请范尼坐下，然后打开影碟机，将一张光碟放了进去。

"这是朱莉生前演得最好的一场《蝴蝶夫人》。"苏琳芳一边开电视，一边介绍道，"我们剧团把它拍摄下来作为资料保存。"

范尼诧异地说："这么多年前的碟子，你们都还找得到？"

苏琳芳说："你不知道，这张碟子我们经常在放——主要是放给那些年轻演员看，供他们学习和练习的。"

电视上出现画面了，场景是十九世纪末的日本海港。山脚下有一座面临大海的房屋。序曲以节奏局促、喧哗热闹的音乐拉开帷幕，接下来，是一群演员身着戏服出场……

苏琳芳拿起遥控器，按下快进键，直接跳到朱莉出场那一段。范尼在屏幕上看到身穿和服、美得像一朵移动的花儿似的'蝴蝶'——也就是他的朱莉——心中思潮澎湃，感慨万千。

看了一会儿后，苏琳芳又将剧情快进到中间的一段，并介绍说："注意听这一段，这是朱莉最感人的演出，她唱的就是我刚才跟你说的那首咏叹调——《啊，明朗的一天》。"

范尼点点头，全神贯注地盯着电视——朱莉面对着大海演唱，表演"蝴蝶"天天在幻想的情景：幸福的团聚。这是一段极其动人的咏叹调，朱莉用圆润高亢、饱含感情的声调演唱着，听来真是催人泪下。

听完这一段，苏琳芳又拿起遥控器，边快进边说，像是在给学生上课："接下来，我们听听最后一段，那也是最感人肺腑，令人——"突然，她停了下来，张着嘴巴，像是猛然间想起了什么，她按下遥控器的停止键，对范尼说："噢……我想，我们就看到这里吧。"

范尼目瞪口呆地望着苏琳芳，不明白是什么令她的态度突然变化。他愣愣地问道："怎么了？"

苏琳芳局促不安地说："没什么……我想最后一段不用看了吧。"

范尼愈发觉得奇怪："为什么不能看？"

苏琳芳抿着嘴唇说："看了也许会让你不愉快的。"

范尼皱起眉头，直觉告诉他这里面有什么不寻常的东西。他对苏琳芳说："没关系，继续看吧。"

苏琳芳只能无奈地按下播放键。

《蝴蝶夫人》的剧情继续上演。最后一幕中，"蝴蝶"得知自己被爱人抛弃，而孩子也将被带走，悲痛欲绝地从墙上取下一把匕首，关上屋门。

范尼的眼睛接触到画面上拿着匕首的朱莉那一秒，心跳和呼吸仿佛在一刹那同时停止。

就在"朱莉"把匕首对准自己的喉咙时，门开了，走进来的是扮演儿子的小演员。她一下子丢开匕首，扑过去将孩子紧紧搂在怀里，悲痛欲绝地对着孩子天真的眼睛，用高亢的声调唱出最后的歌：

　　　　我亲爱的孩子，
　　　　你的妈妈再也忍受不了痛苦，
　　　　因为你就要离开我，

到那遥远的国度。

而我却要走向那黑暗的坟墓！

我亲爱的孩子，

请你记住我，

记住你可怜的妈妈。

再见吧，再见吧，

你要记住我！

　　"朱莉"泣不成声，她把孩子放下来，给了他一面小小的美国国旗拿在手里，又用一条手帕把孩子的眼睛蒙了起来，然后退到屏风后面。孩子以为妈妈是和他闹着玩儿，笑嘻嘻地等着。"朱莉"举起匕首，朝自己的咽喉刺了下去，当啷一声，她倒在血泊之中。

　　"啊——！"范尼失声大叫了出来，惊恐万状。仿佛那不是歌剧，而是真实的一幕。

　　苏琳芳赶紧上前一步关掉了电视，不安地说："唉，我就说不要看这最后的一段啊——它会勾起你痛苦的回忆！"

　　范尼从椅子上站起来，脸上渗出汗水："这……这是怎么回事！为什么这出戏的结局，和朱莉自杀的方式一模一样！"

　　苏琳芳的眼睛望着其他的地方，没有说话。

　　范尼难以置信地说："你们早就知道的，对不对？但为什么我直到现在才知道，为什么这么多年来都没有人告诉我？"

　　苏琳芳抬起头来，为难地说："范尼，其实你应该想得通的——十年前你遭遇到那次打击之后，我们所有的人都亲眼看见了你有多么伤心欲绝、痛不欲生。在那种情况下，没有任何人会在你面前提起朱莉，更不可能会提到她的死——这无疑是在朝你的伤口上撒盐啊！"

　　范尼缓缓地坐下来，对苏琳芳说："请你打开电视，让我再看一遍那最后的一段，好吗？"

　　"范尼，你这是何苦呢，你为什么要再一次让自己……"

　　范尼伸出手比画了一下，打断她的话："请你相信我，我绝对不会再像刚才那样情绪激动了——我只是发现了一些重要的东西，想再确认一下——拜托你了！"

苏琳芳无可奈何地叹了口气说："好吧。"然后按开电视。

范尼将遥控器拿过来，回放刚才的画面。看到某一处时，他按下暂停键，将画面定格，然后走到电视机跟前去，鼻子几乎贴到屏幕上，仔细地观察着。

十几秒后，他捂着嘴，一脸惊诧地说："没错，就是这把匕首……朱莉就是用这把匕首自杀的！"

苏琳芳凑过去，看着屏幕上朱莉拿着的那把刀柄镶金边的匕首，怀疑地问道："你是说，朱莉自杀用的是这把匕首？你确定没有搞错吗？"

"我绝不会搞错的。"范尼肯定地说，"那天的一幕，深深地刻在我的脑海里，每一个细节我都记得一清二楚！"

"可是，她用这把刀自杀是不可能的。"苏琳芳说。

"为什么？"范尼望着她。

"因为这不是真刀，是一把演戏用的道具刀。"苏琳芳说，"这把刀伤害不了任何人。它的刀身会在碰到身体后自动缩进刀柄里去。我们这后台就有一把，你要不要看看？"

"什么，道具刀？"范尼难以置信地晃动着脑袋，"可是……朱莉当时脖子上插着的就是这把刀啊，它确确实实要了朱莉的命。"

苏琳芳的身体抖了一下，觉得有些不舒服起来，她说："范尼，我们今天就看到这儿吧——你看，时候不早了，我也该回家了……"

范尼神思惘然地站起来。苏琳芳正要关掉电视和影碟机。范尼突然伸出手说："请等一下！我觉得……还有一个地方很不对劲！"

苏琳芳皱起眉头，为难地说："范尼，对不起，我得……"

"求你，看一遍，再看一遍那最后一段。"范尼恳求道，"我刚才看的时候，就感觉到某一个地方特别地……请你让我再看一遍，我一定能发现到底是什么地方不对劲！"

苏琳芳后悔把范尼带到这里来了。她意识到不管自己同不同意，范尼都是肯定会坚持的，只能退到一边，让范尼再次回放最后的一段。

范尼将碟子后退到"朱莉"自杀前抱着儿子唱歌的那一段。看了一遍后，他又后退，再看一遍，接着又后退……反复地把这段看了四五遍。

苏琳芳不知道他还要这样看多久，忍不住问道："你把这段放了这么多遍，到底在看什么呀？"

范尼没有说话，一副全神贯注的模样，过了一会儿，他像是自言自语地说道："我不是在看，是在'听'。"

"什么，听？"苏琳芳困惑地问。

范尼按下遥控器的暂停键，一脸严峻，甚至是带着紧张地望着苏琳芳："我明白了，我刚才第一次看这一段的时候，为什么会觉得特别不安，有种强烈的紧张感——我现在明白了。"

"为什么？"

范尼一字一顿地说："朱莉死的时候，她的手机铃声响着，播放的正好就是刚才那一段音乐。"

苏琳芳一怔，她愣了几秒钟，不由得在心里思考起一个新的问题——范尼的神经是不是出现了一些问题？她迟疑了一阵，小声说道："恐怕……这也是不大可能的。"

范尼问："为什么不可能？"

苏琳芳微微耸了耸肩膀："其实你知道，通常用来作为手机铃声的，都是一些通俗、上口的流行音乐。纵然有高雅音乐的，也不会选择这么悲伤、哀怨的一段——我不认为有谁会制作这样一首冷僻、阴沉而又曲高和寡的手机铃声来供人下载。"

范尼说："那会不会是朱莉自己制作的呢？"

"应该不会吧。"苏琳芳说，"朱莉在整个《蝴蝶夫人》的唱段中最喜欢的就是那首《啊，明朗的一天》。你知道，她是一个性格开朗的人，不太喜欢那些阴暗的东西。"

说完这些话，苏琳芳盯着范尼，仿佛在提醒他将自己的精神和思绪拨回正轨。

范尼眉头紧锁地思考了好一阵，说："这张碟子，能不能给我？让我做个纪念。"

"恐怕不行。这张碟子只有唯一的一张，我们剧团要留作资料保存和教学用呢。"

范尼想了想，说："那这样好吗，你把它借给我，我拿去复刻一张，然后立刻就带来还给你——可以吗？"

苏琳芳十分为难地说："对不起，范尼，我们剧团有规定的，这些资料碟一律不能复刻，流传到外面——我想你能理解吧，如果这些碟子被大量地复制、传播——谁还会到剧院来看戏呢？"

"我向你保证，我只会复刻一张，把它珍藏在家里，绝不会把它流传到外面去的。"范尼恳求道，"况且，这是特殊情况啊，我只想拥有一些能纪念我已过世的妻子的东西——你们剧团的规定也应该有人性化的一面吧。"

苏琳芳犹豫了一阵，叹息道："唉，好吧——我可真拿你们没办法。"

"谢谢，太谢谢你了！"范尼连忙感谢道，又微微皱了皱眉，"我们？难道除了我还有谁复刻过这张碟子？"

"这正是我起初不想借给你的原因。"苏琳芳说，"这张碟子以前就破例过一次了，曾借给人复刻一张，好像还是朱莉的一个朋友。当时是朱莉同意后才借给他的——不过这都是好多年前的事了。"

范尼一愣，问道："那个人是谁？"

第十七章

　　贾玲坐在沙发上，惴惴不安地盯着墙上的挂钟——已经过八点了，范尼还没有回家。她不明白丈夫从早上就离开家门，为什么直到现在都还不回来，而且他的手机也已经关机了。贾玲在心中烦躁地猜测着——他该不会是通灵上瘾了吧？

　　她打开电视，只看了五分钟就将它关掉——那些低智商的娱乐节目看得她反胃。这时，门铃响了起来，贾玲赶紧到门口去将门打开——她愣了一下——门口站着的并不是范尼，而是项青。

　　项青的脸上是一种说不出来的复杂神情，他问道："贾玲，范尼在吗？"

　　"不在，他还没回来呢。"贾玲说，"进来说吧。"

　　项青进门之后，坐到沙发上，皱起眉问："他到哪里去了？为什么打他的电话关机啊？"

　　贾玲苦笑了一声："我还正想问你呢。"

　　"怎么，你也不知道？"

　　贾玲摇着头说："我只知道，他上午就出去了，而且……就是去找你。"

　　项青焦躁地叹了口气："这正是我来找他的原因。范尼早上到公司来找到我，问了我一些莫名其妙，又很奇怪的问题——我实在是忍不住想来问问他，这到底是怎么回事。"

贾玲说："他问了你些什么？"

项青张了下嘴，不自然地说："……没什么。"

"别瞒我了，项青。"贾玲说，"我知道他通灵的事。我也感到很奇怪，他到底遇到了什么事？这段时间他的举止都十分反常。"

项青盯着贾玲看了一会儿，犹豫着说："他好像……真的通灵成功了，从朱莉的灵魂那里问到了些什么。"

"这是范尼告诉你的吗？他问到了些什么？"

"不，他没有明确告诉我通灵成功了。但是……我从他问我的话里面感觉到，他确实知道了一些以前不知道的东西。"

"那他到底问了你什么？"贾玲急切地问。

"我……我不知道该怎么说。"项青局促地说，"你瞧，我就是因为不明白才专门到这里来问他的。"

贾玲盯着项青，缓缓地说："项青，我问了你这么多次，你都含糊其词地不肯告诉我范尼究竟问了你什么。你为什么对这个问题如此敏感，始终要回避开……其实，你知道吗？我大概猜得到他会问你什么。"

项青一下变了脸色："怎么，他出门之前跟你说了什么？"

贾玲怀疑地望着他："你在心虚什么？害怕什么？"

项青涨红着脸申辩道："我有什么好心虚、害怕的！我只是没想到他连我这个多年的好朋友都不相信——找我质问不说，还要讲给你听——这，简直岂有此理！"

贾玲眯着眼睛说："项青，你……到底是不是有什么事情瞒着我们？"

"我能有什么事情瞒着你们？你忘了吗，那对红宝石耳环是你和我一起陪着朱莉买的呀！"

贾玲盯着项青的眼睛说："我可没说是关于什么红宝石耳环，项青，你是不是有点儿欲盖弥彰啊？"

"你——"项青难堪地望着贾玲，说不出话来。这时，门外响起钥匙开门的声音，项青和贾玲一起朝门口望去。

范尼推开门，走进屋来，贾玲从沙发上站起来，问道："范尼，你怎么才回来，你到哪里去了？"

范尼望了她一眼，又将目光落到项青身上——脸色铁青地望着项青。

项青也从沙发上缓缓地站起来，略显紧张地问道："范尼，你……到哪里去了？我来找你，想问问你今天上午的事。"

范尼将手中的皮包放到茶几上，然后缓缓地坐下来，说："我去拜访一个心理咨询师了。"

项青和贾玲对视了一眼，似乎两人都对这个回答感到颇为意外。过了一会儿，项青说："那很好啊，范尼，其实你早就应该这么做了——心理咨询师能疏导你心中的一些郁结，还能……"

"项青。"范尼突然打断他的话，"我问你个问题。"

"……什么？"项青神情紧张地问。

范尼一字一句地说："你以前，有没有去歌剧院看过朱莉演出？"

项青张着嘴愣了一会儿，面色难堪地说："范尼，你怎么……还在纠结这些问题。"

"回答我。"范尼神情严峻地逼问道，"看过，还是没有？"

项青皱起眉头想了一会儿，不情愿地说："是的，我去看过她的一两场演出，怎么了，范尼？"

"看的是哪一部戏？"

"我记不起来了，这么多年前的事。"

范尼转过脸去问妻子："贾玲，你呢，你以前有没有看过朱莉演的戏？"

贾玲耸了耸肩膀，说："你知道的，我和你一样，对过于高雅的艺术不是很感兴趣。"

"那你没看过吗？"

"一部都没看过。"

范尼又望向项青说："项青，我记得你也不怎么喜欢歌剧吧，你为什么要去看朱莉的演出？"

项青窘迫地解释道："那有什么办法。以前朱莉邀请我们几个一起去看她的演出，你和贾玲都不愿意去，我又不想浪费票，就只有去捧她的场了。"

范尼低头不语，像是在思考着什么，过了一会儿，他问贾玲："晓宇呢，没在家里？"

贾玲说："晓宇说他怕家里那个书房，现在不想回来——我让他在外婆家多住几天，过一段时间再把他接回来。"

范尼微微点了点头，说了句："好。"

项青观察了一会儿范尼那一直阴沉着的脸，说："范尼，我先回去了，我改天再找你聊吧。"

范尼没有搭话，项青只有自己走到门口，把门打开，贾玲送他出去后，将门带拢关上。

贾玲走到范尼身边时，范尼低垂着头说了一句："我已经明白这一切是怎么回事了。"

贾玲一怔，不由自主地望向刚才项青离去的方向，说："真的吗？"

"别装了，贾玲。"范尼抬起头，冷漠地望着她，"在我还没有怒不可遏之前，你最好老实告诉我——你当年是怎么杀死朱莉的。"

第十八章

　　贾玲愣了足足有半分钟，直到她确信并不是自己的耳朵出现了幻听，她毛骨悚然地问道："范尼，你说什么？"

　　范尼从沙发上站起来，望着她，一字一顿地说："我叫你告诉我，你当年是怎么设计杀死朱莉的？！"

　　贾玲向后退了几步，惊恐地摇着头："范尼，你疯了，你居然说……是我杀死了朱莉！你明明亲眼看见，朱莉是自杀的！"

　　"对，朱莉的确是自杀的。但是，我直到今天下午才想通，她为什么要对我说，她是'迫不得已'的——原来，她是被你设计的阴谋害死的！"范尼咬牙切齿地说。

　　"你真的疯了……范尼。"贾玲惊恐地瞪大双眼说，"我有什么方法，能把朱莉逼得自杀？"

　　范尼冷冷地望着她："哼，方法？好吧，如果你还要装，我就替你把诡计多端的方法说出来——你精心设计了一个和《蝴蝶夫人》最后一幕几乎相同的场面，把朱莉引入戏中，令她像在舞台上演戏一般自杀。只不过，那把刀已不再是道具刀了！"

　　范尼上前一步，逼视着贾玲说道："如果我没猜错的话，十年前我和朱莉的婚礼当天，你跟着我们上楼，在门口偷听我们的谈话。当你知道朱莉进卫生间换衣服时，便拨通她的手机，让那首'死亡序曲'响起——那首曲子是你早就提前制作好，又不知道用什么方法偷偷拷进朱莉的手机里的——只要特定的电话一打过来，它就会以电话铃声的方式响起来。至于那把和道具刀做得一模一样的匕首，你一定是在我们举行仪式的时候，帮朱莉拿着包，再神不知鬼不觉地悄悄塞在她的手提包里——这样，她只要一打开包拿手机，就能发现这把匕首，然后照你设定的，把它刺进自己的脖子里！"

贾玲猛烈地摇着头说："范尼，你是不是真的想朱莉想得发疯了？你在说什么疯话！听到一首手机铃声就能让一个人引颈自杀？你去做来试一试！"

"试一试？由谁来试？你吗，贾玲？"范尼说道，"好啊，你只要把那对红宝石耳环拿出来，我就能立刻试给你看！"

贾玲的身体难以控制地一阵痉挛，脸色在瞬间变得煞白。

范尼刀一般锐利的目光紧紧逼视着贾玲："我当然知道，光靠刚才那些是做不到让朱莉自杀的——你在十年前肯定也知道这一点。所以，你才设计出了'红宝石耳环'这样一个重要道具！"

范尼停了一下，说："你知不知道我今天下午去心理咨询师那里做什么？我问他，有没有什么方法能控制一个人的行为。他告诉我两种方法，一种是催眠术，我想你是没有这个本事的，况且你也没有时间和场所来施展；另一种方法，便是你使用的那个方法了——"

范尼再靠近贾玲一步，几乎贴到她那因惊恐而发抖的脸上说："药物。心理咨询师告诉我，只要用迷药一类的致幻类药物，再加上一定的暗示或提示，就能够达到比催眠术更好的效果——完全可以操纵一个人像木偶一样行动！"

范尼狠狠地盯着贾玲说："我不知道你对那副耳环做了什么手脚。是把它挖空，装满迷药，还是那根本就是一对假红宝石耳环，整个就是由致幻类的材质制成的？但不管怎么样，你利用这个重要的工具，再配合那首'死亡序曲'和跟舞台道具一样的匕首，对朱莉造成心理暗示，让她在那一刻由幸福的新娘变成了绝望的'蝴蝶'！从而像她演了无数次的那样，将那把尖刀刺进喉咙！让所有人认为，她是由于什么个人的原因而自杀的！"

范尼浑身因愤怒而颤抖起来："你告诉我，贾玲！你是怎么想出这个阴险、狠毒的计划的！为了得到我，你不择手段、丧心病狂地害死了自己最好的朋友！你的心到底是毒蛇，还是蝎子变的？"

贾玲的一只手撑在墙壁上，她已经被范尼逼得无路可退了。她说："范尼，你凭什么咬定这些都是我做的？你怎么就知道不是项青或其他哪个人做的？"

"哼，项青？你直到现在还妄想能嫁祸到他身上？从一开始，项青就是你选定的，用来利用的挡箭牌。你早就想好，一旦这个计谋败露，被你利用的项青就代替你成为最大的怀疑对象。所以，你才处心积虑地叫上他和你一起去为朱莉买礼物，再故意诱导他买下那对昂贵的红宝石耳环，并且跟朱莉约定好，结婚那天一定要戴你们送给她的首饰——当然，在这之后你就有太多机会把带着迷幻药的假耳环跟朱莉的那对真红宝石耳环调包——至此，你的所有圈套就都布置好了，只等着到了那一天，让毫无戒备的朱莉上钩！"

贾玲绝望地瞪大眼睛说："范尼，这一切都是你的无端猜测吧？你认为我为了得到你，便计划了这些阴谋？可是，项青他同样有理由……"

"住嘴！"范尼怒喝道，"你还敢赖在项青的头上？你可真是不见棺材不掉泪啊！贾玲，你以为我仅仅凭猜测就会如此断定是你吗？那我就明白地告诉你吧——导致你被我看穿的重大疏忽在什么地方！"

范尼怒视着她说："我刚才问项青有没有看过朱莉演的戏，他并不心虚，而且不知道我这样问他的用意，便老实回答'看过一两场'——朱莉演过很多场戏，项青看的那'一两场'并不一定就是《蝴蝶夫人》。但是，当我问到你的时候，你心里立刻就知道我这样问的意思，为了躲开嫌疑，你撒谎说'一部都没看过'——可是，你是聪明反被聪明误——你根本就想不到，我这样问的真正目的就是要套出谁是凶手！"

范尼走到茶几旁，抓起上面的皮包，从里面拿出一张碟子，伸到贾玲面前："这张碟子你应该很眼熟吧？你大概怎么都想不到，我会误打误撞地走进歌剧院，碰到朱莉以前的同事——她告诉我，十年前，朱莉的一个'女'朋友也复读了这张碟子。而且，听了她描述的外貌，我立刻就知道——那个人就是你！"

范尼怒目圆瞪地说："你刚才不是说，你对'过于高雅的艺术'不感兴趣吗？那你刻录这张碟子干什么？你不是说，朱莉的戏，你'一部都没看过'吗？你连碟子都刻录了，还敢说一部都没看过！"

这一番话将贾玲彻底击溃了，她的身子顺着墙壁慢慢地滑了下来，瘫坐到地上。

过了一会儿，她抬起惊惧的双眼，问道："范尼，你打算把我……怎么办？"

"怎么办？"范尼咬牙切齿地说，"如果是在十年前，我立马就能把你掐死！现在，我看在晓宇的分上，给你个机会——你把罪证拿出来，自己乖乖地跟我去公安局自首！"

贾玲骇然地说："罪证……什么罪证？"

"你还敢跟我装傻？"范尼一把上前，揪住贾玲的衣服领口，"那对红宝石耳环！朱莉死后，它就神秘地消失了——我想不出来，除了你之外，还有谁会偷偷地取走那对耳环！你一定是在事发当天，趁着我跑下楼去的时候，便将那对'迷药耳环'从朱莉耳朵上取走的——所以后来连警察都没能发现什么破绽！说，那对耳环现在在什么地方？"

贾玲的脸因恐惧而扭曲，她面无血色地摇着头说："我……没有那种东西。"

范尼盯着她说："你不愿意拿出来，是吧。那好，我自己去拿。我知道你有一个带密码锁的铁箱子——你所有的秘密肯定都藏在里面。如果你不愿意自己打开，那我就把它整个一起抱到公安局去，我相信他们会有办法弄开的。"

说着，范尼便要走进卧室去拿那个箱子，贾玲一把将他拉住，哀求道："不要，范尼！跟我留点儿脸面吧，我……自己去拿。"

范尼斜视着她说："好吧，你快去！"

贾玲走进卧室，从大衣柜的最里面抱出一个密码箱，她在密码锁上输入了十六位以上的数字，"咔嚓"一声，箱子打开了。

她颤抖着双手，从箱子里面又拿出一个小盒子，她吞咽了一口唾沫，将那小盒子的盖子轻轻打开，拿出里面的小东西。

贾玲紧张地略略回过头一些，斜睨了一眼在客厅和卧室之间站着的范尼——这是我最后的机会了，不管这东西还管不管用，我都只能再试一次，这是最后的机会——她想道，心脏怦怦乱跳。

贾玲深吸了一口气，将那小东西快速地处理好，然后关上箱子，走了出来。

范尼站在卧室门口，摊开手来，冷冷地说："拿来。"

贾玲将紧紧捏在手中的东西放开，那东西掉在范尼的手掌上。

范尼的心一阵收紧——十年了，他又再一次看到了这对令朱莉殒命的红宝石耳环！

这个时候，范尼听到身边的贾玲用一种缓慢而怪异的声调说道："范尼，我是你的妻子，你应该相信我。忘了你刚才说的那些话——那些都是你胡乱的猜想和无端的怀疑罢了。"

范尼缓缓地抬起头来，迷茫地看着贾玲，脑子在一瞬间变得顺从、简单。是啊，我怎么能怀疑我的妻子呢？她，是我值得相信的妻子啊……

贾玲的眼睛紧紧地盯着范尼，轻声说："范尼，你现在看着我，告诉自己，我是你的妻子，你永远不能怀疑、背叛我……"

范尼的神志越来越迷惘起来，恍惚之中，他看着面前这个朦朦胧胧的女人——她的耳朵上，戴着一对鲜艳的红宝石耳环，和他手里的那副一模一样——突然间，范尼认出她是谁了，他一把将她抱住，喊道："朱莉，朱莉，你回来了吗？"

贾玲一怔，还没来得及做出反应，范尼已经将她紧紧地拥入怀中，忘情地呼喊道："朱莉，朱莉，我再也不离开你了，朱莉，我好想你，朱莉……"

贾玲从来没有体会过这种感觉，她感到自己的头脑被某种不可抗拒的思维所占据，但她却想不出来应该怎样拒绝和反抗，只有无能为力地让自己的大脑被外来的暗示所侵占。

贾玲木然地推开范尼，歪歪倒倒地走了几步，突然在卧室的大穿衣镜中看到自己的脸——她的后背冒起一阵凉意——那不是自己的脸，是朱莉！那分明是朱莉的脸。

贾玲"啊——"地尖叫一声，从卧室逃到客厅来。睁开眼，她又在电视机屏幕的反光中看到了朱莉的脸；转过头来，酒柜的玻璃中浮现出的仍然是朱莉的脸！她抓着自己的头发，失声惊叫着冲到阳台上，但当她一回头，阳台和客厅之间巨大的玻璃门之间又出现无数个朱莉那鲜血淋漓的脸来！

贾玲无比惊恐地抱住头，一边朝后退着，一边喊叫道："朱莉，是我错了，我对不起你——我求你，饶了我吧，不要来找我！"突然，她退到阳台边上，但身子还在往后仰着，她重心一偏，"啊"的一声惊叫，从八层高的阳台上跌落下去。

贾玲的尖叫声把精神恍惚的范尼唤醒过来——但已经迟了，当范尼朝阳台冲去时，他伸出的手只抓住一缕空气。

几阵凉风让范尼彻底清醒了，他微微探出头，朝楼下望去——那惨不忍睹的画面令他紧紧地闭上眼睛。两行泪水沿着贾玲坠落的轨迹流淌下去……

范尼回到房间，摸出手机，拨通公安局的电话报案。之后，他静静地坐在沙发上，心中是难以名状的复杂思绪。

困扰在心中十年的谜底终于揭晓了。

虽然贾玲的悲惨下场是她设计害死朱莉所应遭到的报应——可她毕竟是自己的妻子，是晓宇的妈妈——想到这里，范尼又感受到深深的悲哀和痛心。同时，他也明白了朱莉的用意。

范尼仰面向上，心中默默说道：朱莉，你为什么这么傻呢？我既然都已经跟你的灵魂通了话，你为什么还不愿把当年的真相告诉我？你是怕我再经受一次打击吗——你不想让已经失去一次妻子的我再一次失去妻子？难道你为了能让我安宁、平静地生活，连自己的冤屈都不顾，甘心让我和杀死你的凶手生活在一起？你太善良、太傻了，朱莉——你可知道，如果不把你的死查个水落石出，我是永远都不可能拥有所谓"幸福"的。

范尼悲伤地沉思着——门铃声响了起来。他擦掉眼眶的泪水，站起来走到门口，将门打开。

范尼和站在门口的警察同时愣住了——他认出来，这个警察就是十年前朱莉死后来找过他谈话的向警官，向警官显然也认出了范尼。

"又是你？"向警官的口气中没有质问，反倒像是在和一个老朋友说话。

范尼请向警官进屋内坐下，警官问道："楼下坠楼的女人尸体已经被我的同事运回局里了——她是你的什么人？"

范尼说："我的妻子。"

向警官皱着眉头望他。

"你大概觉得很奇怪吧。"范尼说，"十年前你来找我谈话，是因为我的第一个妻子死了；现在你来这里，又是因为我的第二个妻子死了。"

向警官问："这是怎么回事？"

范尼重重地吐出一口气，疲惫地望着前方说："这是一件离奇、复杂的案件，我讲给你听之后，你也许会认为我是在编故事——但即便这样，我也没有别的办法，因为我没有其他可告诉你的了。"

向警官双手交叉抱在胸前，身子仰到沙发靠背上，说："你先讲来听听。"

范尼厘清了一下思路，从十年前的命案讲起，把从头到尾的所有过程，包括那两次离奇的通灵一起详细地讲给向警官听了一遍——共讲了将近一个小时。

向警官的表情由惊讶、怀疑渐渐变成匪夷所思，听完后，他张大着嘴说："原来十年前的自杀案是这样的！这么说，谋害你第一任妻子的就是你的这个第二任妻子！"

范尼问："警官，你相信我说的这些吗？"

向警官从沙发上站起来，眉头紧锁地踱了几步，说："其实要证实你说的这些是否属实相当容易。首先，照你所说，死者贾玲的耳朵上现在还戴着那对有致幻作用的'红宝石耳环'，这是最重要的一个物证；再者，我们也可以从你刚才说的项青和苏琳芳那里证实你的话；另外——"

向警官问："贾玲的那个密码箱在哪里？"

范尼把向警官带到卧室，指着地上的一个铁箱子说："就是那个。"

向警官走上前去，直接打开箱盖——刚才贾玲在情急之中忘了把它锁上。他在箱子里翻了一会儿，找出一个陈旧的日记本，翻开来看了一会儿，说："嗯，这个东西就能证明贾玲确实是十年前那起自杀案的阴谋策划者。"

范尼凑上前去,向警官把贾玲的日记本递给他。范尼翻看之后发现,这上面虽然没有明确记载作案手法,但贾玲却在多年前的日记中记录下自己作案后那种提心吊胆、惶惶不可终日的心态。并且,她用大量的篇幅在日记中倾诉自己对范尼的爱慕和对朱莉的嫉妒——那些极端的文字透露出贾玲狭隘而自私的内心情感。范尼看了十几页,不想再看下去了,正准备把本子关上的时候,他突然看到这样一段——

"……舅舅终于知道我做的那件事情了。他很生气,居然动手打了我。他没有想到我从他那里要走的迷药居然会要了一个人的命。我很害怕,我怕他会去报案,把我送进监狱。但是,舅舅竟然把一切都怪在自己身上。他认为是他将迷药给了我,才让我做到那件事的。他准备用后半生来赎罪,希望能洗清自己的罪孽。他是说一不二的人,几天后,居然就真的去凤凰山上当了和尚……"

范尼看到这里,本子"啪"的一声从手中滑落到地上,他震惊得呆若木鸡。

他猛然想起,贾玲的母亲就姓"章",这么说……章瑞远,竟然就是贾玲的舅舅!

范尼的脑子里骤然回想起项青给自己介绍章瑞远时说的话——

"这个章瑞远有些奇怪,多年前,他在经历了某件事情之后,突然出家当了和尚。"——原来,这个"某件事情"竟然就是自己十年前婚礼上发生的那件事!

范尼在一瞬间全明白了——自己到凤凰山云来寺去请慧远大师帮自己忙时,为什么他一开始坚决不肯,但听完自己讲的事情后,便改变了主意,同意下山帮自己通灵——难道,他是想以此来弥补自己当年的罪孽?

等等——范尼突然又想到另一个问题——这么说,慧远大师是知道整件事情的,他跟自己进行的所谓"通灵",根本就可能只是一个过场!他也许只是借"通灵"这种方式,借"朱莉"之口来暗示自己一些当年的真相!难道,自己那天晚上在309号房间里,根本就不是在跟"朱莉"对话?

可是——范尼感觉自己脑子的转动有些跟不上了——有一件事情

慧远大师不可能猜得到！他怎么可能会知道朱莉跟自己说的最后一句话是"让你帮我找那对红宝石耳环"呢？这句话只有自己和朱莉才知道啊——这么说来，慧远大师又确实是通了灵的？

到底是怎么回事？范尼陷入深深的迷惘之中。

身边的向警官从地上捡起日记本，拍了两下，对范尼说："这可是对你最有利的证物啊，你怎么把它丢了——你在想什么？"

范尼长长地叹息一声："不，没什么。一切都结束了，我也用不着再去想那些麻烦的问题了。"

向警官拍了他的肩膀一下，说："那好。这个本子我就拿走了，它会成为呈堂证供——要不然，别人说不定还会以为是你杀了你的两个妻子呢。"

范尼把向警官送到门口，向警官撇了撇嘴："说实话，我办了这么多年案，还从没遇到过这么诡异、离奇的案子。"

范尼说："我活了这么多年，也是第一次遇到这么诡异、离奇的事——不过还好，都解决了。"

向警官和他对视了一眼，两人相视而笑。

出门后，向警官最后对范尼说了一句："其实，我想说一声谢谢你。"

"谢我什么？"范尼不解地问。

"记得我在十年前跟你说过的那句话吗？"

"什么话？"范尼想不起来了。

"我说，我能看得出来，你不可能是凶手——知道吗，为了这句话，我不安了多少年——生怕自己因为看错人而放掉一个凶手。现在，当我知道一切真相之后，才终于能如释重负地松一口气呢！"

说完这句话，向警官向范尼行了一个警察的敬礼，然后转身离开。

范尼望着警官离去的背影，感觉自己的心胸也被打开了。

尾声

　　范尼牵着儿子范晓宇在夕阳西下的海滩上散着步，现在已经是夏天了。掺杂着海水腥味的海风吹拂在范晓宇稚嫩的脸颊上。他抬起头，充满忧伤地问道："爸爸，妈妈到底什么时候才回来呀？"

　　范尼蹲下身子，抚摸着儿子的小脸蛋说："晓宇，妈妈犯了错误，要到很远的地方去赎罪——不过，爸爸会永远在你身边，一直陪着你的。"

　　范晓宇的眼睛里淌出泪水："那我就再也没有妈妈了吗？"

　　范尼爱怜地看着儿子："不，晓宇，其实……你一直还有一个妈妈。"

　　"什么，我还有一个妈妈？她在哪里？"范晓宇抬起小脸问。

　　范尼转过头，望着夕阳下苍茫的海天说："她就在我们身边，一直都在。"

（《通灵》完）

Story 3
游戏对象是谁

第一章

　　马恩医生的私人助理来到办公室前，礼貌地敲了敲门说："医生，有位叫温衍玲的女士坚持要在这个时候见您。"

　　"她有预约吗？"

　　"没有。"

　　马恩看了看手腕上的表说："那你应该告诉她我们的下班时间，以及工作制度。"

　　"我都说了，但她就是不走。她说好不容易找到了这里，今天非见到您不可。"

　　"我们几乎每天都会遇到这样的客人。"马恩望着他的女助理说，"能告诉我吗，是什么让你对她破了例？"

　　年轻的女助理皱了皱眉："她显得很焦急，甚至有些惊慌。她说自己遇到了非常急迫和可怕的事，必须马上向您咨询，得到您的意见——她对我说这些话的时候几乎是在哀求——我根本无法拒绝。"

　　马恩转动着桌上的一支圆珠笔："她是不是表现得有些神经质？"

　　女助理摇着头说："不，医生，她不是那种神经质的人。事实上，正好相反——她衣着讲究、品位高雅，言谈举止也很得体，只是显得有些焦躁罢了。"

　　马恩医生用手指敲打着桌面，过了一会儿，他说："好吧，就让我听听她到底有什么着急的事。去请那位女士进来。"

女助理点点头。很快,她陪同这位来访者走进办公室,然后退了出去,关上门。

进来的女士三十多岁,穿着一身高档的轻质毛料套装,身材苗条,气质高雅,浑身上下透露着上流社会的气息。她在对面的皮椅上坐了下来,充满歉意地说:"您好,马恩医生,我叫温衍玲。真是抱歉,我在没有和您预约的情况下坚持要见您,而且还是在您快下班的时候。我知道,这实在是非常地失礼……可是,我真的是没有办法,必须这么做。"

"没关系。"马恩报以职业微笑,"像你这么有修养的女士会这样做,一定有十分紧要的原因。"

"是的,确实如此。"温衍玲无奈的神情中流露着强烈的不安,"医生,我……遇到了非常可怕的事。"

"别着急,慢慢说。"

"这件事说来话长……"温衍玲轻轻叹了口气,"我有一个儿子,今年十三岁了——从他很小的时候,就患有强烈的自闭症。"

"他是怎么患上自闭症的?"马恩问。

"噢,这都怪我和他的父亲。"温衍玲露出痛苦的神情,"在孩子还只有三四岁时,我们为了开创各自的事业而长期处在繁忙的工作中,经常把孩子一个人丢在家里,让他自己一个人玩。没想到久而久之,他因为缺乏和人的交流,变得越来越封闭——当我们引起重视时,他已经成为自闭症患者了。"

"这种情况现在很普遍。"马恩说,"不过,你既然早就发现他患了自闭症,应该尽早请心理医生为他治疗啊。"

温衍玲无奈地摇着头说:"我们当然请了。目前为止,已经请了三个心理医生——可是根本没用,我儿子的自闭症太严重了,他对那些心理医生完全置之不理——他们也就束手无策了。"

马恩轻轻皱了一下眉头:"如果是这样,那我也未必有办法——我并不认为自己要比同行们高出几筹——你儿子未必就会接受我。"

"不,医生!"温衍玲的语气有些激动起来,像是生怕他会拒绝一样,"您是我们这个地区最杰出的心理医生!而且,我之所以非找您不可，是因为我发现最近几天我儿子竟然喜欢上了看您在电视上做嘉宾的《心理访谈》节目——要知道，他以前对这类节目可是一点儿兴趣都没有——所以我想，他会愿意和您接触，听从您指导的。"

马恩用手托住下巴想了想：“真是这样的话，我倒可以试试。可我不明白，难道这就是你说的那件‘可怕的事’？"

温衍玲抬起头来，望了一眼马恩，不自觉地打了个冷噤，她的脸色变得苍白起来，像是头脑里的某些恐怖印象又浮现出来。

马恩注意到了温衍玲神色的变化。他意识到，接下来要讲的，是事情的重点了。

“是的，医生。"温衍玲恐惧地望着马恩，“我儿子的自闭症，当然不是什么可怕的事——真正让我感到可怕的，是他最近的那些异常举止。"

第二章

一个星期前，温衍玲发现儿子雷蒙总是在吃完晚饭后，就回到自己的房间，锁上房门——之后，一直要到第二天早上才出来。她觉得自己这个有自闭症的儿子真是越来越孤僻了。

连续几天如此后，温衍玲开始觉得有些不对劲了——虽说雷蒙以前也很孤僻，沉默寡言，但他还是很喜欢在客厅看电视的——温衍玲不明白，雷蒙在他那间既没电视也没电脑的小房间里做些什么？他是怎么打发时间的？

这一次晚饭之后，雷蒙又像几天前一样，离开餐桌就径直向自己的房间走去。温衍玲终于忍不住了。

"等等，雷蒙。"她叫住儿子。

雷蒙转过身，面无表情地望着妈妈。

"我想和你谈谈。"

雷蒙顿了一下，问："什么事？"

温衍玲走到儿子面前说："为什么从一个星期前开始，你就一直这样——吃完晚饭就回到自己的房间，然后几乎要到第二天早上才出来，你每天晚上到底在房间里干些什么？"

雷蒙低下头，盯着自己的脚尖，过了半晌，才轻声说了一句："没干什么。"

"你每天晚上在那间屋子里什么也没干？"温衍玲加重语气道，"那你干吗要锁门？"

雷蒙抬起头来望了一眼母亲，又低下头去。

"告诉我，雷蒙。你到底在做什么？"

雷蒙咬住下嘴唇，一声不吭。温衍玲等了几分钟后，重重地叹了口气——她知道儿子的性格——今天晚上别再想听到他说半个字了。

雷蒙在原地站了几分钟后，依然回到自己的房间，锁上门。

这一次，温衍玲觉得不能再由着雷蒙任性了——虽然她认为孩子的隐私应该得到尊重，但她也知道，这是有限度的——而且，她实在是太好奇了。

过了一个小时后，温衍玲从大衣柜里找出雷蒙房间的钥匙，轻手轻脚地走到门口，不知为什么，她竟然觉得有些紧张——以前从没这么干过。她觉得自己正在扮演一个偷窥者的角色。

温衍玲将钥匙轻轻插到门锁的孔里，她控制着力度，用最柔和的动作转动着钥匙，非常好，一点儿声音也没有，门开了。

她将门推开一个小缝，探进头去张望——雷蒙这时正坐在书桌前，背对着自己。虽说雷蒙的房间并不算大，但书桌距离门也有好几米远，再加上屋内仅有的台灯光线，温衍玲看不清楚儿子在书桌前做什么，她只有蹑手蹑脚地走进屋，慢慢向儿子靠近，试图看个究竟。

在距离雷蒙仅有半米的时候，温衍玲终于看清楚了：雷蒙的面前什么也没摆。奇怪的是，他的口中念念有词，似乎在自言自语，但看起来更像是和某人聊天——可他的面前除了书桌和窗户，什么也没有。

温衍玲屏住呼吸，侧耳聆听，可雷蒙的声音不大，她只能听到一些支离破碎的语句，无法将它们组合成完整的意思。

温衍玲在雷蒙的身后站了大约有两分钟，雷蒙并没有发现。突然，温衍玲听到雷蒙说了一句："你说什么，我的……身后？"然后他猛地转过身来，惊讶地望着温衍玲。

"妈妈！你在干什么？"雷蒙带着恼怒的腔调责问道。

温衍玲显得十分尴尬："我……我只想进来看看你在干什么。"

"可是我锁了门！"

"我有钥匙，雷蒙。"

雷蒙露出难以置信的表情："妈妈，你怎么能这样！你以前说过会尊重我的隐私，给我属于自己的空间！"

"可是……"

雷蒙转过头去，冷冷地说："妈妈，你以后再这样，我就永远不理你了。"

温衍玲还想说什么，却一时不知该说什么才好。她叹了口气，离开了雷蒙的房间。

回到自己的卧室，温衍玲烦闷地倒在床上。她的丈夫雷鸣正在电脑前下一盘棋。

雷鸣感觉到妻子的情绪不对，他一边点着鼠标，一边问道："你怎么了？"

温衍玲正想找人倾诉，她把刚才在雷蒙房间发生的事讲给丈夫听。

雷鸣的注意力仍在电脑的棋局上，他有些不以为意地说："雷蒙一直都喜欢一个人玩啊，你又何必费这些心思去管他？"

"什么？"温衍玲从床上坐起来，"你认为我在多管闲事？他现在自闭得越来越厉害了！我们要是再不管，他以后怕是连这个家的大门都不会出了！"

雷鸣放下手中的鼠标，转过身来说："嗯……这个问题是有些严重了。"

"而且，你不觉得奇怪吗？我刚才站在他身后听他说话，觉得他根本不像是在自言自语，而像是在跟某人聊天。天哪，该不会自闭症严重之后会产生幻觉吧？"

雷鸣皱紧眉头思索了一会儿，说："这样吧，我们再给他找一个心理医生。"

温衍玲带着疲倦的口吻说："可我们以前已经给他找过两个心理医生了，根本没什么效果。"

"不，这个不同。"雷鸣肯定地说，"听我的同事说，这个心理医生会很厉害的催眠术。"

"催眠术……"温衍玲皱了皱眉。

"别担心，亲爱的。催眠术对人没有任何伤害。"

温衍玲犹豫了片刻，说："好吧，你明天就去请他来。"

第三章

　　当这个身穿白色衬衫和蓝色短裤的斯文男人走进家门的时候，温衍玲根本无法把他的形象和"心理医生"这个职业结合起来——无论从哪个角度，她都觉得他看起来更像是一个网球明星。

　　"嗯……解释一下。"斯文男人微微脸红了一下，"听您的丈夫说，我是要和您十三岁的儿子见面。所以，我特意穿成这样，希望能拉近和孩子的距离。"

　　"噢，您真是太敬业了。"温衍玲感激地说。

　　"这是职业的需要，理应如此。"年轻男人伸出手来，"我叫余方。"

　　"久仰大名，余医生。"温衍玲和余方握手。

　　"那么，您的儿子呢？"

　　站在旁边的雷鸣问妻子："雷蒙又进房间去了？"

　　温衍玲无奈地点了点头。

　　雷鸣冲余方耸了耸肩："你看，就和我之前和你说的一样。"

　　余方点了点头："让我去拜访一下他吧。"

　　"这边请，医生。"雷鸣做了一个"请"的姿势。

　　三个人来到雷蒙的房间门口，雷鸣正准备敲门，温衍玲突然问："医生，您一会儿会对他实施催眠术吗？"

　　"如果您想打开自闭症患者的心扉，知道他在想些什么，这是最好的办法。"余方说。

"……会不会，我的意思是说……"

"别担心，太太。"余方面带微笑地说，"我知道您的顾虑。但请您放心，这是绝对安全的，没有任何问题。"

"那好吧，医生，我相信你。"

余方说："另外，我一会儿要和你们的儿子单独在一起，请你们暂时回避。"

温衍玲和雷鸣对视一眼，一起点了点头。

温衍玲敲儿子房间的门，过了好几分钟，雷蒙才将门打开。

"雷蒙，这位是爸爸妈妈的朋友——余叔叔。他来和你聊会儿天，好吗？"温衍玲面色和蔼地对儿子说。

雷蒙上下打量了一遍余方，然后一言不发地转过身，坐到房间的椅子上，仿佛很清楚对方的身份。

余方对雷蒙的父母说："好了，请你们暂时离开吧。"

将房间的门关上后，余方坐到雷蒙的面前，脸上带着温暖的笑容。他冲雷蒙眨了眨眼睛，表情活泼地说："嗨，小伙子，虽然我们是第一次见面，但你可以把我当成你的伙伴——我们来做一些你感兴趣的事，怎么样？"

雷蒙的眼睛望着别处，一点儿反应都没有。

余方伸出两根手指比画了一下，指向雷蒙："让我来猜一下，你是喜欢电子游戏还是玩具大兵？"

雷蒙仍然对余方不理不睬，仿佛坐在自己面前的是独角戏演员，而他的表演显然冷了场。

余方在心中叹了口气。本来，他打算先用轻松、愉快的话题来拉近和雷蒙的关系。但他发现，这招是行不通的——雷蒙对他那些套近乎的话题根本没有任何兴趣。

余方盯着面前这个十三岁的孩子——看来，要用绝招了。

他吐了口气，然后故作轻松地耸了耸肩膀："雷蒙，你不觉得我们这样面对面地坐着说话太过严肃了点儿吗？不如这样，你换一个更加舒服的姿势。比如说，躺在床上，好吗？"

"我正想这么做。"雷蒙终于开口道。说完，他走到床边坐下，半倚着靠在床上。

余方也坐到床边上来，他从裤子口袋里掏出一个精致的金属怀表："看，我这里有件好东西。"他打开表盖，把表链的一头缠在自己的手指上，然后将表垂下来。

怀表轻轻地左右晃动。雷蒙盯着表看。

余方的声音在这个时候变得缓慢而细腻，他盯着雷蒙的眼睛说："雷蒙，能告诉我现在几点吗？"

雷蒙看了一会儿怀表，说："十一点五十分。"

"十一点五十分……平常的这个时候，你在做什么？"

"睡觉。"雷蒙回答。

"那么，今天我们也应该睡了。"余方的声音更加轻柔起来，"你看，这个表的中间是不是有几个小圆圈，你数数，一共有几个圈……"

雷蒙盯着表的中心，渐渐地，他的眼睛合拢了。

"好了，全身放松，已经很晚了，该睡觉了。"余方伸出手臂托住雷蒙的背，然后慢慢地放低，让他平躺下来。

雷蒙躺下后，余方将怀表收起来，接着低下头，在雷蒙的耳边轻声说道："好了，现在回答我一个问题——你每天晚上在干什么？"

第四章

几分钟后，从雷蒙的房间里传出一阵尖叫声。正在卧室坐立不安的温衍玲和雷鸣心中一惊，立即冲出卧室，来到雷蒙的房间门口。

此时，余方正好从里面打开门走出来，他满头大汗，脸上带着几分惊慌的神色。

"发生什么事了？"温衍玲急切地问，同时朝雷蒙的房里看去——雷蒙这时坐在床上，看起来并没有什么不妥。

余方对雷鸣夫妇说："我们换一个地方说话。"

"去书房吧。"雷鸣用手指了一个方向。

三个人在书房坐下后，温衍玲迫不及待地问："刚才到底怎么了，发生了什么事？"

余方摇了摇头，脸上是一种难以名状的复杂表情，他带着歉意说："对不起，我实在是没想到，情况会完全失控。"

"失控？"雷鸣惊讶地问，"你的意思说，这次催眠失败了？"

"不，恰好相反，催眠相当成功，只是我没有想到……"余方皱起眉头，露出匪夷所思的表情。

"医生，您说清楚啊。"温衍玲着起急来。

余方神情严肃地说："催眠术是一种高级的心理治疗手段。通常，我们都能够在患者进入催眠状态之后，问出一些关于他内心深处的秘密——因为处在这种状态中的人是用潜意识来回答问题的，根本不可能说谎。刚才，我很成功地让雷蒙进入了催眠状态。然后，我开始向他提问……"

他顿了一下，接着说："我问他第一个问题——'你每天晚上在做些什么？'他回答我'在做游戏'。我又问他'你一个人做游戏吗？'他说'不，是两个人'。我又问'那另外一个人是谁？'听到这个问题后，雷蒙变得焦躁起来，他紧闭着眼睛，手开始抓床上的被单，喘着粗气，像是十分痛苦。"

"我不明白，他的潜意识为什么要抗拒这个问题。于是，我换了一个问法，我问他——'那你告诉我，你们在做什么样的游戏？'没想到，他听到这个问题后就开始大声尖叫！说实话，我很少遇到这样的情况，竟有些慌乱起来，只能赶紧解除他的催眠状态——过程就是这样。"说完这句话，他仍是一头大汗，仿佛几分钟前的场景又再次上演。

"等等！"

听到这里，马恩打断温衍玲，惊讶地望着她。

"你是说，那个催眠师告诉你，你的儿子雷蒙每晚都在和一个事实上并不存在的人做游戏？"

温衍玲紧锁着眉点了点头："马恩医生，从您的反应——我能看得出，您也是看了最近的报道的。"

"当然！这么大的事情，我怎么可能不知道！"马恩从皮椅上站起来，语气激动，"最近一段时间，我们这个市里频繁发生十多岁的小孩意外死亡的案件，而且……"

"而且事后，几乎每个死者的家属都发现一个共同点——那就是他们的孩子在死亡之前都曾与某个人做过一个'游戏'！"温衍玲失声尖叫起来，"天哪，医生，这下你知道我为什么会如此担心和害怕了吧！"

马恩离开办公桌，用手托着下巴，在房间里来回踱步。两分钟后，他停下来，直视着温衍玲："女士，坦白地说，我一直在密切关注这起事件，我认为这些案件绝非报纸上所说的'纯属巧合'，而肯定存在着某种共同的联系！我早就想着手调查，却因为无法得知谁会是下一个受害者而无从入手……"

听到马恩这番话，温衍玲用手捂住嘴，全身猛抖，她近乎失控地边哭边叫起来："我的天哪！医生……您也认为，我儿子会是下一个受害者？"

马恩意识到自己的失言，他安慰温衍玲道："对不起，我没考虑到你的感受——实际上，那只是我的猜测，并不一定就是这么回事。"

"那么……我该怎么办？该怎么办？"

"别担心，女士，你先放松一点。毕竟，到目前为止你的儿子还好好的，并没有发生什么。所以，还不算迟，对吗？"

"医生，您有什么办法吗？"温衍玲用恳求的语气问道，两眼充满急切的期待。

马恩看了看表："现在已经六点四十分了，我们赶紧去你家，一分钟也不要耽搁！"

第五章

赶到温衍玲的家，已经是七点二十分了。丈夫雷鸣还没有回来。温衍玲查看餐桌后，发现雷蒙已经自己做了点儿东西吃了——很显然，他现在又在自己的房间里。

"带我去见他吧。"马恩说。

温衍玲领着救星来到雷蒙的房间门口，敲门。

几分钟后雷蒙才打开门，他看见站在门口的马恩后一愣——很明显认出了这是电视上的名人。

"雷蒙，马恩叔叔来我们家了，你不高兴吗？"温衍玲强打着笑颜对儿子说。

雷蒙望了马恩一会儿，说："请进吧。"

马恩冲温衍玲使了个眼色，示意她暂时回避，然后走进屋，关上房门。

马恩在雷蒙的房间里找了一张椅子坐下，上下打量了一下这个小男孩——雷蒙比同龄的孩子显得要瘦小些，脸上的五官没有什么特别之处，只是额头有些偏高——马恩凭借多年的经验感觉到，这是个智商相当高的孩子。

雷蒙也在上下打量着他，并主动开口问道："你真的是电视上那个专家吗？"

马恩歪着嘴做出一个调皮的表情："怎么样，电视上那家伙给你的印象还好吧？如果是的话，我才承认是他。"

雷蒙似乎被马恩的话逗乐了，但他又控制着不让笑容露出来——这是自闭症患者的典型表现。

马恩本想让气氛活跃些，但雷蒙的一个问题又使空气凝重起来。他问："你也是妈妈请来替我瞧病的吗？"

"不，我看不出来你有什么病。"马恩摇了摇头，"我只是来陪你玩一会儿的。"

说着，他从衣服口袋里掏出一副奇特的扑克牌，这副扑克牌的每一张牌面上都印有一些圆圈、三角形和正方形的怪异图案。

雷蒙被这副奇特的扑克牌吸引了，他把它们拿过去研究。马恩心里暗忖——果然，所有的自闭症患者都对有规律的东西感兴趣。

雷蒙摆弄了一会儿扑克牌，问："我们怎么玩？打扑克牌吗？"

"我有一个更简单的玩法。"马恩把牌迅速地洗了一遍，再把它们平铺在桌子上，"我们分别在这里面选一张牌，点数大的可以叫点数小的那个人做一件事情。"

雷蒙点了点头："好吧，试试。"

马恩盯着扑克牌看了一会儿，从里面随意抽出一张，对雷蒙说："现在该你了。"

雷蒙笑了一声："不用比了，你已经输了。"

马恩有些惊讶地问："你还没有抽，怎么就知道我输了？"

"因为你抽的是一张 Q，我只要抽 Q 以上的就能赢你，比如说……"他快速地抽出一张牌来，翻过去面向马恩——是一张 K。

马恩看了一眼自己手里的牌，果然是一张 Q，他张大着嘴说："真不可思议，被你说准了！现在，你可以要求我为你做一件事情。"

雷蒙撇了撇嘴："算了吧，我想不出有什么事情要你来做，只是我觉得你太差了，这个游戏没什么好玩的。"

"等等，再给我一次机会，刚才是我太轻敌了。"马恩说，"这次我们赌大一点儿，输了的人要做三件事情，怎么样？"

雷蒙不以为意地说："好吧。"

马恩又洗了一次牌，将牌展开，对雷蒙说："这次你先抽。"

雷蒙盯着牌看了几秒钟，从里面抽出一张。

"好，现在该我了。"马恩伸手去抽牌。

"不用抽了，你已经输了。"雷蒙又说道。

"可是，我还没抽呢，你怎么就知道……"

雷蒙将牌面翻过来，是一张 A，他说："因为我已经抽了最大的牌，你不可能赢得了我了。"

马恩用手托住下巴，露出一丝微笑："是吗？那我们说好，愿赌服输哦。"

说完，他从桌上迅速地抽起一张牌，直接将它面向雷蒙，说："你抽的是一张红心 A，而我抽的是黑桃 A，刚好比你大一点儿。你输了，雷蒙。"

雷蒙张了张嘴，有几分惊讶。过了半晌，他说："好吧，我输了。你要我做什么？"

"你不用做什么。"马恩微笑着对他说，"你只要如实回答我三个问题就行了。"

第六章

马恩凝视着他面前的小男孩，表情平静，低头不语，恰如一个棋手专注棋盘，思考着如何走下一步棋。他莫测的双眼在不断变化，仿佛能直接洞穿到人的心灵深处。

"第一个问题。"马恩说，"你每天晚上在和谁做游戏？"

这个问题并不让雷蒙觉得奇怪，他早就做好了心理准备。"和一个小男孩。"他回答道。

"很好。那么第二个问题：他长什么样？"马恩继续问。

雷蒙微微皱了皱眉说："这个问题我不能回答。"

"为什么？"

"因为他说过，叫我别告诉别人他的长相——乃至其他的一切。"

马恩医生"哦"了一声，然后说："我明白了。"

雷蒙望着他："你明白了什么？"

"你是个聪明的孩子，雷蒙。"马恩说，"所以我也就不绕弯子了。坦白说吧，那个每天晚上陪你玩的男孩其实是你幻想的产物。他今天可以长这个样，明天也可以是那个样。所以，你当然回答不出他到底长什么样了，对吗？"

"不是这样。"雷蒙感觉脸有些充血，"我不是你想象中的臆想症患者！"

"可是，你确实连自己都不清楚那个男孩的长相……"马恩医生耸耸肩。

"好吧，我告诉你！"雷蒙尖声叫起来，"这个男孩有一个很明显的特征——他的脸上有一大块红疤！"

马恩愣了一下："是吗？"

"够了吧，医生。"雷蒙有些厌恶地说道，"我已经告诉了你这么多，你的提问也该结束了。"

"再让我问最后一个问题，你每天晚上和那个男孩在做一个什么样的游戏？"马恩盯着雷蒙的眼睛说。

雷蒙的身体颤抖了一下，脸上流露出惊恐的神色："不行，这个……我无论如何也不能说。"

"为什么不能说——能告诉我吗？"

雷蒙瞪大着眼睛，紧张地摇着头："我们约好了的……绝对不能把游戏的内容透露出去！"

"你和谁约好？"

"……那个男孩。"

"约好什么？"

"……保密。"

"保什么密？"

雷蒙张开嘴，正准备说什么，突然意识到了不对，将嘴紧紧地闭上了。

马恩猛地一捏拳头，该死！马上就要套出来了！可这孩子的反应和智商实在是太不平凡了。

马恩吐了口气，用舒缓的语调说："雷蒙，你瞧，这里只有我们两个人。就算你告诉我，也没有任何人会知道，而且我发誓不会说出去——这是我们之间的小秘密，好吗？"

"不，你不会明白的。"雷蒙使劲摇着头，表情更加恐惧了，"只要我一说，他立刻就会知道！"

"怎么可能呢？现在只有我们两个人啊。"

"不！他就在这里！"雷蒙尖叫道，"他现在就在你的身后！"

马恩一惊，瞬间，他感到脊椎骨蹿上一股凉气，阴森森的。

马恩咽了口唾沫，他缓缓转过头。

身后是一片雪白的墙壁，什么也没有。他回过头来，意味深长地望着雷蒙："这是一个玩笑吗？"

"不，我没有开玩笑。"雷蒙表情紧张地说，"他就在这里，只是你看不到罢了。"

"好了，雷蒙，现在，你看着我的眼睛。"马恩觉得应该使出撒手锏了——他必须对雷蒙施加心理暗示。

"听着。"马恩瞪大眼睛，仿佛那里面能射出光芒，"你现在必须明白一件事：没有人在晚上陪你玩游戏。这一切都是你幻想出来的。因为你太渴望有人能陪你玩了，所以，你才虚构出一个小男孩来天天陪你。你刚才之所以感到恐惧，是因为我要你回忆你们游戏的内容——而你却根本不敢去回忆。因为你找不出任何能证明那个'小男孩'存在的东西。这也就等于说，你每天晚上都在自己欺骗自己！现在，你必须结束这种状况……"

"住口！"雷蒙大叫道，"别再说下去了！他生气了！你怀疑他的存在，他生气了！"

"雷蒙，你还在自欺欺人。"

突然，雷蒙用一种怪异的眼神望着马恩："医生，你真的惹他生气了，他刚才对我说——今天晚上，他要让你知道他到底存不存在！"

马恩凝视了雷蒙几秒，目光渐渐转到其他地方。他开始意识到，这件事情的棘手程度超越了他最初的想象。

"我看这样吧，雷蒙。今天晚上我们的谈话就到这里，以后我们再做交流吧。"马恩从椅子上站起来。

离开雷蒙的房间，早就等在门口的雷鸣夫妇立刻将马恩请到书房谈话。

"怎么样，医生。我儿子他到底是怎么回事？"温衍玲急迫地问道。

马恩轻轻叹了口气："根据我刚才和他的谈话——初步判断，雷蒙是得了一种间歇性臆想症。并且还伴随着轻微的精神分裂。不过不用担心，还不是特别严重。我想会有办法治疗的。"

"精神……分裂？"雷鸣和温衍玲难以接受这个事实。

"那……我们该怎么办？"温衍玲又哭起来。

"这样吧，以后每个星期我都来一次，用各种方法对他进行治疗，我相信会有效果的。"

"太感谢您了，医生。"雷鸣说，"那么，这次的费用是……"

马恩摆了摆手："这次就算了，等以后他有所好转再说吧。"

说完，他走出书房，拉开客厅的大门，消失在夜幕之中。

第七章

回到家后，已经十点了。马恩去儿子马林的房间看了一眼——他已经上床睡觉了。马恩替他轻轻关上门，一个人来到客厅。

自从离婚后，马恩每天都把所有的时间和精力投入工作当中，这使他成为同行中的佼佼者——可他得承认，从没有哪天的工作能让自己如此身心俱疲。

马恩选择一个使他比较舒服的姿势躺在沙发上，点燃一支烟，回忆之前在雷蒙房间里的每一个细节，试图找到一个能真正说服自己的理由。

雷蒙真的有臆想症和轻微精神分裂吗？他之前的思维非常清晰，说话也极具条理性，这显然不是臆想症患者的表现。马恩长长地吐了口气——他明白，之前对雷蒙父母的那番总结纯粹是对于自己不明状况的一种掩饰——可他确实不明白，这件事情的真实状况到底是怎样的？

特别是雷蒙说的最后一句话——"今天晚上，他要让你知道他到底存不存在！"——这句话是什么意思？马恩竟感到心里有些发毛。

十分钟后，马恩感到思绪愈发混乱，不愿再想下去了。他掐灭烟头，走到卫生间洗漱。

打开喷头，温暖的热水扑面而来。马恩站在喷头下，任由温水冲刷着自己——疲惫一天之后，没有什么比洗一个热水澡更惬意的了。

马恩闭上眼睛享受，突然，一些细小的声音闯进他的耳膜，直抵大脑，他警觉地睁开眼睛。

喷头里"哗哗"的水声干扰着这个若有若无的声音。马恩立即关上开关，浴室里骤然安静下来。马恩不能立刻适应这突如其来的安静，一下紧张起来。同时，他竖起耳朵搜寻着这微小的声音。

十几秒钟后，马恩判断出，声音没在浴室，而是从卫生间外传来的——是人说话的声音，但听不清在说什么。

马恩的神经绷紧，他披上浴袍，对自己说：不会有这种事的，绝对不会。

深吸了一口气，他打开卫生间的门。

门外并没有人，马恩左右四顾，发现了一个熟悉的身影，他立刻走过去。

儿子马林站在客厅和卧室的过道之间，正小声地在说着什么——可他的面前漆黑一片，什么也没有。

马恩走到儿子的背后拍了他一下，疑惑地问道："马林，你在干什么？"

马林"啊"地惊叫了一声，然后缓缓转过头来，叫了一声："爸爸……"

"你在跟谁说话？"马恩瞪大眼睛问。

"我……我不知道。"马林一脸汗水。

"什么？"

"嗯，我想想……"马林将手放在头顶上，竭力思索，"我在睡觉，迷迷糊糊中听到有人叫我，我就走到这里来了。然后，我看到一个小男孩，他说要和我做一个游戏……"

一股凉气从马恩的脚心蹿到头顶，他感到毛孔收缩，汗毛直立。马恩努力压制住自己的恐惧，问道："于是……你就跟他说话？家里突然出现一个小男孩，你就不觉得奇怪吗？"

"我以为是在做梦。"马林茫然地说，"直到你刚才拍了我一下……"

马恩颤抖着声音问："那个男孩……长什么样？"

马林皱起眉头说："他长得不好看，脸上……好像有一块红色的疤。"

听到这句话，马恩的头脑中似乎发生了某种爆炸，他惊恐得差点儿叫了出来，感到浑身冰凉。

"爸爸，这是怎么回事，我是在做梦吗？还是……我该怎么办？"

马林望着面色惨白得无半点血色的父亲问道。

马恩竭力控制住自己的情绪，对儿子说："现在，你回房去睡觉，关上门。别担心，我……让我想想……"

"那我先去睡觉了，爸爸。"马林说，"你也休息了吧，你看起来很不好。"

"……我知道，儿子。"马恩勉强地说。

马林走了几步，又回过头望了爸爸一眼。他走回自己的房间，锁上门，来到窗户前，拿起旁边的手机，拨通一个号码。

电话响了几声后，被接了起来，对方问道："是马林吗？怎么样，成功了吗？"

"是的，成功了。真没想到，我爸爸竟然真的相信了，而且他被吓得不轻。"

"一定很刺激吧，马林，我猜你现在肯定很兴奋。"

"可是……我现在有些后悔了，雷蒙。我觉得这个玩笑太过分了。你没有看到，我爸爸被吓得面无人色！"

"所以，你更不能告诉他这是我们策划的一个玩笑，要不然他会打死你的——还有，千万别让他知道我们俩曾经是同学。"

"这是当然，雷蒙，我没这么傻。"

"那好吧，马林，再见。"

"再见。"

挂完电话，雷蒙的脸上浮现出一丝狡黠的微笑。

"嘿，你还在吧？"他对着空无一人的房间说。

黑暗中，一些比轻风吹拂还要细小的声音钻进雷蒙的耳朵，令他开心地笑起来："是的，我们这次又成功了。知道吗？我才不在乎你到底是个鬼魂还是其他的什么呢！只要你肯天天晚上陪我玩就行了。以前从没人陪我玩得这么开心过。好了，现在你就去马林的家里，处理最后一步。记着，别忘了把他布置成意外死亡的样子。然后，在这段时间里，我想想我们的下一个游戏怎么玩。"

（《游戏对象是谁》完）

Story 4
衣柜里的怪事

第一章

"十块。"

"二十。"

"二十，跟。"

"四十。"

"该死，你到底是什么牌？"

"四十，你跟不跟？"

"……好吧，四十，开牌！我不相信你一天晚上能拿两次三个A！"

翟翔皱起一边眉毛问："听起来你的牌很大呀。"

李雨从桌子下方将自己手中的三张牌甩到翟翔面前说："同花顺，最大的。"

"噢，真糟糕。"翟翔皱起眉晃着脑袋。

李雨鼻子里"哼"了一声，伸手去抓桌肚里的钱。

"等等。"翟翔按住他的手，"我可没说你赢了啊。"

李雨望着他，眼睛眯成一条缝："你不是说'很糟糕'吗——你在耍我？"

"当然不是。我说很糟糕是因为今天晚上玩不成了——你瞧，你已经把钱输光了，还怎么玩？"

李雨横眉竖目地望着他："你不会真的又是三个A吧？"

"不，我可不愿意一晚上就把好运气都用完了。"翟翔撇着嘴说，同时把手中的三张牌翻过来给李雨看，"这样悠着点儿是最好的——只要能赢你就行了，不是吗？"

旁边观看的舒丹把头伸过去看了一眼翟翔手中的三张牌，低呼一声："噢。"

李雨怒目圆睁地盯着那三张"10"，恨不得一把上前将它们撕得粉碎。

翟翔将桌肚里的钱慢慢叠好，揣进自己的口袋里，同时把扑克牌也收起来："今天晚上就玩到这儿吧。李雨，相信我，你下次能有好运气。"

"嘿，等等。"李雨按住他收牌的手，"今天还没结束呢。"

"你的钱都输光了。"翟翔提醒他道，"你还拿什么来玩？"

李雨把裤兜里的手机摸出来摆在桌子上："索尼的新款，少说也得值一千块。"

"噢，不，不，不。"翟翔摆着头说，"你这是干什么，我们不来这个。"

李雨咬咬牙，对舒丹说："再借我一百元，好吗？明天晚上一起还给你。"

"别开玩笑了！"舒丹瞪了他一眼，压低声音说，"我本来还指望着你今天晚上赢了能把上次那两百元还给我呢——你还想借？"

"算了吧，李雨，别勉强了。"翟翔从口袋中摸出二十元来，"这样，我少收你一些，那你也不至于是输了个精光。"

"去你的。"

翟翔耸耸肩膀，将钱收回去装好。"不是个好选择。"他摇着头说。

李雨气急败坏地说："听着，今天晚上必须再来最后三把，否则……"

坐在前排的俞希终于忍无可忍，她"啪"地摁断一支笔芯，转过身对最后一排的几个人说："否则我就要告诉老师，或者是政教主任，你们在晚自习的时候玩牌，而且还是赌博。"

"嘿，别这么认真好不好，小姐。"李雨斜眉歪眼地说，"玩点儿小牌也能叫赌博？"

"听着。"俞希正色相告，"我不管你们玩的是大还是小，我也不介意你们赌博。只是，请你们回家去玩，或者是去澳门、拉斯维加斯——别在这里影响我学习，好吗？"

"这话说得可真不尽人情。"翟翔故作伤心地叹息道，"我还以为我们是同窗好友呢。"

俞希烦躁地望了一会儿别处，又将脸转过来面对他们："好吧，作为同窗好友，我就友情提醒一句——还有不到三个月就要高考了——你们就真的一点儿都不着急？"

李雨"喊"了一声，不屑一顾地说："高考？高考有个屁用——你觉得我像是要读大学的人吗？"

"那你来读什么书，干脆高中都不要念好了。"

"话可不能这么说。"李雨嬉皮笑脸地挽着翟翔的肩膀，"我要不来读高中怎么能认识这么多陪我玩的好伙伴呢？"

俞希鼻子里哼了一声，感觉自己对他无话可说。

"其实，俞希，你也不要对他说的话嗤之以鼻。"舒丹捋着自己的头发说，"仔细想想，现在读大学确实也没什么意思——你没看报纸上说的吗，如今的大学生早就不值钱了，遍地都是，要找个好工作比登天都难——你说，浪费几年时间，又花这么多钱来干什么？"

一直把注意力投入到一本言情小说中的季晓妍这时合上书，摆出一副慵懒、妩媚的姿势说："舒丹这话是真说到点子上了。其实，十八到二十二岁这段光阴是我们女生最美妙和宝贵的时间，自身就是一种巨大的资本——何必浪费时间去读什么书——只要能俘虏一个富少的心，嫁入豪门，以后的生活还用愁吗？"

"富少？豪门？"舒丹翻了下白眼，将那本言情小说立起来放在季晓妍面前，"你还是继续待在这里面吧。"

翟翔调侃季晓妍道："我爸说以后他开的那家公司由我接管——美女，你愿意嫁给我吗？"

"只要你送我一辆阿尔法·罗密欧，我明天就嫁给你。"季晓妍眼波闪烁着说。

俞希伸出手掌在面前比画了一下："好的，我输了，我惹不起你们。"

季晓妍从包里掏出一面小镜子，一边对着它涂唇彩，一边说："俞希，我真有点儿搞不懂，你这么漂亮，家里又有钱，干吗还非得这么努力地学习不可？"

俞希不知道该说什么好。这时，跟俞希坐在同一排的一个胖乎乎的男生涨红着脸说：“俞希她……是为了自我实现，体现自己的价值，才不是仅仅为了过好生活呢。”

“哟，卢应驰，你是俞希的什么人呀？”季晓妍牙尖嘴利地说，“你慌着帮她申辩什么？是不是今天晚上孔韦没来上晚自习，你就想乘虚而入啊？”

卢应驰的脸唰的一下子红到了脖子根，低下头不敢说话了。

“卢应驰，你害什么羞呀。”李雨嬉笑道，“你该不会是真的喜欢俞希吧？可惜，大美女早就名花有主了——你就别癞蛤蟆想吃天鹅肉了。”

卢应驰的眼睛紧紧盯着书本，大气都不敢出一口。俞希狠狠地瞪了李雨几眼。

舒丹抬起头望了一下前排一个空着的座位，恍然大悟道：“原来是这么回事啊。俞希，我说你今天晚上怎么这么烦躁呢——原来是你那个大帅哥男朋友没来上晚自习呀。”

“别跟我提他。”俞希将脸扭到一边。

“怎么，你跟孔韦——小两口吵架了？”李雨怪声怪气地说。

俞希有些恼怒地望着他说：“你再跟我说这些无聊的话，我就立刻到讲台上去，把你们刚才打牌的事告诉何老师。”

李雨看着讲台上坐着的那个戴着宽边深度近视眼镜的矮胖男老师，不屑一顾地说：“哼，他？管得了我们吗？”

季晓妍把化妆盒公然摆到课桌上来涂脂抹粉，用嘲笑的口吻说：“俞希，别天真了。你以为‘矮河马’不知道我们在做什么？他只是睁一只眼闭一只眼而已——马上就要毕业了，他也不敢管太多，怕得罪人！”

俞希转过身来，看着讲台上低头研究教材的何老师，无奈地叹了口气——季晓妍说的是对的。就算他们坐在教室的最后一、二排，但如此肆无忌惮地打牌、说话，何老师也绝不会听不到——看来，他是真的管不了这帮人的。

俞希拿起笔，想重新把精力集中到刚才那道习题上，却发现做不到了。她承认，刚才舒丹说的那句话真是一语中的——她今天晚上或多或少有些烦躁不安——都是因为孔韦的随意缺席而造成的。更过分的是，他居然在今天下午放学时都没跟自己说一声他晚上不准备来上晚自习。

想起孔韦，俞希的脑子里浮现出那一张阳光、帅气、充满活力的脸，那张脸既能在拉小提琴时显得静谧而深沉，又能在篮球场上挥汗如雨表现得刚毅而狂野——毫无疑问，这些对任何一个处在青春期的花季少女来说，都是具有致命杀伤力的——俞希也不例外。但是，直到现在她也不能确定和这样一个被全校女生仰慕的白马王子谈恋爱到底是不是正确的选择。不错，孔韦有太多优秀和吸引人的地方，但正因为如此，他便有可能具备天下所有帅哥都共通的一个缺点——花心。虽然自从俞希和孔韦确定男女朋友关系后，她还没发现孔韦有什么拈花惹草的举动。可是，就像今天晚上一样，只要孔韦有那么一小会儿不明就里地销声匿迹，俞希的心里就会充满担心和不安。这真是应了哲学上那句话——"任何事情都有两面性"。和帅哥谈恋爱固然令人羡慕，但也比和普通人谈恋爱要累上好几倍。

尤其是——俞希又想到——还有三个月就要高考了。自己能顺利考上名牌大学吗？孔韦又可以吗？更关键的是，他们约好要上同一所大学的目标能实现吗？一连串的问题盘旋在俞希脑海里，让她愈发焦躁起来。她用圆珠笔在草稿本上胡乱画着圈，最后一把将那张纸撕下来，在掌心揉成一团。

第二章

晚自习的下课铃声响起后，俞希和同学们一起离开教室。走出校门，她犹豫着是步行还是坐车回家。

俞希的家离学校不算近也不算远，如果走大路，需要半个多小时；抄捷径走小路的话，二十分钟就能到。平时都是孔韦送自己回家，便让这段路途充满了乐趣。今天，却只能独自一个人乏味地回家了。

俞希最后选择了步行，因为她想在行走的途中给孔韦打个电话，问问他今天晚上为什么没来上晚自习。

穿过热闹的大街，俞希走进一条僻静的小巷，这里的安静很适合她打电话。刚从裤子口袋里摸出手机，突然，旁边闪出来一道黑影，把俞希吓得"啊"地惊叫一声。

她定睛一看，认出这个人是谁。俞希捂着怦怦跳动的心口说："是你呀，卢应驰，你突然跳出来干什么，吓我一大跳！"

黑暗中的卢应驰没有说话，只是愣愣地盯着俞希。由于小巷的光线太暗，俞希看不清他脸上的表情。

俞希忽然觉得心里有些发毛，她试探着问道："卢应驰，你有什么事吗？"

过了好一会儿，卢应驰才缓缓地说："俞希，我……是专门在这儿等你的。"

"你等我干什么？"俞希疑惑地问。

"……是这样的，孔韦今天晚上不是没来吗，我怕你一个人回家不安全，便专门在这里等着……陪你回家。"

"不安全？"俞希皱起眉头，"没什么不安全的。谢谢你的好意，我自己一个人回家没事的，你也回家吧。"

说完这句话，俞希便快步朝前走去，卢应驰又追了上来，说："我家……也在这个方向，我们一起走吧。"

俞希感到无可奈何，只能说："好吧。"

两人一言不发地朝前走，俞希为了化解尴尬的气氛，故作轻松地问道："卢应驰，你打算考哪所大学？"

卢应驰没有回话，仍然面容僵硬地盯着前方走路。俞希感到奇怪，对着他喊了几声："卢应驰，卢应驰？"

好几秒之后，卢应驰才回过神来："啊……俞希，你叫我？"

"你想什么这么出神呢？"

"啊……没什么。"卢应驰尴尬地说。

两人又默不作声地走了一段，在这条小巷快要走完的时候，卢应驰突然停下脚步，转过身面对俞希，突兀地问道："俞希，你觉得……我这个人怎么样？"

俞希心中发出"咯噔"一声响动，她闪烁其词地回答道："嗯……很好啊，你学习好，也乐于助人……"

"俞希，你知道，我不是想问这个。"

俞希不知该说什么，她也不敢正视卢应驰，只有难堪地望着别处。

卢应驰说："俞希，其实我也是有自知之明的，我知道，我无论如何也比不上孔韦。只是，我控制不了自己，在我的心中，有一种难以抑制的感情使得我必须要亲口告诉你，我……"

"不，不。"俞希一边摇着头，一边后退着，"求你，不要再说下去了。"

但卢应驰显然已经停不下来了，他一把将俞希的肩膀搂住，喘着粗气说："俞希，我真的很喜欢你，甚至是……深深地爱着你！"

俞希紧紧地抱着自己的身体，心中有一丝恐惧感，她声音发抖地说："卢应驰……不管你要说什么，先把我放开！"

卢应驰怔了几秒，像是恢复了冷静，他的手从俞希的肩膀上移开，低下头说："对不起，俞希，我刚才……有些失控了。"

俞希稍稍松了口气，对他说："卢应驰，其实我刚才不是敷衍你的。我真的觉得你很不错。但是，你知道，还有三个月就高考了——就算我现在没有和孔韦拍拖，也不会去考虑感情的事——你明白了吧？"

"是的，我懂，我懂。"卢应驰尴尬地点着头说，"俞希，我刚才太失礼了，请你原谅我，不要见怪，好吗？"

俞希淡淡笑了一下："我不会怪你的。"她望着前方小巷的出口："好了，穿过这条巷子就是大街了，我们都各自回家吧。"

卢应驰说："俞希，请你相信我，我再也不会说刚才那些话了——但是，今天晚上请让我送你回家，好吗？我没有别的意思，只是这样，我放心些。"

俞希困惑地问："你到底在担心什么？"

卢应驰犹豫了一下："我刚才说，你一个人回家不安全，并不是危言耸听。"

"怎么回事？"

卢应驰面色紧张地说："我听说，我们这个市最近出现了一个歹徒，他经常入室偷窃或行凶。往往是偷偷进入某人家里后，藏在某个地方，伺机作案。如果被房屋主人发现，就立刻杀人灭口——手法相当残忍！"

俞希皱了下眉头："有这种事？我怎么没听说？"

卢应驰见俞希似乎不相信自己，有些急了："是真的！俞希，我肯定没骗你！我不会为了想送你回家就编个拙劣的谎言来吓你的。"

"可是，你不是说那个歹徒是'入室'行凶吗？那你在回家路上保护我又有什么用？"

卢应驰吞吞吐吐，仿佛不能自圆其说："那个……我想，万一他现在改为在路上行凶呢……那也是有可能的吧？"

"好了，卢应驰，我知道了，我会小心的。"俞希说，"但是你看，再走几步就是大街了，我想那凶手再嚣张，也不敢在人来人往的大街上作案吧？所以，请你别再担心我了，我们都各自回家，好吧？"

卢应驰还想说什么，但俞希冲他挥了挥手，道了声"拜拜"便快步地朝前方大街跑过去——卢应驰呆呆地望着她离去的背影。

俞希来到灯红酒绿的大道，终于长长地松了一口气。她用力摇晃着脑袋，想把今天晚上这段说不出是什么滋味的记忆甩到熙来攘往的人群之中，让众人的脚步把它碾碎——俞希明白，在高考前夕这段紧要时间里，自己的精力是不允许被这些乱七八糟的思绪干扰和分散的。

　　离家还有一段距离，俞希考虑着要不要在这时给孔韦打个电话。然而，她却感觉到一些水滴从高空滴落到她的头发和身上。俞希伸出手来试了试，确定是下起雨来了。路上的行人也感觉到了这一点，纷纷加快脚步。

　　晚春的天气已经具有了一些夏天的特征，天气说变就变，而且快得让人反应不过来。仅仅几秒钟，那几滴小水珠就转化成倾盆大雨。街道上立刻变得慌乱起来，人们把手中的东西顶在脑袋上朝不同的方向奔跑。俞希也只能将书包顶在头上，她焦急地想拦住一辆出租车——但这时人们抢出租车的激烈程度已经超过了橄榄球比赛。几分钟之后，俞希意识到自己身单势薄是不可能争赢那些人的，只有咬咬牙，奔跑回家。

　　跑了十多分钟之后，俞希终于来到了家门口，虽然顶着书包，但她还是变成了落汤鸡。俞希从书包里摸出钥匙打开家门，走了进去。

　　俞希的家是一幢漂亮的二层楼小别墅——这都是拜她那个精明能干的房地产商老爸所赐。家中的装修、布局，乃至门口的小院都置办得极为西化，和美国的别墅区差不多。可问题是，这么漂亮、精致的房子却经常都是空落落的。俞希的爸爸长期在外地跑，而妈妈也是耐不住寂寞的人，一到晚上就出去玩牌或是访友。俞希几乎都习惯了每天晚上一回来就是自己一个人。

　　此刻，她已经换上温暖的拖鞋，用一块干毛巾擦干自己湿漉漉的长发。在客厅稍稍休息了几分钟之后，她提起书包，沿着楼梯走上二楼，来到自己的房间。

　　俞希将书包甩在书桌上，再脱掉湿透了的外套——现在的身体混杂着雨水和汗水，黏糊糊的十分难受——目前，还有什么比洗一个热水澡更迫切的呢？

　　俞希一边甩着自己那腻成一团的头发，一边走到大衣柜面前。她打开衣柜，在众多挂在衣架上的衣服中选择着一会儿要穿的几件。

挑了一会儿，俞希选出一件牛仔外套。接着，她准备在衣柜下方的抽屉里拿一件内衣。就在准备蹲下去那一瞬间，她在衣柜的左下方看到了一样东西，令她的呼吸骤然停止，全身的汗毛在刹那间竖立起来，瞳孔跟随着眼眶一齐放大——她在衣柜下方清楚地看到一双男人的皮鞋。而且那双鞋动了一下，朝里面收进去一些。

俞希的嘴唇随着身体的颤动而发出一丝微弱的战栗声。她头脑中的爆炸令她眼前发黑，甚至牵动得整个世界都在摇晃旋转。一瞬间，俞希的脑子里浮现出卢应驰之前跟自己讲过的那些话，只是这些话在巨大的惊骇之中已无法完整有序地排列，只能以支离破碎的形式出现——

"市里最近出现一个歹徒……""手法相当残忍。""入室偷窃或行凶……""先藏在某个地方，伺机作案……""被房屋主人发现，立刻杀人灭口……"

俞希竭力控制住内心的惊恐和那双有瘫软趋势的腿，她无法判断此时这个藏在衣柜中的歹徒是不是也在暗处盯着自己。俞希努力改变自己因恐惧而扭曲的表情，尽量使它恢复自然。然后，她轻轻地关上衣柜门。

冷静，冷静下来，别紧张。俞希在心中说，一边慢慢地转过身，不露声色地朝门口走去——他并没有马上跳出来，这意味着他可能还没有意识到自己已经发现了他。现在，只需要悄悄地离开家，然后报警……

俞希一步一步地走到房门口，就在她准备拉开房门出去的时候，这扇门突然从外面被推开了——门外是自己的妈妈。

俞希像惊弓之鸟般颤动了一下，还没有来得及说话，妈妈先开口道："希儿，回来啦。刚才被淋雨了吧，身上都湿透了。"

俞希紧张地张着嘴，不知道该说什么。妈妈却似乎没发现女儿的紧张不安。她走进门来，关上房门，对俞希说："希儿，妈妈今天专门早点回来，有些事想跟你谈谈。"

俞希看着那关拢的房门，像被一记重锤敲闷了头。"妈，我……还没有洗澡，我去洗……不，我是说，我一会儿洗完澡再和你谈，好吗？"

尽管俞希竭力让自己的声音不发抖，但她那过分紧张下语无伦次的话语还是让妈妈看出了端倪，她摸着女儿的额头问道："你怎么了，不舒服吗？"

"不是，哦，不……是的，我淋了雨，有点儿不舒服。"

"没有发烧啊。"妈妈把手从俞希的额头上拿下来，"要不你先去洗个澡吧，我在这儿等着你。"

俞希抓住机会，拉起妈妈的手说："妈，我现在就去洗，你在客厅等我吧。"

"好。"妈妈应了一声，俞希正要开门，妈妈又把她拉住，笑道："你这个粗心的丫头，换洗衣服都不拿就要去洗澡？"

说着，妈妈朝衣柜走去，手伸出去准备打开柜门。

"噢，噢……妈！我……"俞希紧张得天旋地转，一颗心差点儿从嗓子眼儿里跳了出来，她走上前去一把将母亲拉住，"我……暂时不洗了，一会儿再洗……你不用帮我找衣服。"

"一会儿洗也可以把衣服找出来呀。"妈妈又要去开衣柜。

"妈！喔……我，我不洗……噢，不，我……不用找衣服。"俞希将母亲强行拉到床上坐下来，"你不是要跟我谈事情吗？谈吧……现在我们就谈。"

妈妈皱着眉望了女儿一会儿："你今天晚上有点儿怪怪的。说话老是吞吞吐吐，脸色也一直都是苍白的，是不是发生什么事了？"

"……我没事，可能就是淋了雨的原因。不过已经好多了……你要跟我谈什么？"

妈妈把女儿的手抓过来握住："其实也没什么，就是提醒你一下，还有三个月就要高考了。虽然你的成绩很好，但要考上一流大学也不是这么容易的。现在，你更得一门心思放在学习上，不能让别的事情……"

妈妈循循善诱地说着激励俞希学习的话，但俞希几乎一个字都没有听进去，她的心脏怦怦乱跳着。她低着头，不时偷偷地瞄一眼那个大衣柜。她只知道一件事——自己和妈妈离那个凶手只有不到三米的距离。

　　妈妈说了一会儿，发现俞希对自己说的话一点儿反应都没有，她碰了碰女儿，问道："希儿，你在听我说吗？"

　　俞希身子抖了一下，神情恍惚地望着妈妈："哦，是的……你叫我，要好好学习，当然，我会的……"

　　妈妈皱起眉头说："那我刚才说的那个计划呢，你觉得怎么样？"

　　"计划……什么计划？"

　　"你到底有没有在听我说啊？你刚才在想什么？"妈妈显得有些不高兴，"我刚才说，如果你能考上一流的大学，这个暑假我们全家就可以一起到美国好莱坞去旅游，你可以亲眼去见那些你喜欢的好莱坞明星。"

　　"哦，太好了……好莱坞明星……我真想亲眼见见他们。"但前提是今天晚上我不用去见上帝——俞希在心中想道。她故作高兴地说道："妈，这个计划真是太棒了！"

　　"那你就更该为此而努力了。另外，我和你爸爸还准备在你考上名牌大学之后举办一个大型的庆祝宴会，到时会邀请……"

　　"妈。"俞希打断妈妈的话，她觉得自己的心脏不能再承受这种刺激的游戏了。况且那凶犯的忍耐也许是有限度的，多在这个房间待一秒钟就会多一分危险。俞希想着办法："我会重视的。我们学校也相当重视……今天，还发给我们一张关于合理填报志愿的建议单。老师说，家长也得看看……"

　　"当然，我当然得看。"妈妈说，"在哪里？"

　　太好了，能逃出去了！俞希压抑着自己激动的情绪说："在客厅，我的书包里，我们现在就去看吧。"

　　"嗯。"妈妈从床上站起来，俞希也赶紧站起来，甚至想推着母亲赶快走出房间。但这时，妈妈望了一眼书桌，说："哎，你的书包不是已经拿上来了吗？"

　　俞希望了一眼书桌，顿时感觉自己像坠入了绝望的深渊。同时，她瞥了一眼大衣柜——衣柜的门似乎微微动了一下！

　　我的天哪！露馅了吗？俞希紧张地屏住呼吸望着大衣柜，感觉一股恐惧和死亡的阴冷气息向她侵袭过来，令她动弹不得——但是过了几秒，衣柜仍然保持着平静。俞希体内的血液才再次循环流动起来。

这时，妈妈朝书桌走去，要去拿俞希的书包。俞希挡住她，对她说："妈，我想起来了……我记错了，我刚才回家就把那张单子放在客厅的茶几上了——它没在我的书包里。"

妈妈愣了一下，说："好吧，那就下去看吧。"

上帝——我求你，这次别再出现什么意外状况了。俞希一边祷告着，一边提心吊胆地跟着妈妈走出房门，然后将门带拢。当楼梯下到一半时，俞希再也控制不住了，她抓住妈妈的手，牵着她一路飞奔下楼，冲出房子大门，再用刚才留在衣服口袋里的钥匙迅速地将门反锁，然后朝着周围的房子和街道上的行人大喊道："快来人啊！我的家里有歹徒！"

第三章

俞希的喊叫声震惊了周围的邻居和行人，他们纷纷聚集过来。俞希又赶紧摸出手机报警，告诉警察她家的具体位置。

妈妈瞠目结舌地站在旁边，好一阵之后，她才惊恐地说："俞希，你说什么？我们家里有歹徒？"

"就躲在我房间的大衣柜里！刚才离我们只有两三米远！"俞希大叫道。

"你怎么知道？"

"我回家来打开衣柜找衣服，看见他的脚了！我正打算悄悄离开，你就进来了，然后和我在那歹徒面前谈什么话！"

"天哪！"妈妈捂住嘴说，"你怎么不告诉我……或者是暗示我一下？"

"我敢暗示你吗？如果我设法告诉你衣柜中正藏着一个歹徒，你一定会当场就大叫起来的——这等于是告诉他我们知道了他的存在——我们会没命的！"

"我的天哪……真是太可怕了！"妈妈惊惧地睁着双眼。

邻居大叔提着一根铁棒从人群中挤过来，对俞希说："歹徒在哪里？带我去看看！"

"不，大叔！"俞希阻止道，"我们别轻举妄动。我已经报警了，等警察来处理吧！"

就在这时，一辆警车鸣着刺耳的警笛呼啸而来，停在俞希家别墅前面，从警车里走出四个持枪的警察。带头的是一个留着短寸头、看起来稳健干练的中年警察。他走到俞希和她妈妈面前，问道："歹徒在什么地方？"

俞希说："现在应该还在我家里，我把房门反锁了，把他困在了里面！"

"你做得很好。"短寸头警察对俞希说，"现在，你把房门钥匙给我，你们退后。"

俞希赶紧将钥匙交给警察，并依言和母亲向后面退去。

短寸头警察朝他的三个同事挥了下手，四个人一齐走到门口。他用钥匙把门打开，并用眼神向另一个警察示意，那个警察谨慎地将大门推开，四个警察同时举起枪冲了进去，四把手枪对准房里的四个方向。

俞希和妈妈紧张地在几十米外驻足观望。她们没有想到昔日在警匪片中才能看到的场面竟会出现在自己家中。四个警察进去之后没过一会儿便关上了房门——接下来，俞希和妈妈就只能通过想象来猜测里面发生的事了。

十多分钟后，房门再一次打开，四个警察走了出来。但令俞希感到意外的是，她并没有看到警察将歹徒押出来的画面。

短寸头警察走到俞希和她妈妈的面前，说："我们已经将房子彻底搜查了一遍，没有发现歹徒。"

"什么，这怎么可能？"俞希惊讶地说。

短寸头警察将手枪别到腰间，问："你们是怎么发现有歹徒的？"

妈妈望着俞希，俞希说："我放学回家，在房间的衣柜里找衣服，突然发现衣柜里藏着一个人……"

"等等。"警察打断她说，"你发现了歹徒，他居然还会让你们逃出来，并且把门锁上报警？"

俞希说："我在衣柜中看到了他的脚，并没有露出声色，假装不知道地把衣柜关上，然后找机会和妈妈逃了出来——那歹徒可能以为我没有发现他。"

短寸头警察眯起眼睛盯着俞希看了一阵："你以前有过被歹徒袭击

的经验吗？"

俞希怔了一下，说："没有，怎么了？"

短寸头警察说："你处理得相当冷静啊——一般的女生遇到这种情况早就吓得魂不附体，惊慌失措了。"

俞希本想跟他解释一下——自己看到那歹徒的脚之所以没有失声尖叫是因为之前有一个男同学恰好提醒过自己这个问题——但她觉得现在最重要的不是这件事。她有些着急地问道："警官，你们真的仔细搜过了吗？你确定我的家里真的没有歹徒？"

"除了一个上着锁的柜子以外，凡是能藏得下一个人的地方我们都仔细找过了，确实没发现歹徒。"

这时，妈妈疑惑地问道："俞希，你真的看到什么歹徒了吗？"

"当然是！"俞希望着妈妈大声说道，"你该不会认为我是在开玩笑吧！"

短寸头警察问俞希的妈妈："是你的女儿发现了歹徒，你并没有看到，对吧？"

妈妈无奈地点了点头。

他又转向俞希问道："你说，你只是看到了歹徒的脚，并没有看见他的身体或脸，对吗？"

"噢，是的。"俞希说，"但是警官，我保证我没有看错，因为那是一双男人的深棕色皮鞋，而且那双鞋在我看到它的时候朝里面缩进去了一些！"

短寸头警察对俞希说："这样吧，你现在跟我一起到家里去，指给我看一下你当时是怎么发现那个歹徒的。"

俞希犹豫了一下，说："好的。"

短寸头警察对一个大个子警察说："你跟我们一起上去。"然后示意另外两个警察在原地等候。

"我也跟你们一起上去。"俞希的妈妈说。

短寸头警察挥了一下手，说："来吧。"

这一次，先是两个警察在前方打头阵。俞希和妈妈互相挽着手臂谨慎地跟在后面。走进房子之后，则变成了两个警察一前一后，将母女两人保护在中间往前推行。

四个人来到二楼俞希的房间，短寸头警察把房门关拢，指着大衣柜问俞希："就是这个柜子吧？"

俞希点了点头。短寸头警察走上前去，双手将衣柜的左右两扇门一齐拉开。俞希和妈妈不由自主地哆嗦了一下，朝后面退去，躲到那个大个子警察的身后。

短寸头警察将衣柜里的衣架和衣服来回翻动了好几遍，说："放心吧，这里面没人——就算刚才有现在也不会还待在这里了。"

俞希和妈妈松了口气，走上前来。

短寸头警察问俞希："你刚才是在衣柜的哪个位置看到那个歹徒的脚的？"

俞希指着衣柜的左下方说："就是这里——衣柜抽屉的上面。"

短寸头警察俯身下去，在俞希说的那个位置翻找了一阵，从里面拿出一双男士皮鞋，对她说："你看到的是这双鞋吗？"

俞希惊诧得合不拢嘴："这……我的衣柜里怎么会有双男人的皮鞋！"

妈妈走上前来，看着那双皮鞋，尴尬地说："啊……这是那天我给你爸爸买的新皮鞋，我把它放在你的柜子里了——忘了跟你说。"

俞希瞪大眼睛望着妈妈："你给爸爸买的皮鞋为什么要放在我的衣柜里？"

妈妈面容窘迫地说："是这样的……我们的那个大衣柜里，已经装满我的衣服和鞋子了。我那天给你爸爸买了这双鞋之后一时没找到地方放，就把它放在你的柜子里了。"

短寸头警察对俞希说："你现在知道是怎么回事了吧？"

"不，等等，等等！"俞希按着额头说，"还是不对，我看到的那双鞋是一双深棕色皮鞋，鞋面上还绑着一根装饰皮带——不是这双黑色的新皮鞋！"

短寸头警察说："有些时候，光线或者是别的一些因素会让我们的视觉出现偏差——这一点你应该懂吧。"

"不，警官，肯定不是这样！"俞希坚持道，"就算我把鞋子看错了，但是，我清清楚楚地看到它朝里面移动了一下！如果不是有人穿在上面，鞋子怎么会自己移动？"

短寸头警察有些哭笑不得："你还是坚持认为你看到的是歹徒的脚？那么我问你，我们已经彻底搜查过房里的每一个角落了——歹徒在哪里？"

俞希左右四顾，看到自己的窗户时，她说："对了，歹徒知道我们发现了他，不会还这么老实地待在这里的——他可能从窗户逃走了！"

短寸头警察走到窗前，用力推了几下关着的梭窗："你看清楚了，你的窗子是从里面锁住了的——歹徒如果从这里逃出去，怎么还能锁得了窗户？"

俞希焦急地想了想，说："我们家的窗户又不止这一扇，客厅、厨房、卫生间，到处都是窗子，他不一定非得从这里逃出去啊！"

"是啊，既然到处都是窗子，他又为什么要舍近求远呢？从这扇窗子逃走不是最方便的吗？"

俞希张了张嘴，无言以对了。

短寸头警察看了一眼俞希书桌上的书包，问道："你现在在读高中？"

俞希木讷地点了点头。

"高几？"

"高三了。"妈妈帮着俞希回答。

短寸头警察微微点了点头，仿佛什么都明白了："高三……我的儿子也读高三。我能理解你的这种行为——学习压力太大造成的，以后精神放松点儿。"

说完，他朝大个子警察招了下手，喊道："收队。"

俞希走上前去拦在短寸头警察面前："警官，你就这么肯定是我精神紧张出现的幻觉吗？你们不能就这么轻率地下结论——如果那个歹徒还在这附近怎么办？"

"那你要我们怎么样？从现在开始实施二十四小时贴身保护，直到你高考结束？"短寸头警察的脸色一下严峻起来，"我希望你能明白一点——随意打报警电话或者是误报警是要被追究责任的！我看在你可能是出于学习过于紧张，并且也不像是故意恶作剧，才不和你计较，你还想要我们怎么样？"

俞希被训斥得哑口无言。妈妈赶紧上前来，向短寸头警察道歉："对不起，警官，孩子是学习压力太大造成的，请你理解！我一会儿会好好跟她谈谈的。"

短寸头警察皱着眉望着母女俩说："以后不要再发生这种情况了！"

"收队！"他再次大喝一声。这一回，口气中带着明显的怒意。

第四章

妈妈把房子的门窗都锁好后，去厨房调了一杯牛奶，端出来递给坐在沙发上的女儿，然后坐到她身边，说道："希儿，我觉得……是我的错。我给你施加的压力太大了，我老是逼着你要考最一流的大学，让你的精神长期处在紧绷状态——其实我应该知道的，你这么乖、这么自觉，根本就用不着我来提醒……"

俞希看着自责的母亲，说道："妈，你别说得我好像被你逼成精神病了一样好不好？"

"我当然不是这个意思。"妈妈抚摸着俞希的头发说，"但你确实需要放松些了，压力太大对考试也不是件好事。"

俞希烦躁地皱着眉说："我到底要怎么样才能让你们相信我不是出现幻觉呢？"

"女儿。"妈妈充满爱怜地说，"没有谁在出现幻觉的时候会认为自己看到的是幻觉的。"

俞希怀疑地望着她。

"就拿我打牌来说吧。"妈妈耸了耸肩膀，"这种情况出现过好多次了。有些时候，当我特别需要某张牌的时候，我就真的会摸到它。但过一会儿倒下来的时候，才惊诧地发现那根本就是另一张牌，看错了而已——你说这不是幻觉作怪是什么？"

"我觉得这根本就不是一回事，"俞希翻了下眼睛，"你那是利令智昏吧？"

妈妈在俞希的肩膀上拍了一下："怎么跟你妈说话呢？没大没小的。快去洗澡睡了。"

俞希喝了口热牛奶，却禁不住又打了个冷噤，她望着妈妈说道："妈，我……还是有些害怕。爸爸什么时候回来？"

"你爸爸现在在新加坡呢，还有十多天才回来。"妈妈说，"要不，你今天晚上来挨着我睡吧。"

"嗯。"俞希轻轻点了点头，又说，"妈，还有一件事……"

"什么？"

"你能陪我去房间拿一下衣服吗？"

妈妈叹了口气："唉，你以后可别留下什么心理阴影啊。"

心理阴影？俞希在洗澡的时候不断地思考着这个问题——现在，她也不能确定今天晚上到底是怎么回事了。难道，那真的是幻觉？是因为之前卢应驰讲的那番话对自己造成了一种心理暗示，所以在打开衣柜的时候，才会出现相应的幻觉？会不会自己看到的就是那双黑皮鞋，只是它在心理阴影的作用下变成了另一副样子？

俞希用毛巾捂着脸想道——也许就是这样吧。可能那警察和妈妈说的话有些道理，学习的压力和精神的紧张再加上一些机缘巧合，就导演出了今天晚上这一出闹剧。

得出一个解释之后，俞希紧绷着的心终于放松下来——一瞬间，她感到心力交瘁、身虚力乏，只想赶快躺下来睡个好觉。于是，她两三下把澡洗完，穿好睡衣来到妈妈的卧室。

妈妈在化妆台前敷着面膜，对俞希说："希儿，你早点儿睡吧，我敷完脸就来陪你。"

"唔。"俞希闷生生地应了一声，几乎倒下床就进入了梦乡。妈妈走过来替俞希盖好被子。

敷完面膜，妈妈又不厌其烦地在脸上一遍遍涂抹着补水、防皱、护肤的各种面霜，足足耗费了半个小时的时间。之后，她去饭厅喝了一杯加入芦荟汁的牛奶，然后回到卧室，睡到女儿的身边。

关灯。周围的一切立刻被黑暗所吞噬。时间在睡眠中进入一种混沌状态。

不知睡了多久，俞希突然醒了，她迷茫地睁开眼睛，不明白自己为什么会醒。她并没有做噩梦，也不想上厕所——那么，是什么原因令自己醒来的呢？

就在她迷惑不解之际，房间里突然传出一声响动。俞希的神经猛地绷紧，恐惧地瞪大眼睛，搜索发出声音的地方。

静了十几秒钟，俞希几乎只听得到自己的喘息声——咚——又是一记沉闷的响声——这一次，俞希清楚地听见，声音是从房间的大柜子里发出来的。

俞希的眼睛已经适应黑暗了，她胆战心惊地注视着周围的环境——这是爸妈的卧室，妈妈背对着自己睡在旁边，并没有被这怪异的响声弄醒。那个发出响动的柜子在房间的最左侧墙上，紧挨着放衣服的大衣柜。俞希知道，这个柜子是父母用来存放现金、存折、重要物品的，平时都上着一把大锁。

锁！——俞希的双眼瞪大到无以复加的地步，她猛然想起那个短寸头警察说的一句话——

"除了一个上着锁的柜子以外，凡是能藏得下一个人的地方都仔细找过了，没有发现歹徒。"

天哪！难道……俞希感到背脊骨泛凉，全身冰冷发颤，她用被子捂住嘴，惊恐万状地盯着那个柜子，不知该如何是好。她斜睨了一眼身边的妈妈，想把她叫醒，但那岂不是又会……上帝！俞希带着眩晕感想道——为什么要在同一天晚上安排两次这种同样的惊悚情节？我快要被逼疯了——或者，我是不是真的已经疯了？

三分钟、五分钟，或者是十分钟之后——俞希不敢肯定——但她确实没有再听到那柜子发出什么响动了。这并不意味着她悬着的心已经放了下来，她只是不停地在头脑中判断着目前的状况。

冷静下来，俞希——她对自己说，就算那歹徒有天大的本事，能打开自己的家门和锁着的柜子门，但有一点他是做不到的——他不可能躲进柜子之后，还能将柜子外面那把大锁给锁起来——这不是人能办到的事情。

想到这里，俞希稍微安心了一些。她猜测着，也许那声音是一只老鼠弄出来的，或者是自己的错觉也说不定。大概又是自己过于紧张的神经在作怪。反正今天晚上肯定是有什么东西出了问题——要不就是神经，要不就是大脑。

尽管安慰着自己，但俞希仍然紧张不安地盯着那个柜子。直到她的上眼皮再也支撑不住，变得比石头还重，她才又一次昏昏然地睡去。

第五章

"丁零零……"清晨，响亮的闹钟把俞希从睡梦中叫醒。她揉着惺忪的睡眼爬起来，手伸到床头柜去，"啪"地按了一下闹钟。刺耳的闹铃声停止了，但换来的是俞希刺耳的尖叫声。

"啊！我的天哪！"她盯着闹钟大叫道。

本来没有因为闹钟而立即醒来的妈妈被俞希的大叫声吓得从床上坐了起来，惊慌地问道："怎么了！"

"八点半了！"俞希一边叫嚷着，一边翻身下床，"我迟到了足足半个小时，而且我现在还在家里！"

"哎呀，我忘了！"妈妈拍着脑袋说，"这个闹钟是按照我的上班时间调的，比你上学的时间要晚得多！"

"这下死定了！"俞希慌乱地穿着衣服，"我错过的不只早自习，连第一节课也赶不上了！"

"都怪我，都怪我！"妈妈自责道，"我一会儿给你们班主任打个电话，向她解释一下这是我的原因。"

俞希冲进卫生间，用最快的速度洗完脸、漱完口，然后将头发简单地扎起来，便抓起书包出了门。

还算幸运的是，她刚出门就拦到了一辆出租车，仅用了十多分钟就赶到了学校。尽管如此，当俞希气喘吁吁地跑到教室门口时，仍然九点了，第一节课已经上了一半。

俞希捂着气喘不止的胸口，对讲台上站着的班主任喊道："老师……报告。"

班上同学的目光刷地齐聚到俞希身上，令她面红耳赤、无地自容——这其中还包括男友孔韦惊诧的目光——要知道，像俞希这种成绩的优等生，可是从来没有迟到过的。

班主任宋老师从讲台上走到门口，对满脸通红的俞希说："俞希，这节课你就不用上了，你到办公室去吧。"

俞希难以置信地抬起头来，她没想到宋老师竟会给她这个优等生如此严厉的惩罚，居然连课都不要她上了。俞希连忙解释道："宋老师，我不是有意要迟到的，是因为……"

宋老师伸出一只手，示意俞希不要解释。她反过来解释道："不，俞希，我叫你到办公室去不是因为你迟到，而是因为有人找你，他们现在正在办公室等着你。"

俞希困惑地问："有人找我？谁？"

宋老师望了一眼教室里的其他同学，又将眼光移回来，说："你去了就知道了。"

俞希张了张嘴，还想说什么，但宋老师已经回到讲台上，继续讲课了。俞希只得无奈地朝办公室走去，脑袋中一头雾水。

来到走廊最右侧的教师办公室，俞希轻轻敲了敲虚掩着的门，里面传出一声"请进"。俞希推开门走进去，立刻呆住了——

办公室的两张藤椅上，坐着的并不是她熟悉的老师，当然也不是陌生人——而是昨天晚上到自己家中来搜寻歹徒的那个短寸头警察和大个子警察，他们今天都穿着便衣。

俞希目瞪口呆地望着两位警官，不明白他们为什么要到学校来找自己。

短寸头警察做了个手势，示意俞希坐到他们面前的一张椅子上，然后说道："你叫俞希吧，我们昨天晚上就见过面了——我自我介绍一下，我叫鲁新宇，是公安局重案二组的副队长。"

俞希说："鲁警官，你找我有什么事？"

鲁新宇问道："你今天为什么会迟到这么久？"

俞希想了想，用最简短的语言概括道："昨晚我睡在我妈妈的房间，她调的闹铃时间和我房里的不一样，所以我就来迟了。"

"听说你以前从来都没有迟到过？"鲁警官又问。

"是的。"俞希答道，她皱了皱眉，"鲁警官，你们来就是问我迟到的事？"

鲁新宇注视了她一刻："你刚才到班上去过吗？"

俞希怔了一下："我刚才到教室门口去，宋老师就直接叫我到办公室来了，我还没有进去呢——怎么了？"

鲁新宇和大个子警官对视了一眼，说："你没有发现你们班少了一个人没来？"

俞希听得云里雾里："少了一个人……那个人不就是我吗？"

鲁警官盯着她说："除了你之外，今天还有一个人没来，而且她以后也不能再来了。"

俞希问："谁？"

"梁婧之。"

"梁婧之？"俞希的头脑里浮现出一个性格外向的女生形象，那是他们班的宣传委员，能歌善舞，擅长书画，还能写一手漂亮的粉笔字。俞希困惑地摇了摇头，"她怎么了，为什么没来？"

鲁警官望着俞希，一字一顿地说："她昨天晚上被谋杀了。"

"什么！"俞希捂住嘴叫道，"她被……谋杀了？"

鲁警官点点头，然后一脸严肃地问道："你和梁婧之平时关系怎么样？"

俞希一脸茫然地摇着头说："我和她……没什么呀，就是一般的同学关系。我是高三上学期才转学到这所学校来的，跟很多同学都不是很熟……"

突然，她停下来，注视着鲁警官，问道："等一下，梁婧之被人谋杀了你为什么独独要来问我？你该不会是以为和我有什么关系吧？"

鲁警官抿着下唇想了一会儿，然后直言相告："我们之所以来问你，就是因为你看起来和这起谋杀案有极大的关系。"

"什么……"俞希难以置信地望着他，心中惊诧莫名。她无论如何都想不出来，自己和一起谋杀案会扯上什么关系。

鲁警官说："昨天晚上十点二十分的时候，你打电话报警，说家中出现了一个歹徒。但我们赶到后，却根本没能搜出什么疑犯来——这段闹剧似的经历我想你应该还记忆犹新吧？"

俞希说："这件事和梁婧之被谋杀有什么关系？"

"联系就在于——你报案的这个时间，就恰好是梁婧之被杀的时间。而且她死亡的方式，就正好是你向我们描述的，你有可能遇害的方式！"

俞希惊骇得张大着嘴，过了好一会儿，她缓缓地说："你……再说清楚一点儿。"

鲁警官变换了一下坐姿，将交替重叠的两条腿互换了一下，说："好吧，我就把详细情况告诉你。昨晚从你家出来之后没过多久，我们便接到了一起新的报案，而位置是仅与你家相隔两条街的梁婧之家。我们赶到那里后，从梁婧之悲痛欲绝的父母那里得知，他们在十点四十分进女儿的房间时，发现梁婧之满身是血地倒在衣柜前面，身上被捅数刀，已经气绝身亡了。而我们从现场的痕迹分析来看——凶手似乎是之前躲在衣柜之中，趁梁婧之打开衣柜之际，突然跳出来将她杀死的——这种作案手法，不是和你之前预想的一模一样吗？"

鲁警官旁边的大个子警察补充道："我们重案组在同一天晚上接到两起报案已是十分少有了，而这两起案件的内容几乎完全一样——不同的只是一个人遇害了，而另一个人没有。现在你该明白，我们为什么要来找你问话了吧。"

俞希听完两个警察的话后，感到浑身冰凉："梁婧之被藏在衣柜中的凶手杀死了，这么说，她遇到的是真正的歹徒……"

鲁警官紧紧盯视着俞希的眼睛说："昨天晚上我就问过你一个问题，但你没有回答我。现在我再问一遍——你从来没有被歹徒袭击的经验，为什么遇到这种事后会处理得如此冷静？还有，你仅仅是看到了一双鞋，或者是一双脚，为什么就能立刻反应过来那是一个歹徒，而且还明白不能打草惊蛇。好像你事先就知道一样？"

俞希说："那是因为……我确实事先就被人提醒过，所以才会有所准备。"

鲁警官似感到惊异地皱了一下眉头："你说，事先有人提醒过你可能会发生这种事？"

"是的，我的一个同学在昨晚下晚自习的时候告诉我，说我们市最近出现了一个惯犯。他的作案手法便是偷偷地进入某人家里后，藏在某个地方，伺机作案。如果被人发现后，就会立刻杀人灭口——所以当我回家打开衣柜，看到那双鞋之后，才会立刻想到，那可能就是他所说的那个歹徒！"

鲁警官和他的同事用一种怪异的眼神交流了一下，说："你的哪个同学告诉你的，他叫什么名字？"

"是……卢应驰告诉我的。"

"他现在就在班上吗？"

俞希皱了下眉："应该在吧，你刚才不是说今天缺席的只有我和梁婧之吗？"

鲁警官对大个子警察说："你现在马上到班上去把那个叫卢应驰的学生叫到这儿来。"

大个子警察站起来，走出办公室，不到两分钟便把卢应驰叫到了这里。卢应驰畏畏缩缩地站在两个警察面前，显得局促不安。

鲁警官问俞希："就是他吧。"

俞希轻轻地点了点头。

鲁警官指着俞希问卢应驰："你昨天晚上跟她说了些什么话？"

"昨天晚上……什么时候？上晚自习时吗？"

"不，是放学之后。"

卢应驰的回答令俞希感到有如晴天霹雳："放学之后我就自己回家了，没有跟俞希说过什么话呀。"

俞希扭过脸来，目瞪口呆地望着他："卢应驰……你，你说什么？"

卢应驰面露困惑地望着她："俞希，昨天晚上放学后你不是自己一个人走的吗？我和翟翔他们几个一起出的校门，没有看见你呀。"

俞希惊诧得嘴都合不拢了："出校门之后没多久，我不是就在一条小巷子里碰到你了吗？"

卢应驰皱着眉头说："俞希，你搞错了吧？我们的家在不同的方向，你怎么可能碰得到我？"

"啊……你……"俞希难以置信地摇着头说，"你不是说怕我一个人回家不安全，专门来陪我一起回去的吗？"

卢应驰一脸迷茫："俞希，我真不知道你怎么了……哪有这些事啊？"

这个时候，鲁警官插话道："俞希，你说卢应驰昨天晚上是陪你一起回家的？"

"是的，他……是想陪我一起回家，可是我没有答应。"

"为什么没答应？"

"我……"俞希不知道该怎么说才好，"我为什么非得要人陪我回家不可？"

"也就是说，最后还是你一个人回的家？"

"是的，可那是在我和他走完那条小巷子之后。"

"你是怎么回去的，走路还是坐车？"

"先是走路，后来下起大雨来了，我想坐出租车，却没有拦到，就只有淋着雨跑回去了。"

"整个过程中有没有人看见过你和卢应驰在一起？"

俞希回想了一下那个漆黑、僻静的小巷子，沮丧地说道："没有。"

"那么，你们俩之前一起回过家吗？"

俞希和卢应驰几乎是异口同声地说："没有过。"然后两个人对视了一眼。

鲁警官问俞希："你们既然从来没有一起回过家，那为什么偏偏昨天晚上他要陪你一起回家？"

"因为……他昨天晚上跟我说……"俞希想起卢应驰跟自己表白的事。但她望了一眼卢应驰——他此刻的表情仿佛是根本不认识自己。俞希猜到他是绝对不会承认的，说了一半的话便凝固在空气之中。

"他跟你说什么？"鲁警官问。

俞希改口道："他就是告诉我有那个歹徒的事，叫我要小心提防。"

"俞希……"卢应驰的表情愈发困窘了，"你到底在说些什么呀，什么歹徒？我什么时候跟你说过这些话？"

"你……要不是你告诉我这些，我怎么可能知道那个歹徒的事？"俞希气愤地望着他，然后扭过头来望着警察说，"鲁警官，你可以去问我身边所有的亲人和朋友，我绝没有从他们任何人那里听说过关于这个惯犯的事——我最近所有的心思都用在学习上，根本没有关心过这些社会上的事！"

"你当然不可能从任何人那里听说过这种事，因为我们这个市从来没有发生过这种从衣柜中跳出来杀人的凶杀案——昨天晚上梁婧之被杀，是第一起这种案件。"鲁警官说。

"什么，梁婧之被杀了？"卢应驰叫了起来，满脸惊惶。鲁警官望了他一眼，没有说话。

俞希完全呆住了，过了半晌，她才缓缓地问道："你说……近段时间……根本没发生过这种凶杀案？"

鲁警官撇着嘴说："我刚才说了，不只是'近段时间'，就是以前也从来没发生过这种事。"

俞希将脸转过去面对卢应驰："原来你是骗我的……你为什么要这么做？"

卢应驰一脸无辜地说："俞希，刚才这个警官都说了，以前从来没发生过这种事，那我又怎么可能知道这些，又怎么跟你讲呢？你是不是这段时间学习太用功，脑子……出什么问题了？你要不要……去看看？"

俞希愤怒地说："就算我的脑筋再不清醒，我还不至于连人都认不准，连话都记不清了！卢应驰，你这样做到底有什么目的？"

卢应驰正想申辩，鲁警官转向他问道："你昨天晚上放学之后有没有去什么地方？是直接回家的吗？"

"当然是直接回家的。我到家之后就一直待在家里，哪儿都没去——我的父母、邻居全都可以做证。"卢应驰肯定地说。

"那你呢？"鲁警官又问俞希，"我们走了之后你是一直在家里的吗？"

俞希"哼"了一声，愤愤然地说："你该不会认为，在你们走了之后，我便到梁婧之家去杀了她吧？"

鲁警官严肃地说："正面回答我的问题！"

俞希不示弱地望着他说："是的！我一直都待在家里，和我的妈妈在一起。晚上也是和她一起睡的——所以我今天早上才会迟到！"

鲁警官盯着俞希和卢应驰看了足足有一分钟，然后扬了一下嘴角，说："有意思，现在看来，你们两个人之中必定有一个人在说假话——而且我敢断言，说假话的那个人肯定和梁婧之的凶杀案有关系！"

他转过头，望着大个子警察："你怎么看？"

大个子警察说："现在看不出来。最好是把他们两人都带到局里去一趟，分别做一份详细的笔录，再仔细询问一下。"

"嗯，我也这么想。"鲁警官点头道，对俞希和卢应驰说，"麻烦你们跟我到公安局去一趟。"

"不行！"俞希抗议道，"你们不能把我当嫌疑人一样抓走！你们有什么证据能证明我和谋杀梁婧之的案子有关联？难道就因为在那之前我报了一次警，情况和她的有些类似就要把我当成嫌疑人吗？这样的话以后谁还敢报警！"

"好个伶牙俐齿的姑娘。"大个子警察瞪着俞希说。

鲁警官说："你不要太敏感了。我叫你到公安局去一趟并不代表要把你当作嫌疑人抓起来，只是让你做一份笔录，了解一些情况而已——配合警察办案是每个公民应尽的义务，你明白吗？"

"可是……我马上要高考了！"俞希着急地说道，"我经不起这样耽搁时间了！"

这时已经下课了。上完课的班主任宋老师和化学科何老师都来到了办公室，他们听到俞希带着哭腔的声音。俞希是化学科代表，何老师走上前去，对两位警察说："警官，孩子说得对。梁婧之被谋杀我们当老师的也非常难过，当然也理解你们需要尽快地破案。但是也不能因此影响其他同学的学习啊——如果他们跟着你到公安局去做调查的话，耽搁的不仅仅是这一天的时间，还会对他们的心理造成巨大的阴影——也许会严重地影响到高考时的发挥，这等于是害了他们呀！"

鲁警官看着迂腐的何老师，摇头叹息了两声，说道："我希望你们能明白现在的状况——有一个学生被谋杀了——这是人命关天的大事！高考固然要紧，但也远不及一个人的生命重要！而且——"

鲁警官指着俞希和卢应驰说："他们也不能算是'孩子'了。他们俩应该都已经满十八岁了吧？早就不是未成年人，而是完全具有刑事责任能力的成年人了！"

班主任宋老师帮着求情道："警官，你说得当然有道理。可是你想过没有，如果这个时候你当着全班甚至全校同学的面把他们带到公安局去——其他那些同学会怎么想？他们会把这两个同学当成罪犯的。当他们俩回来的时候，就再也不可能安心学习下去了——这无疑是害了他们呀。所以你看这样好吗——你们先去调查别的人或事。如果之后还是非得要他们两人去公安局协助调查，再打电话给他们的家长，让家长陪同他们到公安局去，行吗？"

鲁警官和大个子警察对望了一眼，然后无奈地叹了口气："好吧，今天就暂时不让你们到公安局去。但是，我会去调查你们刚才说的某些事情的真实性的。"

说完，他用锐利的眼神最后望了俞希和卢应驰一眼，和大个子警察一齐走出办公室，离开了。

俞希松了口气，对两位老师说："宋老师，何老师，谢谢你们。"

何老师拍着俞希的肩膀说："别想这些事了，回教室上课吧。"

宋老师神情严肃地对俞希和卢应驰说："你们俩记着，回教室之后，千万别跟别的同学说起这件事——现在除了你们两人之外，还没有哪个同学知道梁婧之被谋杀的事——如果在班上传开了的话，会引起大家的恐慌。"

"嗯，我知道。"俞希应道。卢应驰也跟着点头，下一节课是化学，俞希和卢应驰跟着何老师一起回到班上。很显然，全班同学都对他们两人投来疑惑的目光。但何老师没给任何人询问的机会，直接开始上课，让俞希有一种被解围的感觉。

课上了五分钟之后，趁着何老师转过身在黑板上写板书的时候，坐在第四排的孔韦朝俞希丢过来一张小纸条。俞希打开来看，上面写着简短的一句话：发生什么事了？

俞希朝前面望去，孔韦此刻正半侧着身子，转过头来望着自己，等待着答复，俞希用口型告诉他：放学再说。

第六章

孔韦今天穿着一件蓝白相间的耐克运动上衣，配以白色的休闲裤和款式新颖的板鞋，整个人散发出无穷的阳光气息和青春活力，几乎所到之处都能引起大片女生的赞叹和注目。但他所关心的却似乎只有一个人。放学之后，他便立刻找到女友，迫不及待地问道："俞希，今天到底是怎么回事？你又迟到，又在办公室里待了这么久，是谁找你？"

俞希说："先找个吃饭的地方坐下来再说吧。"

由于离家较远，俞希和孔韦一般中午都不回家吃饭。今天，他们在校门外一家相对冷清的馆子坐了下来。点好菜后，孔韦性急地说："俞希，快说吧。我刚才下课找你，你都不告诉我，现在总不用再吊胃口了吧。"

俞希焦躁不安地叹着气说："我真不知道该怎么跟你说，这件事太诡异、太复杂了。"

孔韦更加好奇地问道："到底发生什么事了呀？"

俞希感到为难："我答应了宋老师……不把这件事讲出去的。"

"那显然是对一般人而言。"孔韦说，"我跟你是什么关系？你总不能连我都不说吧？"

俞希忽然想起了什么，问道："对了，你昨天晚上为什么没来上晚自习？"

"昨天晚上是什么日子？是欧洲杯的决赛！我当然不能错过了——

所以没来上晚自习。"

"昨天下午放学的时候你怎么不跟我说一声？"

"我忘了，俞希。"

"那你总可以在晚上给我打个电话或是发个短信什么的吧？"

"我看起比赛就什么都忘了。"孔韦挠了挠头，然后将话题岔开，"别说这些了，俞希，还是说说你遇到的事吧。"

"我遇到的事……"俞希摇着头说，"你根本不可能猜得到我昨天晚上遇到了什么事——我差点儿没命了！"

"什么！"孔韦惊诧地问，"出什么事了？"

俞希犹豫了一下，说："我告诉你这件事，但你不要跟别人说啊。"

孔韦急促地点了点头："当然，快说吧。"

于是，俞希将昨天晚上放学后卢应驰找到自己、回家后发生的那起怪事、今天早上警察找自己问话这一系列事情的全过程详细地给孔韦讲了一遍。唯有一件事例外——她怕孔韦心中有刺——没有将卢应驰向自己告白的事告诉他。

听的过程中，孔韦的眼睛越瞪越大。当他听到梁婧之真的被谋杀之后，差点儿失声大叫了出来——俞希赶紧按住他的嘴，示意他不要声张。

俞希把全过程讲完之后，他们点的几样菜都上齐了。但孔韦惊讶得完全忘了吃饭这回事，他张大着嘴，不敢相信这些会是事实。

过了好一会儿，孔韦低声问："这么说，班上现在就只有我们三个人知道梁婧之没来上学实际上是因为她已经死了？"

俞希轻轻点了点头："所以叫你千万别说出去，怕引起大家的恐慌。"

孔韦皱着眉头思索了一阵，说："怪，这件事的确太奇怪了。卢应驰怎么会事先知道要发生凶案的事？而警察问到后，他又为什么要矢口否认？"

"那个警察说了一句话——'说谎的那个人肯定和梁婧之的凶杀案有关系'。知道吗，孔韦，我也这么想。"

孔韦骇然道："你该不会认为……是卢应驰杀了梁婧之吧？"

俞希思忖一刻后，说："这倒应该不会。卢应驰跟警察说他是直接回家的，之后一直待在家里——他说得很肯定，不像是在说假话。况且，如果他要用这种方式谋杀梁婧之，之前为什么要说给我听？这不是摆明了让别人认为他是嫌疑人吗？"

孔韦感到匪夷所思："那他为什么要这样做？总应该有个理由吧？"

俞希说："这也是最让我费解的地方——我也不明白他这样做的目的是什么。"

"卢应驰后来找过你没有？"

"没有。我和他回到教室之后，他就看都没有看过我一眼。"

孔韦托着下巴说："卢应驰平时性格内向，做任何事都是循规蹈矩……不像是那种会干坏事的人呀。"

俞希说："知人知面不知心。其实越是这种性格不外露的人，有时候做出来的事越是让人咋舌。"

两人沉默了一会儿，孔韦说："你看，会不会是这样——卢应驰昨晚只是凑巧跟你开了个玩笑，没想到居然真的发生了类似的凶杀案。他怕警察认为自己跟这起凶案有什么瓜葛，情急之下便不敢承认说过这些话了。"

"不可能。"俞希肯定地说，"卢应驰刚刚被那个警察叫到办公室来问话的时候，根本就不知道梁婧之遇害的事，也就是说，他根本就不知道发生了凶杀案——那他又怎么会害怕惹上什么瓜葛呢？"

"也许……"孔韦猜测着，"他看到一个警察到班上来叫自己出去，便猜到了什么？"

"那更不可能。今天那两个警察都穿着便服——卢应驰怎么可能知道来叫他的那个大个子是警察？如果不是我现在跟你说，你知道今天到班上来的那个人是警察吗？"

孔韦叹了口气："那我就真是想不明白了。"

俞希打了个冷噤，说道："孔韦，你知道吗，我现在最困扰的其实还不是这件事，而是……我现在想起来都觉得后怕——我昨天晚上在衣柜里看到的……究竟是什么？"

孔韦说："你不是说……那可能只是错觉吗？"

"我昨天晚上是这么认为的！可是，当我今天早上听到警察说，梁婧之就是被这种方式杀死的之后，我又感到无比地恐惧起来！我开始怀疑我看见的到底是不是幻觉——如果那真的是个凶手呢？我是说，也许凶手不止一个呢？"

孔韦握住俞希的手，有些难过地说："我真希望能整天都陪在你身边，这样的话也许你就不会这么害怕了。可惜的是，我们的关系直到现在都还瞒着你的父母——其实俞希，你有没有想过，我们都已经满十八岁了，是成年人了，交往的话用不着非得像小孩一样躲躲藏藏的吧？"

俞希面色窘迫地说："不行，我的父母都是老观念，他们不会接受我过早谈恋爱的。别说是高中，就算我大学交男朋友他们也未必会同意。况且现在临近高考了，要是让他们知道我在这节骨眼上还敢交男朋友，非把我生吞活剥了不可。"

孔韦说："可是……你不是说你爸爸现在在国外吗？晚上你就跟你妈妈两个人在家，要是又遇到这种事怎么办？"

俞希抱着有些发冷的身体说："应该不会再遇到了吧？那歹徒没理由老是盯着我下手呀！"

孔韦叹息道："唉，我始终有些不大放心。"

其实，看到男友对自己如此关切，俞希心中油然而起的温情已经将恐惧驱散一大半了，她反过来安慰孔韦道："我会尽量小心的，别担心。"

孔韦默默地握着俞希的手。两人面对一桌的饭菜，第一次体会到尽管肚子空空荡荡，但全然没有半点食欲的感觉。

第七章

　　星期四的下午，俞希来到班上后，发现整个班的人处于一种骚乱状态，大家都在七嘴八舌地谈论同一件事。当她走到自己的座位上，并听清大家在议论什么之后，不禁在心中大吃一惊——她没有想到，仅仅不到两天的时间，梁婧之被杀的事情就已经人尽皆知了，而且还被传得如此沸沸扬扬。她感觉到自己和孔韦对此事的守口如瓶简直一点儿意义都没有，同时也惊叹于班上同学这种超越小报记者的传播能力。

　　"俞希，你听说了吗？梁婧之这两天没来上学居然是因为她被杀死在家中了！"舒丹语调夸张地对刚刚坐下来的俞希说。俞希通过其语速之流畅和表述之精准判断出这句话起码已经被舒丹重复过十次以上。

　　"唔……"俞希说，"我已听说了。"而且是第一个听说的——她想道，但没有说出来。

　　"哦，是吗。"舒丹迅速冷却下来，为自己报迟了料而感到失落。但她立刻又亢奋起来："据说梁婧之是在家中遭到了歹徒的侵犯，但她不肯就范，拼命反抗，歹徒强暴未遂才将她杀死的。太可怕了！不是吗？"

　　"什么？侵犯……强暴？"俞希按住额头，哭笑不得，"你从哪里听说的这些啊？"

　　"大家都这么说呢。"舒丹指着班上谈论得眉飞色舞的一群人，理直气壮地说，"当然，也有人说梁婧之是交上了黑道上的男朋友，将其带到家中……"

"好了，好了。"俞希伸出手掌制止道，"别再说了。"

舒丹大呼小叫道："你怎么了，对班上同学的死一点儿都不关心吗？"

俞希还没来得及说话，平时一向玩世不恭的翟翔此时居然面色严肃地对舒丹说："你这就叫关心她吗？人都死了，就积点儿口德吧。"

舒丹的脸一下涨得通红，她反驳道："又不是只有我一个人在说，其他人你怎么不管呀？"

"其他人？哼，我看班上有一大半的人都是通过你的口知道这件事的。"翟翔瞟了一眼舒丹。

俞希问面容尴尬的舒丹："这件事你是听谁说的？"

"我听易娜说的，易娜又说是蒋雯雯打电话告诉她的。至于蒋雯雯是怎么知道的，我也就不清楚了。"

俞希皱了皱眉，说："算了。"然后冷冷地望了一眼坐在右前方的卢应驰。

"俞希，你又是听谁说的？"舒丹反问道。

"我……"俞希一时语塞，不知该怎样回答，她想了想，敷衍道，"我都忘了那天是听谁说的了。"

"这么说你就知道了？"舒丹感到惊讶，"你可真稳得住啊，都不告诉我们！"

说着，舒丹用胳膊肘碰了一下她旁边的季晓妍："喂，你倒是说句话呀，今天怎么了，一直死气沉沉的！"

听到舒丹这句话，俞希这才注意到在她斜后方的季晓妍居然这么久一句话都没说。不仅如此，她面色凝重，神情中似乎还隐隐透露着一丝紧张和不安——这实在是太不正常了。平常情况下，遇到这种事，号称"八卦女王"的季晓妍的声音应该是舒丹的两倍才对。

舒丹也发现了季晓妍神色的古怪，她问道："你今天到底怎么了？"

季晓妍晃了两下，像是才从走神中回转过来，她望着舒丹，不自然地说道："没……没什么。"

舒丹怀疑地望着季晓妍，还想开口问什么，却看到教室窗外一个人影走过，她低呼一声："矮河马来了。"

俞希看着窗外走来上化学课的何老师，想起那天他和宋老师帮自己在警察面前说话的一幕，她对舒丹说："其实何老师人挺好的，你们别'矮河马''矮河马'地叫他。"

舒丹忍住笑说："可是你看他那对塞得进两颗核桃的鼻孔，还有一百五十厘米的身高，不觉得这个绰号很贴切吗？"

说话间，何老师已经跨进教室门了，俞希瞪了舒丹两眼。班上议论纷纷的同学也稍微安静下来。接着开始上课。

下午第一节课结束之后，作为化学科代表的俞希帮何老师把实验器材送进办公室，然后主动拿起烧杯、试管到水槽边清洗。没想到何老师走过来，接过俞希手中的实验用具，对她说："俞希，你现在功课忙，以后不用帮我清洗实验用具了，我自己来吧。"

俞希说："何老师，我是科代表，这些本来就是我该做的呀。"

何老师冲俞希挥挥手："没什么，你去忙吧，不用管了。"

俞希心中一热，感动地说："谢谢您了，何老师。"

回教室之后，俞希本想找孔韦聊几句，却发现孔韦没有在教室里。她看了看孔韦的座位下面，没有篮球，便猜到他肯定又到离教室最近的顶楼楼梯间一个人练球去了。

俞希急迫地想跟孔韦谈会儿话，便从教室后门出来，转过角上楼梯，打算去找孔韦。但是当她爬到一半，再拐个弯就能来到顶楼楼梯间的时候，却突然听到楼梯间有小声说话的声音。俞希停下脚步，仔细听了几秒，判断出是孔韦的声音，而另一个女生的声音，竟然是季晓妍。

俞希疑惑地皱了皱眉，不明白这两个人为什么要在课间躲在这里窃窃私语。她竖起耳朵仔细探听，却因为他们的声音太小而始终不怎么听得清。正在无比困惑之际，她听到孔韦的声音骤然变大了些，清楚地说出一句："你找我说这些干什么，你什么意思？"

孔韦的声音中透露出烦躁和不满。季晓妍的声音中却充满了不安和哀求。俞希听到她也因为着急而提高音调说道："孔韦，不管怎么样你要相信我……梁婧之我不知道，但我是绝对没有把秘密说出去的……

你，相信我好吗？"

什么，梁婧之？秘密？俞希心中一紧——他们在说什么？

孔韦的声音愈发不耐烦了，他压低嗓门说道："够了，别说这些了！现在可是在学校里……（听不清），我要回教室去了！"

俞希一惊，赶紧掉头快速地走下楼梯，控制住不让脚步发出声响。

回到座位上之后，俞希从课桌里胡乱抽出一本书翻开，假装看书。过了一会儿，孔韦抱着篮球，若无其事地回到教室来。又过了十几秒钟，季晓妍也从教室后门回来了，她的脸上阴云密布、愁眉不展。此时，上课前的预备铃打响了。

在这一堂数学课上，俞希发现自己的精力无论如何都无法集中在老师所讲的内容上面。她在心里迷茫地猜测着，不知道孔韦究竟有什么秘密瞒着自己。而有一个念头，是她想极力回避，却偏偏反复出现在脑海中的，令她心惊胆寒的可怕想法——难道，和梁婧之的死真正有关系的人，是孔韦？

第八章

下午在小餐馆吃饭的时候，俞希一直埋头进餐，沉默不语。孔韦观察了她好一阵，忍不住问道："俞希，你今天怎么了，一直闷闷不乐的。"

其实俞希的心中一直在犹豫要不要开诚布公地问问孔韦今天课间的事，现在孔韦主动问到，她便抬起头来说："孔韦，今天下午第一节课下课后，我怎么没看见你啊？"

"啊？"孔韦愣了一下，"哦，我在顶楼的楼梯间练习运球呢。"

"你一个人吗？"

"嗯……是啊。"

不出所料，孔韦果然撒谎了。看来他果然有事情瞒着自己——俞希的心往下沉了一下，没有再说话。

孔韦试探着问道："俞希，你问这个干什么？"

俞希叹了口气，说："本来我是打算坦诚地问问你，让你跟我解释一下的——但是现在看起来，你根本就不打算跟我说实话。我还有什么好说的呢？"

孔韦尴尬万分地说："俞希，你……知道季晓妍来找了我？是她告诉你的吗？"

俞希摇着头说："不是，我从何老师的办公室出来，没在教室看见你，便猜你可能在顶楼楼梯间练球。我来找你，却发现你和季晓妍在一起。"

孔韦解释道："我本来是一个人去楼梯间练球，是季晓妍来找我的。"

"她找你干什么？"

"没什么……就是随便聊几句。"

俞希盯着孔韦的眼睛说："随便聊几句？那你们怎么不大大方方地聊？在那里窃窃私语干什么？"

孔韦一脸窘迫，不敢正视俞希，过了一会儿，他说："俞希，你相信我好吗？我和她真的没什么关系。"

俞希突然说道："那你和梁婧之也没有什么关系吗？"

听到这句话，孔韦的脸色骤然大变，他惶恐地问道："你……偷听了我们的谈话？"

"我不想偷听，况且你们的声音那么小，我也听不清楚。是你们后来自己激动了，说话声音大了起来，才让我听到的。"

孔韦紧张地问："你都听到了些什么？"

俞希反问道："你这么紧张干什么？你怕我听到什么，关于你们的那个秘密吗？"

孔韦一惊，然后紧紧地咬住下嘴唇，眼神低垂。

俞希说："孔韦，其实我不是想要责问你什么。你是我的男朋友，你说什么我都愿意相信你，你只要跟我解释一下，告诉我这是怎么回事就行了。"

孔韦沉默了半晌，说："俞希，每个人都有一些不愿意讲出来的隐私，请你尊重我的隐私好吗？"

俞希将脸扭到别处，然后又迅速地转过来："如果是你个人的隐私，我当然会尊重。可是我分明听到，这件事和梁婧之以及季晓妍有关系，而且——"

俞希看了看周围吃饭的其他人，压低声音说："而且梁婧之在几天前被人谋杀了！孔韦，我只想知道，这跟你有没有关系？"

孔韦向后一仰，脸色煞白地说道："俞希，你在说什么！我怎么会和梁婧之被谋杀的事有关系！"

俞希眯起眼睛说："可我听季晓妍的意思，她好像认为——你起码是知道梁婧之为什么会被杀。而且她似乎很害怕，怕自己也会和梁婧之一样，所以她才急于来找你，跟你做一番解释——为的是求你放她一马！"

"俞希！"孔韦神色惊慌地喝了一声，然后迅速瞥了一眼别桌的客人，控制住声音说道，"你在胡说什么！别听季晓妍的，她今天课间来找我，跟我说的那些话根本就是莫名其妙，你别被她说的那些话误导了！"

"好啊。"俞希说，"我不听她的，那你就告诉我呀。你和梁婧之、季晓妍之间到底有什么秘密？为什么季晓妍在知道梁婧之被杀了之后第一个想到的人就是你？"

孔韦突然愤怒起来，他对俞希说："别再问了！我不会告诉你的。你愿意相信我便相信，不愿相信就算了吧！反正我告诉你，我和她们之间没有什么见不得人的事。至于那个所谓的秘密，我不告诉你是为你好！"

俞希难以置信地望着孔韦——自从认识他以来，孔韦还从来没有这样恶狠狠地跟自己说过话呢。她的印象中，孔韦从来都是脾气温和的。俞希忽然觉得难以接受，她推开还没有吃完的饭菜，站了起来，对孔韦说："好吧，你不告诉我，我就去找季晓妍问个明白！"说完，她转过身，离桌而去。

"你……！"孔韦又气又急，跟着站了起来，想去追已经走出餐馆的俞希，但无奈还没有付钱。当他掏出钱包付完饭钱后，俞希早已走得没影了。

俞希赌气冲回教室，一眼便看见了坐在位子上的季晓妍，但她此时面容憔悴、无精打采地趴在桌子上。而且此时有不少同学已经开始看书、做题，提前开始了晚自习。俞希只好将涌到嗓子眼儿的话又硬生生地咽了下去。

没过一会儿，孔韦走进教室来。他看到俞希并没有去责问季晓妍，稍稍松了口气。但随即，他的眼中射出一道阴冷、愤恨的光，直刺到季晓妍的身上。大概只有不到一秒钟，孔韦又恢复到平常的神态，他坐回到自己的座位上。

不知为什么，尽管孔韦并没有看自己，但接触到他那目光的刹那，俞希的身体颤动了一下，感到有些胆寒。

今天的晚自习结束之后，俞希没有等孔韦，她快速地跑出校门，招了一辆出租车，逃也似的回到家中。

第九章

季晓妍晚上回到家,对在客厅里看电视的父母说了声:"我回来了。"

母亲对她说:"学习累了吧? 我熬了银耳汤,你去热一碗来喝吧。"

季晓妍疲惫地摇着头说:"我不喝了。"径直朝自己的房间走去。

"晓妍。"父亲喊了一声,"别急着到房间去,你过来,我们跟你商量件事。"

季晓妍有几分不情愿地坐到沙发上,问:"什么事?"

母亲说:"最近有家航空公司在招聘空中小姐,你要不要去面试来看看?"

季晓妍说:"我不读书啦?"

父亲问:"你到底有没有把握能考上一个大学?"

季晓妍有些不耐烦地说:"还没考呢,我怎么知道。"

母亲对她说:"所以叫你去面试一下空姐,就算考不上大学,还能有份工作嘛。"

季晓妍疑惑地问:"我高中都还没毕业呢,人家要?"

母亲说:"那家航空公司的招聘条件上说了,对于在校的高中生,一旦面试成功,可以把名额保留到你高中毕业再去上班。主要要求是身材要高,形象、气质俱佳——我想这些你都符合嘛,为什么不去试试?"

"算了吧,我不去。"季晓妍翻了个白眼,"当空姐可是有危险的,要是飞机失事，我不就尸骨无存了？"

母亲拍了季晓妍的大腿一下："你这孩子，怎么净挑这些不吉利的话说？飞机哪有这么容易失事呀。"

"你没看新闻吗？经常都在播，失事的还少了呀？"

父亲说："那是全世界的飞机失事加在一起，才有那么多。单就某个航空公司来说，根本就不容易出现飞机失事的情况。"

"反正我不去。就算出事的概率不高，总还是有可能啊！这种事可是遇到一回就没二回了。"

父亲生气地说道："你这也不去，那也不去。那你就学习用功些呀，考上了大学，爱找什么工作随便你！"

母亲也帮腔道："是啊，你要是早些学习努力点儿，考上个名牌大学，找工作不就容易了嘛。也不用我们替你操心啊。"

季晓妍突然觉得烦躁无比，她从沙发上站起来，冲父母嚷道："谁叫你们替我操心了？我的事我自己想办法，你们爱干吗干吗去！别再管我的事了！"

父亲呵斥道："怎么说话呢！"

季晓妍不再搭理他们，提起书包冲进自己的房间，把门锁上。

母亲走到门口，敲着门说："晓妍，有什么话出来好好说，我们再商量商量。"

"不用商量了，我不去！"季晓妍在屋里叫道。

母亲并没有放弃劝说，站在房间门口苦口婆心、唠唠叨叨地说着话。季晓妍感到不胜其烦，她打开房间里的音响，播放一首快节奏的劲歌，并将声音调到最大。

母亲被近乎噪音的音乐阻挠了，她叹了口气，坐回到沙发上。父亲怒吼道："别管她了！随便她要干什么！"

季晓妍一头扎到床上，用枕头捂住耳朵，不想再听到父母的声音。

过了好一阵之后，季晓妍从床上爬起来，悄悄走到门口，她没有再听到父母的说话声，估计他们已经回自己的房间去了。季晓妍吐了口气，转身走到衣柜前，打开柜门。就在她从衣柜中取出一件长裙的时候，猛然间看到了那个躲在衣柜之中、浑身漆黑、目露凶光的人，并且认出了他是谁。季晓妍双腿一软，惊恐万状地叫道："啊，你是……"

她还没来得及叫出声，衣柜中的黑衣人便猛地冲了出来，一只手捂住她的嘴，另一只手上握着的尖刀狠狠地捅进季晓妍的胸口，并快速地猛刺了四五刀。季晓妍那因惊恐而瞳孔扩大的双眼在短短几秒内便失去了光彩，她的身子慢慢滑了下去，倒在一片血泊之中。为她送葬的，是一首英文摇滚曲。

黑衣人不紧不慢地把沾满鲜血的黑色外套脱下来，把它连同那把刀一起装在一个塑料口袋里，然后走到窗前，打开窗户，顺着墙边的管道爬了下去，最后消失在黑暗中。

十点多的时候，季晓妍的母亲从房间走出来，听到女儿的房里还放着劲爆的音乐，走到门口去敲门道："晓妍！现在都什么时候了！把音响关掉！"

等了一会儿没有回音，母亲生气地捶门："你听到没有！把音乐关了，要不一会儿邻居都找上门来了！"

季晓妍的父亲从卧室里走出来，怒吼道："她今天到底要干什么！胡闹还没个完了？"

母亲说："你看，门锁了，又不理我们，还把这些难听的音乐放那么大声——她今天真是太不像话了！"

"你去把钥匙找来开门！"父亲气得满脸通红，"我看她还真是反了不成！"

母亲回自己卧室去，从床头柜找出女儿房间的钥匙。她快速地走到门前，用钥匙打开房门，推门而进。

"啊——"撕心裂肺的尖叫声压过了房间里的摇滚乐。

第十章

　　鲁新宇队长和他的两名助手赶到季晓妍家时，季晓妍的母亲在巨大的悲伤中不能自持，痛哭得几近昏厥。季晓妍的父亲神色呆滞地坐在沙发上，像是才做完一场噩梦，还没能完全清醒。鲁新宇走过去叫了他好几声，他才缓缓地抬起头来，木讷地望着警察——女儿死亡的打击仿佛令他变成了一个痴呆症患者。

　　鲁新宇亮出自己的证件，并向季晓妍的父亲问道："你女儿是在哪里遇害的？"

　　季晓妍的父亲没有说话，只是呆呆地转过头，望着女儿的房间。

　　鲁新宇对两个助手使了个眼色，说："走，去看看。"

　　三个警察来到季晓妍的房间，一眼便看见了躺在地板上的死者。一个女警察用相机对死者和周围的现场拍了几张照。鲁新宇走到死者面前，观察了一下她胸口前被尖刀所刺的几个伤口，然后看了看死者正对着的、大开的衣柜门。鲁新宇捏紧拳头，在自己的大腿上狠狠地捶了一下："又是一起同样的凶杀案！"

　　一直和鲁新宇一起办这个案子的大个子警察走过来说："很明显，又是那个'衣柜杀手'干的。"

　　鲁新宇在房间内左右四顾，指着衣衫整齐的死者说："发现了吗，现场没有被盗窃的迹象，从死者衣装穿戴完整来看，她也没有受到过性侵犯——一切都和上次梁婧之被杀时的状况一样。"

大个子警察说：“这个凶手既不为财，也不为色，但杀死的又全都是年轻漂亮的女孩——他的目的到底是什么？”

“只有两个可能。”鲁新宇说，“要不就是仇杀，要不就是心理不正常的变态者所为。”

“你觉得哪种可能性大些？”大个子警察问。

“第二种。”鲁新宇分析道，“如果是仇杀，下手的地点和方式就有很多种，不一定非得采用事先躲在衣柜中再伺机杀人这种麻烦的方法；而心理不正常的凶手往往才会采取同一种特殊的、固定的模式来行凶。”

“嗯，有道理。”大个子警察点头道。

这时，那个女警察走到窗子边上，仔细观察了一阵，说：“队长，窗边正好有根管道，凶手在杀人之后肯定是从这里逃走的。”

“嗯，这里是三楼，又没有装防护栏，凶手要作案太容易了。”鲁新宇说。

大个子警察在季晓妍的衣柜中翻了一会儿，找出一件校服，递给鲁新宇：“队长，你看。”

鲁新宇接过那件校服，在衣服的背后看见“华阳高中”四个大字，皱起眉望着大个子警察说道：“又是华阳高中的？”

“对，和上一个受害者梁婧之是同一所高中。”

鲁新宇放下衣服，走到客厅去，问季晓妍的父亲：“你女儿叫什么名字，在哪里读书？”

季晓妍的父亲精神恍惚，全身的精气神像是被抽干了似的，一动不动地坐着，没有回答鲁新宇的问题。

鲁新宇提高嗓门说道：“你们悲伤难过我理解。可是如果你们希望尽快抓到杀害你们女儿的凶手，就请暂时节哀，配合我们警察的工作。”

季晓妍的父亲缓缓抬起头来：“警官，我女儿叫季晓妍，在华阳高中读书。”

“读高几，哪个班？”

“高三（16）班。”

鲁新宇和大个子警察同时一愣，两人对视一眼，一齐说道：“和梁婧之同一个班！”

季晓妍的父亲问道："梁婧之是谁？"

大个子警察说："是你女儿的同学，她在几天前以同样的方式被谋杀了。"

季晓妍的父亲忍住悲痛问道："这么说，这是一个惯犯所为？"

"是的，是个惯犯。"

季晓妍的母亲突然扑到鲁新宇面前，跪在地上痛哭流涕地说道："警官，我求你！一定要抓到这个该千刀万剐的凶手，为我女儿报仇啊！"

鲁新宇将她扶起来，说："请你放心，这是我们警察的职责，我们一定会抓住他的！"

将季晓妍的母亲扶到沙发上坐好，鲁新宇对女警官说："你问他们一些案发前的基本情况，比如，季晓妍是什么时候回来的、之前有没有说过什么等，把这些记录下来，我一会儿要看。"

"好的，队长。"女警官点头道。

鲁新宇对大个子警察说："你跟我出来一下。"

两个人走到楼下，大个子警察从口袋中摸出一包烟，抽出两支来一齐点燃，递了一支给鲁新宇，另一支含在嘴里吸了一大口，问道："队长，你是不是已经有些眉目了？"

鲁新宇接过烟，并不立刻抽，他不置可否地说："起码有一些事情是绝对能肯定的了。"

大个子警察没有打岔，等待着队长继续说。

"第一，从两个被害者是同一个班上的学生这一点来看，凶手绝对不是无目的地随机杀人，而是有计划、有预谋地作案；第二，这个凶手十之八九就是被害人班上的某一个人，有可能是因为某些特殊原因，或者是与两位被害人有某种过节而蓄谋将其杀害；第三，我们上次去学校问到的那两个学生——俞希和卢应驰，这两个人当中肯定有一个与这两起谋杀案有关系！这两个人是我们破案最重要的切入点！"

大个子警察皱起眉头说："可是，我们已经到卢应驰的家和附近去调查过了，他的家人和邻居证明了在梁婧之被杀的那段时间里，卢应驰确实是待在家中的；而俞希我们之后也调查到，那天晚上我们走后，她也并没有离开家一步。况且对她这样一个柔弱女生来说，要以这种方式作案，未免有些太困难了吧？"

鲁新宇说："就算她不是杀人凶手，也完全可能是帮凶。"

"队长，看来你还是最怀疑那个俞希？"

鲁新宇猛吸了一口烟，说道："我一直就非常怀疑，那天晚上她打电话报警，声称家中出现了歹徒，会不会是在有意施调虎离山之计？那晚重案组值班的警察就只有我们几个，她将我们引到自己家中，浪费了一大堆时间。在吸引我们注意力的同时，分明就方便了真凶在别处作案！"

大个子警察说："可这都是我们的猜测呀，我们没有任何证据证明她是有意这样做的。"

鲁新宇眯起眼睛说："哼，这只是他们的狐狸尾巴还没有露出来，只要我们继续调查，他们早晚会露出破绽的。"

大个子警察想了一会儿，说："队长，其实我倒是发现了一个新的切入点——如果我们能调查出这两个死者的一些共同之处，比如说她们有没有与谁产生过同样的过节之类的，说不定就能查出凶手。"

"嗯，有道理。"鲁新宇点头道，"可是我们该怎么去调查呢？如果把那个班上的学生一个个叫到面前来询问，不但有可能打草惊蛇，而且那些老师肯定也不会同意，又会说我们在高考前夕影响他们了。"

大个子警察说："那我们就先暗中调查一下这两起凶杀案的共同点。别忙着去学校问那些学生，当我们发现一些足以怀疑某人的确凿证据之后，再去找他们问话。"

鲁新宇若有所思地点着头，然后担忧地叹了口气："我们可得抓紧时间哪。你先别忙着称'这两起'凶杀案。搞不好这起杀戮只是刚刚开始，还远没有结束呢。"

大个子警察怔了怔，说："队长，你觉得……还会有这种命案发生？"

鲁新宇眉头紧锁地说："我有一种感觉，如果我们不及时抓到这个罪犯，他会不停大开杀戒。有些心理不正常的罪犯，在一次犯案之后，便会像上瘾一般，不断作案以寻求刺激，最后发展到疯狂的程度，变成杀人狂魔！"

大个子警察不禁打了个冷噤："队长，你是说，那些心理变态的杀人犯到最后杀人就完全不需要理由了，完全把这当成一种乐趣？"

"你不觉得现在就很像是这样吗？"鲁新宇说，"想想看，事先进入被害人的家里，躲藏在衣柜之中，窥探着外面的动静——就像是在体验捉迷藏时的刺激心情一般。而当被害人打开衣柜，便立刻跳出来将其杀害，同时欣赏被害人临死前惊恐万状的表情。你想一下，如果不是为了满足这种变态而邪恶的快感，凶手为什么非得要以这种麻烦的方式来杀人？"

大个子警察难以理解地说："队长，照你这么说，如果凶手杀人只是为了满足一种快感，那岂不是根本就没有什么动机可言，我们又从何调查呢？"

鲁新宇轻轻摆着手指说："我是说发展到最后可能会这样。但现在还绝对不是。我刚才已经分析了，就从两个被害人是同一个班上的学生这点来看，就可以判断凶手目前肯定还是基于某种动机或目的而杀人的。只是他的心理一定不正常，才会想出这种杀人的方法来！"

大个子警察还想说什么，鲁新宇的手机却在这个时候响了起来。他拿出手机一看，是一个陌生的号码。鲁新宇接通电话："你好，哪位？"

鲁新宇听对方说了几句话后，眼睛陡然瞪大，表情诧异而震惊。最后，他大喝一声："你再说一遍！"但对方已经挂断了电话，鲁新宇只得缓慢地垂下那只握着电话的手。

大个子警察感觉到鲁新宇接的这个电话一定不寻常，他赶紧问道："队长，是谁打来的？"

鲁新宇神情严峻地摇着头说："不知道，但他告诉我一些和本案有关的重要信息。"

"是什么？"

鲁新宇望着大个子警察说："那个人告诉了我这两个被害人的共同点是什么。"

"什么？"大个子警察感到无比惊诧，他略一思索，"队长，季晓妍被谋杀还不到两个小时，除了她的家人和我们之外，还有谁知道她已经死了？这个电话会不会是凶手打来的？"

鲁新宇摸着下巴思索道："现在还无法判断，有可能是凶手打来故意挑衅的。但也有可能是知情者在向我们透露一丝信息，打算暗中协助我们破案。"

大个子警察急切地说："队长，电话号码是多少？我马上叫人查一下是从哪里打来的！"

"好的，"鲁新宇说，但他又摇了摇头，"不过我猜没用。那个人非常谨慎，用了变声器跟我说话，我连他是男是女都听不出来；电话也肯定是在街上的公用电话亭打的。但不管怎么说，他跟我说的那些话让我们有了下一步调查的方向。"

大个子警察疑惑地问："队长，那个人到底跟你说了什么？"

鲁新宇凝视着他说："那个人告诉我，目前被杀的两个人——梁婧之和季晓妍都是她们班上一个叫孔韦的男生的前女友。而那个孔韦的现任女友，就正好是俞希！"

第十一章

俞希不明白，自己一大早来到学校，为什么又被宋老师叫到了办公室。而这次更奇怪的是，陪自己一起去的居然是孔韦。

难道宋老师终于发现自己和孔韦在谈恋爱的事了？去办公室的路上，俞希惴惴不安地猜测着。但当她推开办公室的门，心便立刻凉了半截——这是比谈恋爱曝光更糟糕的事——她又得再次面对那两位"老朋友"了。

像久识的熟人一般，鲁警官连招呼都没跟俞希打一下，他径直走到孔韦面前，问道："你叫孔韦？"

孔韦有些不情愿地答道："是的。"

鲁新宇亮出证件，对他们说："请两位跟我到公安局去一趟，协助调查一起命案。"

鲁警官的语气中带着一种命令的口吻，没有丝毫商量的余地。俞希和孔韦根本不敢开口拒绝。

宋老师在班上组织早自习，办公室里现在就只有何老师一个老师在了。他摘下眼镜，对鲁新宇说："警官，发生了什么事？为什么又要把两个学生带走？"

鲁新宇这一次不客气地说道："老师，我们警察办案是不需要向旁人解释的，我们所做的一切都是在为人民的安全尽责。"他再次对俞希和孔韦下命令道："走吧。"

俞希和孔韦只能无可奈何地跟着两位警察走出学校，在门口坐上警车，被带到公安局。

鲁新宇并没有将俞希和孔韦带到询问室，而是把他们领进自己的办公室内坐下。他和大个子警察坐在俞希和孔韦的面前。

鲁新宇望着两人，开门见山地说道："你们知不知道，你们的同学季晓妍昨天晚上在自己家中被谋杀了？"

"什么！"俞希和孔韦一齐叫出来，"季晓妍也被谋杀了！"

"她是怎么被杀的？"俞希急切地问。

"和梁婧之被害的方式一模一样。"鲁新宇说。

俞希恐惧地捂住了嘴，同时望了一眼孔韦，他也是一脸惊诧。

"现在，你们分别说说昨天晚上九点半到十点这段时间你们在做什么。"

俞希说："我在下晚自习之后就直接坐车回家了，大概九点二十到的家，之后就一直待在家里，和我妈妈在一起——我们小区的门卫可以证明。"

鲁新宇问孔韦："你呢？"

孔韦说："我也在下晚自习之后就回家了，应该也是在九点半左右到的家，之后没有出来过了。"

"谁能证明？"

孔韦皱了皱眉，为难地说："好像没有谁能帮我证明……我的父母昨晚到朋友家去了，很晚才回来。之前只有我一个人在家。"

俞希迅速地瞟了孔韦一眼，不知为什么，她的脑海里又浮现出昨天孔韦盯着季晓妍时那阴冷的眼神来，忍不住打了个寒噤。

鲁新宇用手指敲打着膝盖说："没有人能证明你昨天晚上的行踪——那你恐怕就有麻烦了。"

孔韦问道："警官，你这么说是什么意思？季晓妍被谋杀了跟我有什么关系？你为什么要问我和俞希？"

俞希也感到纳闷："鲁警官，是不是就因为梁婧之被杀的那天晚上我打了个电话报警，以后只要有命案发生你都会怀疑是我干的了？"

"你们班上有好几十个人，我当然不会随便怀疑谁的。"鲁警官偏着脑袋指了指孔韦，"你问问你的男朋友，我为什么会把你们找来吧。"

俞希扭头望着孔韦。孔韦面容窘迫地说："什么意思！关我什么事？"

鲁新宇说："你和这两个被害人是什么关系，要我提醒一下吗？"

孔韦的脸抽搐了一下："我们……当然是同学的关系。"

"仅仅是同学关系吗？你是不是以为我们警察在办案之前都不用了解情况的？"鲁新宇扬起一边眉毛说，"你可真无情啊，才和你的前女友们分手多久，你就好像对她们一点儿都不关心了。"

"什么？"俞希惊诧得张大嘴巴望着孔韦，"前女友们？她们两个都是你的前女友？"

孔韦尴尬地垂着头，无言以对。

鲁新宇问俞希："怎么，你之前不知道吗？"

俞希没有回答鲁警官，但她对男友的责问等于是做了回答："孔韦，你和我交往之前不是说这是你'第一次'恋爱吗？你不是告诉我，你以前从没有喜欢过谁吗？你看着我，告诉我这是怎么回事？"

鲁新宇在一旁冷冷地说："别觉得奇怪。这种面貌英俊的公子哥儿对每一任的女友都会说这种话的。"

"不是这样的！"孔韦突然愤怒地大声吼道，"以前那些都不是认真的，但我对俞希动的是真感情，她和那些肤浅的女孩都不同！"

"所以，为了不让她们再碍事，你便杀了她们！"

孔韦面红耳赤地从椅子上站起来："警官，你不要以为我只是个高中生，便会被你吓到，让你给我妄加罪名。你要是觉得我是凶手的话，就请你去收集好可以让我认罪的证据。否则的话，就请你不要乱开尊口。警察也是不能随便诬陷人的！"

鲁新宇盯着他说："如果你真是凶手的话，我一定会找到证据把你治罪的。"

"那你就去找吧。"孔韦说，"现在，我要回学校去上课了，你没有理由再把我们留在这里！"

鲁新宇斜靠在坐椅上，没有说话。

孔韦对俞希说："俞希，我们走。"

俞希略微犹豫了一下，站起来，和孔韦一起离开鲁警官的办公室。

大个子警察望着他们的背影说："队长，真的就让他们这样走了？"

"要不你还想怎么样？把他们非法拘禁起来？"

"那个男生的气焰这么嚣张，让他们就这样走了真有些窝火。"

鲁新宇笑道："你呀，还是缺乏些经验。你看那个孔韦说话时底气十足的模样，还有他那不可一世的口气，就能猜到他必然是有什么后台或者背景的。我们在没有证据的情况下要是贸然把他拘留了，说不定会为我们自己惹上不必要的麻烦。"

大个子警察年轻气盛："队长，难道就因为这样，我们便不再追究他了？"

鲁新宇轻轻摆着手说："冷静些，不要中了真凶的圈套。我们现在只是证实了两名死者都是那个孔韦的前女友，这可不能说明人就是他杀的——说不定，凶手就是故意打电话告知我这一点，好误导我们的思维——我们可不要轻易上当。"

大个子警察及时冷静下来，说："是的，队长，你说得对——那我们下一步怎么办？"

鲁新宇语气深不可测地说："拭目以待。"

走出公安局之后，俞希立刻抬手招了一辆出租车，但孔韦快步上前，抢在俞希之前对司机说："对不起，我们还有点儿事，暂时不坐车。"

出租车开走了，俞希望着孔韦说："你干什么？为什么不让我坐车？"

孔韦说："俞希，先别忙着回学校，我们谈谈，好吗？"

俞希把脸扭到一旁："有什么好谈的？我现在还敢相信你吗？我真不知道你还有多少事情瞒着我，还跟我说了些什么假话。"

孔韦把两只手搭在俞希的肩膀上说："你让我把一切都解释给你听，所有的一切我都告诉你原因。"

俞希把孔韦的手从自己肩膀上挪开，迈开步子朝前面走去。孔韦赶紧跟上去，对她说："俞希，对不起，我之前是分别跟梁婧之和季晓妍交往过——这件事我确实瞒了你。可我刚才都说了，我和她们都是闹着玩儿的，并不是真正意义的恋爱。自从你转学到我们班，我认识了你之后，才懂得了什么叫真正的'爱'！'"

俞希漠然地望着前方道路："刚才那个警察都说了，这种话你对谁都可以说——天知道你对你的下一任女朋友会不会也说这番话。"

"俞希！"孔韦拉住她的手臂，"我不会再有下一任女朋友了！我跟你说过的，我这辈子就认定你一个人了！"

俞希停下脚步，有些忧伤地望着男友："孔韦，我真的很想相信你说的这些话。可是，如果你是真心实意地想永远和我好，又为什么非得要瞒着我以前的事呢？你如果一开始就坦诚地告诉我这些，我反而会更能感受到你的诚恳和心意的！"

孔韦低下头叹了口气，又抬起头来："你说得对，俞希，我确实应该一开始就告诉你的。可是你知道吗，我那时年少懵懂，根本就不了解什么是真正的恋爱。只是觉得梁婧之、季晓妍人长得漂亮，有她们当女朋友会很有面子，所以才和她们交往的。也因此，我在众人的眼中便成了一个轻浮的花花公子。直到高三上学期，你转到我们班来，你落落大方的外表和优雅得体的举止深深地吸引了我，我才发现你和那些浅薄的女孩都不一样，而这个时候我也长大了些，知道感情是不能仅仅用来满足虚荣的——所以，我用一种真诚的态度来追求你，让你成为我的女朋友。我不想让你知道我以前在恋爱方面的轻浮态度，是因为我太在乎你了，我怕你在听了别人的流言蜚语之后，会把我当成以前那个花花公子哥儿，所以才瞒着你的呀！"

听了孔韦这一大段感情真挚的表白之后，俞希有些动容了，她的目光变得柔和起来，说："孔韦，真的是这样吗？"

孔韦握着俞希的手说："当然是真的，我敢对天发誓，如果我说的有半句假话，就让……"

俞希捂住他的嘴："别说了，我相信你。"

孔韦显得欣喜而激动，如果现在不是在大街上，他真想立刻将俞希拥入怀中。

俞希思索了一会儿，说："你瞒着我倒也就罢了，但我不明白，你怎么能做到让全班的人都瞒着我？尤其是舒丹、季晓妍这些无风都要起浪的性格，她们会忍得住不说出来吗？居然天天跟我说话都不告诉我这些？"

孔韦抿了一下嘴唇，说："是我之前在班上打过招呼的，叫谁都不准告诉你我那些之前的事。尤其是梁婧之、季晓妍，我更是跟她们特别强调过。"

俞希讶异地问道："她们有这么听话？你怎么说她们就怎么做？"

孔韦犹豫了几秒，说："俞希，其实有一件事，我一直都没有告诉你。"

"什么事？"

"我的父亲是孔志方，你认识吧？"孔韦说。

听到"孔志方"这个名字，俞希不由得一怔。这是一个在本市几乎家喻户晓的名字，代表的是一个传奇性的人物。这个人的事迹在报纸和电视上频频出现。他十几岁在商场打拼，经过几十年的时间，从一个小学徒发展成为几家上市集团公司的总裁，拥有数百亿的资产，是一个在黑白两道都能呼风唤雨的人物。俞希之前无论如何也没能想到，自己交的这个帅哥男朋友竟然会是这个孔氏财团的豪门大少。

俞希愣了半晌，对孔韦说："你是不是利用家里的势力来威胁她们，要她们不准告诉我以前曾和你交往过的事？"

孔韦撇了下嘴说："不能算是威胁吧，只是……告诫她们一下。"

"我觉得这是差不多的意思。"

孔韦无奈地耸了耸肩膀："如果我不说点儿狠话，你觉得像舒丹那种嘴巴能管得住几天？"

俞希问："你为什么一直不告诉我你是孔氏财团的大少爷呢？"

孔韦说："我怕你跟我交往的时候会有压力啊。而且……你能想到吧，我一开始都不好判断一个女生愿意和我交往是不是我那个过于有钱有势的家庭的原因了。"

俞希脑海中浮现出的是孔氏财团那十几幢高耸入云的摩天大厦，她说："是啊，我能想象得到。"

孔韦说："俞希，你现在明白了吧，我和梁婧之、季晓妍约定的那个所谓的'秘密'，其实就是这些事。季晓妍那天也不知道是不是被吓傻了，在梁婧之死后，她居然来找我解释那些，好像以为梁婧之是因为把我之前的那些事泄露出来才遭到杀身之祸似的——这简直是太可笑了！我当初只是为了让她们引起重视，才说了两句狠话。就算她们真的管不住自己的嘴，把那些事说了出来，我又怎么可能因为这一点儿小事而去杀人呢？"

俞希轻轻叹了口气："现在，季晓妍也被杀了……到底会是谁干的呢？为什么这个凶手老是盯着我们班的女生下手？"

俞希沉思了一阵，转过脸面对男友问道："孔韦，这件事真的跟你一点儿关系都没有吗？"

"当然没有了！"孔韦苦闷着一张脸说，"俞希，你到底把我当成什么人了？我怎么会去沾染杀人这种事！"

俞希眉头紧锁地说："可是，这个凶手老是对我们班的女生下手，我怀疑他就是我们身边的某个人。"

孔韦说："俞希，你是不是把那个人彻底忘了？"

俞希抬起头来："你说卢应驰？当然没有。这几天我一直都在暗中注意他，可他的所有举动还是跟以往一样，不怎么说话，成天默默无闻的。我根本就看不出来他有什么不对劲的地方。况且，他以前跟梁婧之、季晓妍她们话都没说过几句，我实在是想不出来他有什么要害她们的理由啊。"

"可是，那天你不是说，卢应驰在警察面前说了谎，把头一天晚上跟你说过的那些话全都否认掉了——而且他怎么会在案发之前就知道要发生这种事？这一点本身就相当可疑。"

"嗯，他确实很可疑。"俞希思索道，"可我相信，就连警察也没能发现他的破绽在哪里。所以今天才只找了我们两个来问话，而根本没有找卢应驰。"

孔韦"哼"了一声："我看那两个警察根本就比我们还要糊涂，只知道找些人来乱问一气。到底谁才是真正的凶手，我看他们心里一点儿谱都没有！"

俞希叹息一声，说："算了，我们在这里瞎猜也没用，先回学校去吧——都耽误两节课了。"

孔韦点点头，说："好吧。"他们在路边招了一辆出租车，赶回学校。

第十二章

回到班上之后，正值课间操的时间，大家都在休息。舒丹看到俞希回来，赶紧上前问道："你上哪儿去了？怎么这么迟才回来呀？"

俞希敷衍着回答："没什么，家里有点儿事。"

舒丹歪着头望她，一脸的不相信："你和孔韦家里同时都有事？还有季晓妍呢？她现在都还没到学校来。"

俞希不知道该怎么回答——现在班上除了她和孔韦外没人知道季晓妍已经死了。

正在窘迫的时候，班主任宋老师走到班上来，喊道："俞希、孔韦，你们俩到办公室来一趟。"

俞希赶紧从舒丹身边走开，和孔韦一起跟着宋老师走进办公室。

"你们坐吧。"宋老师把门关拢后，指着办公室里的长椅说。然后她也坐到自己的藤椅上。另一张办公桌旁正改着作业的何老师此时也停了下来，取下眼镜望着俞希、孔韦两人。

俞希和孔韦正襟危坐，感觉回到了公安局里。

宋老师神情严肃地说："季晓妍的事我们已经知道了。刚才公安局打电话来跟我们说了——最近接连发生这种命案，而且被害的全都是我们班的同学，校方和我们都非常难过，也非常担心。"

俞希和孔韦对视了一眼，不知道宋老师想要表达什么意思。

宋老师接着说："现在校方认为，虽然目前不能判断被害的两个人都是我们班的同学到底是一种巧合还是凶手蓄意所为——但有一点是可以肯定的：我们班的同学现在处于一种比其他所有人都要危险的状况之中。所以今天下午，我本来打算在班上正式通告所有同学梁婧之被杀的事实，同时提醒大家在近期内一定要特别注意安全，以防再次发生同样的惨案。"

宋老师顿了顿，继续说道："但是，校方现在打算全面封锁季晓妍被杀的消息——因为一旦让学校的同学们知道，在短短几天内就有两个人被杀，会引起极大的恐慌。影响高考自然不必说，还会让学校的声誉受到很大的破坏。所以，你们俩明白了吗——现在只有你们两个人知道季晓妍被杀的事——千万不能把这件事讲出去。"

孔韦说："可是，我们俩不说，季晓妍被杀的事就不会流传了吗？她的父母、家人还不是一样会在社会上提起这件事，最终还是会传到我们学校来的呀——梁婧之不就是个例子吗？我觉得学校这样做只是在欲盖弥彰。"

"这回不一样了。"宋老师犹豫了一下，"老实跟你们说吧。季晓妍是在家中被杀害的，这本来不关学校的事，但学校考虑到影响问题，还是拿了一大笔钱给季晓妍的家长，作为……"

"封口费。"孔韦明白了，"以此作为条件让季晓妍的家人不把事情透露出去。"

宋老师也是个爽快人，承认道："就是这么回事。"

何老师在一旁说："所以你们知道了吧——现在的关键就是你们两个，只要你们不把这件事说出去，短时间内应该没有人会知道季晓妍被杀的事。"

"这不公平，我们没有收封口费。"孔韦说。

俞希碰了他一下，瞪他一眼说："什么时候了，你还有心思开玩笑！"她对班主任说："宋老师，季晓妍一直不来上学，同学们总会怀疑的——你怎么跟他们解释呢？"

宋老师叹了口气道："没办法，只有说谎话了，如果有人问到就说季晓妍生病在家休息。"

俞希说："我明白了，宋老师，我不会把这件事说出去的。"

"你呢，孔韦？"宋老师问。

"我也肯定不会说出去的。"孔韦说。

"嗯，那就好。"宋老师点头道，"我相信你们，你们回教室去上课吧。"

俞希迟疑了片刻，问道："宋老师，你不想知道警察找我们去问了些什么吗？或者是他们已经告诉你了？"

"不，警察没有跟我说这些。但我想，破案的事他们会尽力的，我用不着过问这些事。我只知道，你们是我的学生，我要做的事就是在学习上教好你们，并尽可能地保证你们的安全，这是我的责任。"

"我知道了，宋老师。"俞希和孔韦一起从长椅上站起来。

两人正要离开办公室，何老师喊道："俞希，你留下来一下，我还有事跟你说。"

孔韦望了俞希一眼，对她说："我先回教室去了。"俞希冲他点点头，然后走到化学老师面前，问道："何老师，您还有什么事？"

何老师放下手中的红笔，走到俞希面前——他看起来比俞希还矮半个头。何老师语重心长地说："俞希，我刚才改了你最近做的那张卷子，错得不少。你以前可是不会错这么多的。"

俞希低下头，脸有些发烫。

何老师安慰她道："其实这也不能怪你。最近发生了这么多事，警察又要你们协助调查，肯定是会对你造成一些影响——但是俞希，你要振作起来啊，尽量排除这些干扰——离高考还有不到三个月了，你不能让自己的努力前功尽弃啊。"

俞希轻轻地点了点头。

何老师加重语气说道："化学本来是你最好的学科，是你在高考中取得好成绩的关键，但最近你的化学成绩却下降了很多呀，你要引起重视。"

何老师一边说，一边从办公桌的一个本子中撕下一张纸来，写了一串数字在上面，把它递给俞希："这是我的电话号码，如果你在家中学习或做题的时候有什么困难，就给我打电话，我可以在电话中给你讲解。"

俞希接过那张纸，感激地说："何老师，谢谢您！"

"好了，去上课吧。"何老师拍拍俞希的肩膀。俞希向何老师鞠了个躬，跑回教室去了。

第十三章

俞希记住了何老师的教诲，一整天，她极力排除干扰，不去想那些乱七八糟的事。就连下午的班会课中，宋老师向大家强调安全重要性时，她都在抓紧时间练化学习题，想把自己这几天耽搁的学业都弥补回来。

晚自习结束后，俞希又像往常一样和孔韦一起回家。他们走出校门后没过多久，俞希偶然地发现，卢应驰居然跟在他们身后。

俞希用胳膊肘碰了碰孔韦，眼神示意他往回看。

孔韦回过头去看了一眼跟他们相距十几米的卢应驰，问道："怎么了？"

"他的家不在这个方向。"俞希小声说，"他上次故意等着我，跟我说那些莫名其妙的话时，才是走的这个方向。"

孔韦想了想，说："别管他，我们走。"

两个人继续朝前面走，但是却无法随意地谈论什么话题了，他们不时用眼角余光瞟一下身后跟着的卢应驰，感觉极不自在。走了几分钟之后，孔韦终于忍不住了，他停下脚步，转身朝后，直视着后面那个畏畏缩缩的人。

卢应驰本来埋着脑袋朝前走，孔韦停下来后，正好挡在他的正前方。卢应驰走到孔韦跟前，被迫站住，他似乎愣了一下，抬起头来。

孔韦问道："卢应驰，你跟着我们干什么？"

卢应驰不温不火地说道："我没有跟着你们呀，我回家也是走这条路。"

孔韦"哼"了一声，昂起头说："我和俞希天天晚上都走这条路，要是你的家也在这个方向，我们会只有今天才看到你吗？"

卢应驰说："平时我是回我爸的家，今天我是到我妈家去。"

孔韦晃了下脑袋，没怎么听懂。

"我爸妈早就离婚了。"卢应驰说。

孔韦咂了咂嘴，觉得无话可说，他搂着俞希的肩膀说："我们走吧。"

俞希的身体没有动，她直视着卢应驰说："现在这里没有其他人，卢应驰，我们不如在这里把话说清楚吧。"

卢应驰眨了眨眼睛："俞希，你要说什么？"

俞希上前一步，逼视着他说道："梁婧之被杀和你有没有关系？"

卢应驰显出委屈的样子："俞希，你为什么要这么问？"

"别装了。"俞希说，"梁婧之死的那天晚上，你在之前找到我，跟我说有一个习惯躲在别人家里，伺机作案的歹徒——这分明就表示你是知道什么的。否则你怎么会在案发之前就知道有这种歹徒存在和会有这种事情发生？"

卢应驰木然地摇着头说："俞希，我真的不知道你在说什么。"

"你还在装！"俞希鄙视地望着他，"我本来还以为，你不敢承认是害怕警察认为你跟凶杀案有关系——没想到你在警察不在的时候都不敢说一句真话！"

俞希故意激他道："你这个懦夫！你不敢说实话就表明你跟这起凶杀案真的有关系！"

卢应驰盯着俞希看了几秒，又望了望她身边的孔韦，只说了一句："我要回家了。"

俞希气愤地拉着孔韦的手说："我们打车回家吧，我不想和这种人走在一条路上！"

"好的。"孔韦斜视了卢应驰一眼，眼光中充满不屑。他抬手招了一辆出租车，和俞希一起坐了进去。卢应驰面无表情地凝视着他们。

坐在车上，孔韦安慰俞希道："算了，别跟这种人一般见识。你看他那副猥琐的样子。"

出租车先到俞希的家门口，俞希下车之后，和男友道了再见，车子再掉头朝孔韦家开去。

俞希用钥匙打开房门。妈妈坐在沙发上看电视，喊了一声："希儿，回来啦。"

"嗯。"俞希应了一声，换好拖鞋，走到妈妈身边坐下，一脸倦容。

"疲倦了吧，来，吃点水果提提神。"妈妈把茶几上的果盘端起来递给俞希。

俞希接过果盘，吃了几颗红提，问道："妈，爸什么时候回来呀？"

"还有几天呢。"妈妈说，"怎么，你还对那件事心有余悸呀？"

俞希望了妈妈一眼，没有说话——她一直都没有把梁婧之被"衣柜杀手"杀死的事告诉妈妈，而妈妈也恰好没有从别人那里听说这件事，至今还蒙在鼓里。俞希不告诉妈妈是因为她知道，其实妈妈的胆子比自己还要小，要是让她知道事实上真的有一个"衣柜杀手"存在，而且现在已经有两个自己的同班同学被杀死的话，不知会不会吓出神经衰弱来。

妈妈说："俞希，别担心了，其实我们这个小区的保安还是挺负责的，不会轻易把坏人放进来。你就别害怕了，没事的。"

俞希若有所思地点着头，心中想道——坏人脸上刻着字吗？保安要是看都看得出来谁是坏人那还真是神了。

妈妈还想跟俞希说话的时候，俞希裤袋中的手机振动了起来。俞希做了个手势，对妈妈说："我接个电话。"

手机屏幕上显示的是一个陌生的电话号码，俞希从沙发上站起来，接通电话："喂？"

电话里是一个既陌生又有几分熟悉的女生的声音："是俞希吗？"

"是我，你是……"俞希竭力判断对方是谁。

"我是江姗。"

俞希愣了一下。江姗是他们班的一个女生，平时和俞希没什么交往。俞希没想到她竟会给自己打电话。

"哦，江姗……你有什么事吗？"俞希问道。

电话里说："俞希，你现在方便吗？我想跟你说件事。"

俞希望了妈妈一眼，说："你等一下。"然后拿着电话走上二楼，打开自己的房间，将门关上后，她说："好了，有什么事你说吧。"

电话里忽然传出了江姗的哭腔："俞希，对不起……我想坦白告诉你一些事，你……不要怪我，好吗？"

俞希听得云里雾里："你要告诉我什么事？我为什么要怪你？"

电话那头的江姗抽搭了一阵，说："我……我不清楚你是不是知道这些事，但是……我还是想坦白地告诉你，请求你的原谅。"

俞希越发觉得糊涂了，她问道："你到底要告诉我什么呀？"

电话听筒里沉默了几秒，像是经过一番思想挣扎，江姗终于鼓起勇气说："我……一直暗恋着孔韦。"

老实说，俞希并没有感到特别惊讶，她只是微微一怔，说："那又怎么样？"

"俞希，我知道，孔韦他已经在跟你拍拖了，我不该再暗恋他的。我以后都不会再……"

"等等，等等。"俞希打断她说，"你向我道歉，请求我原谅你，就因为你一直暗恋着孔韦？可是，暗恋一个人有什么错？这值得向我道歉吗？"

江姗犹豫了片刻，说："可是……我不光是暗恋……"

"你跟孔韦表白了？"

"……是的。"

"这是什么时候的事？"

"就是这个学期刚开始没多久之后……"

俞希尽量使自己的语气听起来不那么像是在责问："你是怎么跟他表白的？"

"……我写了一封情书，偷偷地放在孔韦的书桌里。"

"他发现了。然后呢，他是什么态度？"

江姗又要哭起来："他……没有理我。以至于我一开始还以为他没有发现那封信。所以，那个星期天，我在他经常打球的那个体育场找到他，想当面问个清楚……结果，孔韦告诉我，说他是看了那封信的。他没理我是想让我知难而退，而我却愚蠢地去当面问他……"

俞希问道："既然他拒绝了你，那你又有什么对不起我的地方呢？"

"不，俞希，你听我说完。孔韦他虽然拒绝了我，但不知是不是他想补偿我一下，便在打完球之后跟我去冷饮店，请我喝了杯饮料——你知道，就算是这样，我也已经很感动了。"

俞希抿了下嘴唇，问道："你们……没有做什么别的吧？"

"噢，不，不！当然没有！"江姗急忙申辩道，"就只是喝了一杯饮料，时间连五分钟都不到，之后我们就各自回家了！"

"那我就真的不懂了。"俞希说，"就为这一点儿小事，你有什么好值得跟我道歉的？"

"我……俞希，我确实跟孔韦只喝了不到五分钟的饮料。可凑巧的是，在这段时间里，恰好有几个我们班的同学也来到了这家冷饮店，他们发现孔韦居然和我坐在一起喝着饮料——虽然当时他们几个什么话都没说，但我看他们的眼神就知道，他们一定是误会了！他们肯定以为孔韦在背着你跟我约会！"

俞希有些明白了："原来是这样。你害怕那几个同学把这件事告诉我，从而让我也误会你们俩是在偷偷约会，所以你才专门打电话来向我解释这件事，对吗？"

"是的，俞希，就是这么回事！请你相信我好吗，我可以发誓，我和孔韦之间不但什么都没有，而且我之后也连暗恋都不会再暗恋他了——你想，他这么明确地拒绝了我，我再暗恋他又有什么意义呢？你说对吧，俞希？"

俞希意味深长地笑了一声，说："这是这学期开学不久发生的事，你怎么现在才想起跟我道歉或者是跟我解释？再说，就算是我误会了，那又有什么特别要紧的？值得你紧张、害怕成这样吗？你平常看起来可不像是这种怕事的性格呀。"

电话那头江姗的呼吸和语气都变得急促起来："俞希，我……我是最近才想通的，你不要生我的气……不要怪我，好吗？我刚才说的那些全都是真的！"

俞希说："你告诉我，你为什么要紧张，或者是害怕成这样？"

"俞希，我……没有害怕。"说这句话的时候，江姗的一个冷噤又出卖了她的真实感受，"真的没有……你误解了吧……"

俞希想了想，说："你如果想让我相信你刚才说的那些话，就告诉我，你紧张害怕的真正理由——否则我不会相信你的。"

电话那边沉寂下来，俞希不知道她是被吓呆了还是在思考着什么。过了好一阵，江姗才颤抖着声音说："俞希……我怎么可能不害怕？曾经和孔韦拍拖过的两个女生都被杀死了……我真不知道，下一个会不会就是我……"

这一次，轮到俞希真正地惊讶了，她瞠目结舌地问道："你怎么知道季晓妍被杀的事？"

江姗再次沉默了几秒，反问道："那你……又是怎么知道的呢？"

"我是因为……今天早上警察要我和孔韦协助他们调查，我才知道这件事的。但是警方和校方在之后便封锁了消息——你怎么可能知道季晓妍被杀的事？"

江姗说："季晓妍今天没来上学，下午宋老师又跟我们强调什么安全问题，我心里面就有种不好的感觉。我打电话到季晓妍家里，她妈妈光是哭，什么都不说……我就猜到了。"

俞希叹息道："是的，你猜对了，季晓妍确实是被谋杀了。但是记住，不要把这件事说出去！"

"好的，我肯定不会讲出去的。"江姗仍然颤抖着声音说，"俞希……我已经把真实理由告诉你了。你会相信我刚才说的那些话，不会怪我的……对吗？"

俞希突然觉得有些好笑："江姗，你找我解释这些，又害怕成这样，该不会以为梁婧之和季晓妍都是被我杀的吧？我为了让孔韦对我专心专意，便把喜欢他的或者是和他拍拖过的女生全杀掉？"

"啊，不，不！"江姗在电话那头叫起来，"俞希，我当然不是这么想的！我打电话跟你解释这些，是因为我确实很恐惧，又很迷茫，我不知道我该怎么办！我只想跟你倾诉一下，这样我会好受一些。"

俞希有些可怜起她来。思索了片刻后，俞希说："江姗，你相信我吗？"

"我当然是相信你的，俞希。"

"那好。"俞希对她说，"我给你出个主意，或许可以帮你。"

第十四章

今天在学校里，俞希一直忍住没有跟孔韦说江姗昨晚找过自己的事。她本来想向孔韦证实一下江姗所说的那些话的真实性，但最后还是打消了念头。这倒不是因为她有多相信江姗，而是她觉得应该相信自己的男友。孔韦那天跟自己表明心意的一番话说得真挚而感人，俞希觉得没有理由再去追溯以前的一些小事了。

另外有一点让俞希感到不安——她觉得校方想要彻底封锁季晓妍被杀的事恐怕只能是一厢情愿的想法。这件事的曝光只是个时间问题，而且不会太久——因为除了江姗已经知道了这件事之外，还有另一个堪比校园广播站的女生也觉察到了端倪。

"俞希，季晓妍今天又没来上课！你觉得她会不会是出什么事了？"舒丹表情严肃地问道。

"应该不会吧。"俞希故作轻松地说，"她可能只是生病了，在家里休息。"

舒丹皱起眉毛说："我刚才去问了宋老师和矮河马，他们也这么说——但我觉得不对。就算她是生病了，也可以给我打电话，或者是发短信聊天什么的呀。"

俞希不高兴地说——同时也想转开话题："我都跟你说过了，何老师人挺好的，你能不能别叫他'矮河马'？太侮辱人了。"

"我又没当着他的面叫。"舒丹撇了撇嘴，又把话题扯回来，"你说季晓妍到底怎么回事？"

"我不知道。"俞希说，"也许她病得很重，连电话都打不了了——你别在那里胡思乱想了好不好？"

舒丹说："我是关心同学嘛。如果她真的病得很重，那我一会儿更该打个电话去关心下她了。"

俞希怕舒丹也通过电话知道了内情，这样的话她就又可以在班上开新闻发布会了，忙说道："别去打扰她休息了，要关心的话等她回来再关心也不迟嘛。"

舒丹想了想，说："好吧，那我就等两天再说。"

俞希转过身想道——我也只能尽这份力了。

晚上和孔韦一起回家，俞希发现孔韦今天不怎么说话，像是有什么心事，她问道："孔韦，你在想什么呢？"

孔韦咬着嘴唇迟疑了片刻，说："今天又是第二天了。"

俞希迷茫地问："什么第二天？"

孔韦说："季晓妍是在梁婧之被杀过了两天后，她也被谋杀的。"

俞希张了张嘴，望着孔韦："你担心……今天晚上也会出事？"

"我不知道。"孔韦说，"我只是有些不祥的预感——但我的感觉也不一定准的。"

俞希低头沉思了一会儿，自言自语道："不行……我得打电话提醒江姗注意点儿……"

"江姗？"孔韦疑惑地问道，"你为什么会单单想到要提醒她？"

俞希说："江姗觉得下一个被害的人可能是她。"

孔韦像是完全忘了自己和江姗之间发生过的事，他不解地问："她为什么会这样觉得？她凭什么来判断？"

俞希不想给孔韦做烦琐的解释，她简略地说道："那只是她的猜测和担忧罢了，虽然不一定对，但我还是提醒她一下好些。"

孔韦皱了皱眉，还是没弄懂俞希说的是什么意思。

俞希看了看手表，下晚自习已经有二十分钟了，她不禁有些着急起来，从裤袋里摸出手机，想给江姗打电话。

孔韦说："俞希，其实我只是随便说说而已，没有根据的——你这样贸然跟她打电话，会不会把她吓着了？别没事都被吓出事来了。"

俞希想了想，觉得孔韦说得有道理，她慢慢放下了手机。

孔韦说："算了，俞希，我们别在这里胡乱猜测了。说不定只是我神经过敏，根本就不会发生什么事呢。"

俞希略略点了点头，和孔韦一起继续朝前走。

又走了大概十分钟后，俞希到家了，她和孔韦互道了声再见，然后走进家去。

妈妈仍然坐在沙发上看着昨晚那个连续剧——这一段时间的晚上她都没有出去玩或者是打牌，专门在家陪着俞希。俞希跟妈妈闲聊了几句，提着书包上楼去了。

躺在自己的床上，俞希始终觉得有点儿心神不宁。她把手机拿出来握在手中，反复想着孔韦说的那些话。犹豫了五分钟后，她觉得还是该给江姗打个电话——不管怎么说，提醒她多注意一些也是有必要的。

俞希拨通江姗打给自己的那个手机号码，听筒响了一段音乐过后，被接了起来。"喂，请问找谁？"

"江姗吗，我是俞希。"

"啊，俞希，你有什么事吗？"

听到江姗的声音，俞希稍稍松了口气，她问道："我昨天晚上帮你出的那个主意——你去做了吗？"

"是的，我今天中午就做了。"江姗说，"可是……俞希，我在想，如果歹徒真的要害我的话——我这么做又有什么用呢？"

"对，这个主意不能帮你预防歹徒，只能起到别的作用。所以我专门打电话来，就是想提醒你……"

俞希的话刚说到一半，她突然听到电话那头江姗发出一声凄厉的惨叫，然后是手机摔到地上的声音。接下来，通话便中断了。

俞希感到全身一阵泛凉，她冲着电话大声喊道："江姗，江姗！"但电话里已经是忙音了。她赶紧又拨了一遍电话，无法接通。

俞希从床边站起来，被这突如其来的变化吓得呆若木鸡。她清楚地知道——江姗是不可能跟自己开这种玩笑的，她肯定是出事了！

俞希惊恐地想道——真有这么凑巧的事吗？江姗之前的猜测和孔韦的预感竟然都真的实现了！那个"衣柜杀手"的下一个目标居然真的是江姗！

现在该怎么办呢？江姗的手机打不通了，自己又不知道她家的其他电话号码。俞希在房间里焦躁不安地转着圈——突然，她想起昨晚江姗跟自己说过，她的家在舰标路的金月小区内，离自己的家并不算远。

俞希迟疑了几秒钟，认为没有别的办法了，她必须亲自去确认江姗是不是真的已经遇害了。她鼓足勇气，走出自己的房间。为了给自己壮胆，她来到书房，取下挂在墙上的一柄带鞘短匕首——这是爸爸出差到缅甸带回来的纪念品——不知道是不是真的能用，但也只能用它来防身了。

俞希将短匕首藏在衣服里，急匆匆地朝门口跑去。妈妈问道："俞希，这么晚了，你到哪儿去？"

"我出去买点儿东西，一会儿就回来！"俞希随口乱答道，不等妈妈再开口就冲出了门。

为了能尽快赶到江姗家，俞希选择走一条僻静的小路。这是一条近路，但是却必须穿过一片荒废已久的旧厂房。晚上的这里几乎是漆黑一片，四周一个人都没有，只有一些黑夜活动的小动物在暗处弄出一些窸窸窣窣的声响，听来让人心惊肉跳。俞希握着匕首的手已经捏出了汗，心脏怦怦跳动的频率比疾步如飞的脚步还要快。

俞希紧张地在厂房间穿梭，在拐过一个弯的时候，她突然撞到一个人，俞希全身的毛孔都在瞬间收紧，不禁"啊"的一声叫了出来——此时，她却听到那个人用熟悉的声音问道："俞希，是你吗？"

俞希定了定神，借着微亮的月光望过去，才看清那个人居然是孔韦。他似乎也在赶路，跑得气喘吁吁，脸上有一丝惊惶的神色。

俞希惊诧不已地问道："孔韦？你怎么会在这里？"

孔韦喘着气说："我……我刚才接到一个陌生人打来的电话，说江姗……出事了！我不知道是不是真的，便跑到她家附近去看了看！"

"什么？你是从江姗的家那儿跑过来的？"俞希急忙问道，"那她怎么样？是不是出事了？"

孔韦紧张地点了点头："好像是真的出事了！我在街对面看到，她家所在的那个小区像是炸开了锅，而且警车也已经开到那里去了！"

俞希惊惶地捂住嘴："天哪！她真的被杀了！她被杀的时候正在跟我打电话！"

"什么！"孔韦难以置信地张大了嘴，然后问道，"那你现在就是跑去确认她是不是已经遇害？"

这句话像是提醒了俞希，她抬起头来望着孔韦，问道："对了……如果你也是去确认江姗是不是遇害的话，那你现在怎么会在这里？你的家在这个方向吗？"

孔韦说："我现在不是要回家，我就是准备穿过这里到你家去找你的！"

"找我？"俞希怀疑地问道，"你要找我需要专门到我家去吗？你不会给我打个电话呀？"

"我打了！但是你没有接，我以为你出事了，所以才心急火燎地跑来找你！"

俞希从裤袋中摸出手机一看，果然，有一个未接电话是孔韦打的——可能是刚才跑得太急，没有感觉到手机的振动。

孔韦说："江姗居然真的被杀了，我晚上的预感是对的！早知道就应该让你提前给她打个电话，提醒她一下，说不定还能救她！"

俞希害怕地抱着身子："这个惯犯真的每隔两天就杀一个人，而且全是我们班的女生——他肯定就是我们身边的某个人——会是谁呢？"

孔韦神色紧张地看了看四周，说："那个凶手才杀了人不久，说不定还在这附近呢，我们快走吧。"

这句话提醒了俞希，但同时也把她吓得打了个激灵，她身子一抖，手上拿着的那柄匕首"哐啷"一声掉落到地上。

孔韦问道："什么东西掉了？"

"没什么，我带着防身的匕首。"俞希说道，一边蹲下去捡。这个时候，月亮正好从云层中钻了出来，月光洒在地上，让俞希立刻就看到了掉在地上的匕首。但在她捡到匕首的同时，却看到了另一样令她毛骨悚然、连呼吸都差点儿停止的东西——

她看到了孔韦的鞋。

　　这双鞋是她永远都忘不掉的，好几次出现在她的噩梦之中，曾被她当成过幻觉的那双鞋。当它再一次出现在自己眼前的时候，俞希终于明白那天晚上她看到的是不是幻觉了——一点儿都没有错，深棕色的皮鞋，鞋面上绑着一根装饰皮带——这不是一双普通的皮鞋，而是一双设计感十足、造型别致的名牌皮鞋。正是适合孔韦这种富家大少爷身份的皮鞋！

　　俞希倒吸了一口凉气，浑身颤抖起来。这双和那天晚上在衣柜中看到的一模一样的皮鞋让俞希心中的感受也变得和那天晚上完全一样，她感到恐惧、紧张、眩晕和无力，但是又不敢声张，不敢丝毫地表露出来。俞希望了一眼自己左手捏着的手机，急中生智，她悄悄拨通其中的一个号码，然后缓缓地从地上站起来，眼睛移到别的方向，既不敢继续看着地上，也不敢看孔韦——或者说是凶手的脸。

　　孔韦似乎察觉到了俞希脸上难以掩饰的情绪变化——现在的月光使他能清楚地看到女友脸上的表情，他疑惑地问道："俞希，你怎么了？"

　　"啊……没什么。"俞希竭力假装平静地说，"我只是想到……凶手有可能就藏在这废厂房中，有些害怕……"

　　孔韦怀疑地凝视着俞希。他回想了一下刚才俞希蹲下身去捡东西时的一幕，然后低下头，看了看自己的皮鞋，头再抬起来的时候，他的脸已经换上了一副惶恐，甚至是狰狞的表情。他突然问道："俞希，你……认出这双鞋来了吗？"

　　俞希终于忍不住了，她心中累积的恐惧在一瞬间爆炸——孔韦已经知道她发现什么了！俞希大声惊叫，几乎是下意识地转身就逃。

　　"俞希！等等，别跑！"孔韦大叫道，追了上去。但俞希没有蠢到会听他的话而停下来。她发疯似的朝前方奔跑，本能命令她在杀人狂的魔爪下逃命。但是跑到一处布满废弃物的空地时，俞希脚下不知被什么东西绊了一下，令她跌倒在地。当她转过身，还没来得及从地上爬起来的时候，孔韦已经追了上来，一把将俞希压在地上。他再一次瞪大眼睛凶狠地问道："俞希！你真的认出了这双鞋就是那天晚上你在衣柜中看到的那双吗？"

"求你……我求你！"俞希感觉笼罩上来的不是孔韦的身体，而是死亡的阴影。她哀求道："不要杀我……"

孔韦的两只手紧紧地按着俞希的身体，他盯着俞希说道："你认出了这双鞋，说明……"

话没有说完，孔韦就停了下来。而且他的面部表情也跟语言一起凝固了。最后，他重重地倒了下来，身体压在俞希的身上，动弹不得。

俞希还没有从这巨大的惊悚和变故中反应过来，她不知道发生了什么事。但当她推开孔韦身体的时候，看见了救她的人——那个人手中捧着一块大石头，刚才就是它重重地砸在了孔韦的后脑勺上。

是卢应驰。

第十五章

"是你……卢应驰？"俞希瞪大眼睛，惊奇地问道，"你怎么会在这里？"

卢应驰丢掉手中的石头，走过去将俞希扶起来，说道："俞希，其实我一直都在暗中跟着你。"

"什么？"俞希感到难以接受，"你是说，今天晚上……从我出家门之后，你就一直跟在我身后？"

"事实上，不只是今天晚上。这几天晚上我都偷偷地守在你家附近。"卢应驰说。

俞希想起昨天晚上放学后卢应驰就跟在她和孔韦后面，她问道："你为什么要这样做？"

"我想暗中保护你，俞希。"卢应驰看了一眼倒在地上的孔韦，"我早就有些猜到凶手会是他了，我怕他早晚会对你下手。"

"可是……你是怎么知道孔韦会是凶手的呢？"俞希大惑不解地问。

"这是一周之前的事了。"卢应驰说，"一天上体育课的时候，梁婧之趁大家都在操场活动的时候，悄悄地把孔韦叫到教室去，逼着孔韦和你分手，然后和她拍拖。孔韦不肯，他们就吵了起来。最后孔韦撂下狠话，说梁婧之如果再来烦他的话，他就会让她永远都开不了口——他的口气听起来是认真的，不像是在开玩笑。"

"你是怎么知道这些的？"

卢应驰说："俞希，你知道，我一向都不怎么喜欢体育运动。那天我本来是想回教室休息一会儿，却在门口听到了他们的那番对话——当时，我便有种不安的预感。"

"所以，你便在那天晚上放学后找到我，提醒我注意安全？"俞希说，"可是，孔韦明明就是跟梁婧之发生冲突的，你为什么要来提醒我？"

卢应驰低下头，有些局促地说："俞希，其实那天晚上，我本来是想把这一切都告诉你的，让你提防着孔韦一点，因为他是个危险人物。但我最终却因为怯懦而没能说出口——我怕你不相信我，反倒把我说的话告诉孔韦——这样的话孔韦不会饶了我的。所以，我只能编了个故事来提醒你，希望你能引起重视。没想到我编来说的那番话居然成了现实——梁婧之真的在那天晚上就被孔韦以差不多的方式杀死了！我自己都不敢相信会有这么凑巧的事！"

俞希有些明白了："所以第二天警察问到你的时候，你才不敢承认说过这番话，你怕警察认为你跟这起谋杀案有关系？"

"是的。"卢应驰不安地搓着手说，"而且我也怕承认之后，孔韦会以为我知道了什么，从而对我下手。"

"你可以把你在教室门口听到的那番话告诉警察呀！"

"不行的，俞希。当时只有我一个人听到那番话，梁婧之又已经被害了——我拿不出证据来证明我说的话是真的！这样不但治不了孔韦的罪，反而等于明目张胆地跟他对着干。想想看，以他们家的势力，他不会放过我的！"

俞希表示理解地望了卢应驰一眼，但她又显出迷惘的神色："如果梁婧之是因为纠缠孔韦才被杀的，那么季晓妍呢？还有江姗呢？她们又为什么会被杀？"

"这我就不知道了。"卢应驰说，"也许是孔韦发现季晓妍、江姗都怀疑到自己是凶手，所以干脆一不做二不休，把她们全都杀了灭口。"

俞希回想起梁婧之死后季晓妍在楼梯间找到孔韦表白态度的事，认为卢应驰分析得有道理。她惶恐地捂住嘴，眼泪也流了下来："天哪……我居然一直跟一个这么丧心病狂的杀人犯在谈恋爱！"

"俞希……"卢应驰埋下头，用脚搓着地说，"其实，你知道吗……

我才是一直最关心和在乎你的人……"

俞希拭干眼泪说："现在不是说这些的时候，我们得赶快离开这里，然后报警，让警察来处理剩下的事情。"

"对，对。"卢应驰连声附和。

俞希有些害怕地斜睨了倒在地上的孔韦一眼，无法判断他是被石头砸死了还是砸晕了过去。她迟疑了片刻，对卢应驰说："你能……把他的鞋子脱下来吗？我想把它交给警察——这是证明他是凶手的最大证据。"

卢应驰望着孔韦的鞋说："这双鞋就是你在衣柜中看到的那双？"

"是的，而且……"

刚说到这里，俞希骤然停下来。她缓缓地抬起头，盯着卢应驰问道："你……是怎么知道，我在衣柜中看到过一双鞋这件事的？"

卢应驰愣了一下，说："刚才孔韦在袭击你的时候，大声喊着'你认出了这双鞋'……不是吗？"

"对。可是你怎么知道这双鞋我是在'衣柜中'看到过的？"

卢应驰张开嘴，眼睛转动着想了片刻，说："那天……警察找我们俩在办公室问话的时候。你不是说……你在梁婧之死的那天晚上报了一次'情况类似'的警吗？所以我……"

"我是这么说过。但你怎么知道'情况类似'具体指的是什么意思？"俞希一边说，一边慢慢朝后退着，"我那天晚上在衣柜中看到一双男人的鞋，这件事只有警察、我妈妈，还有孔韦知道——除此之外，我没有告诉过任何人！"

卢应驰渐渐靠拢过来，他的声音突然沙哑了，似乎嘴变得很干，他说道："俞希，你相信我好吗？我是真的很爱你！为了你我愿意做一切事情。"

俞希恐惧地摇着头，朝后一步一步地退着："你不要过来……不要靠近我！"

"俞希！"卢应驰突然狂暴起来，他咆哮道，"不要用这种眼神望着我！换回来，换回刚才那种眼神！用眼睛告诉我，你很需要我，也很感激我！你刚才不是还因为我救了你而感动不已吗？你为什么又要去纠结这些小事！你应该一直用你那温柔动人、楚楚可怜的眼睛望着我才对！"

面对着卢应驰近乎疯狂的神色，俞希什么都明白了，她全身颤抖着说："我懂了……你能知道我在衣柜中看到一双男人的鞋这件事……只有一个理由——那个人就是你！我在衣柜中看到的那个男人的脚……就是你的！这一切都是个圈套。梁婧之、季晓妍和江姗全都是被你杀死的！你为什么要这样做？"

"为了向你证明——我不是个懦夫！"卢应驰尖声叫道，看上去更加疯狂了，"我如此爱着你，但你呢？你只喜欢高大、帅气的孔韦！你从来没正眼看过我——因为在你的心里，我只不过是个胆小怕事，性格既内向又懦弱的废物！所以，我决定做一件大事来向你证明——我不是个孬种！我是值得你喜欢的！"

这个人已经完全疯了，丧失了理智——俞希战栗的心中清楚地明白这一点。她望了一眼不知是死是活的孔韦，啜泣道："你从一开始就计划好了要设计陷害孔韦，那双鞋，是你偷走他的。然后故意穿上它藏在我的衣柜中，并露出来一些让我看到。之后，你再悄悄还回去——为的就是要嫁祸孔韦，让我误以为他是凶手，对吧！"

卢应驰直愣愣地盯着俞希："你什么都知道了。那么，你觉得我干得漂亮吗？是不是这一切都做得有勇有智？你喜欢这样的我吗？"

"你这个疯子！"俞希嘶哑着嗓子尖叫道，"你杀了这么多人，就为了向我证明你是有勇气的？你是个彻头彻尾的精神病！"

卢应驰望着俞希，他的脸痉挛性地扭曲起来。他厉声说道："你的话伤透了我的心。既然我这样也满足不了你，那么——你就去和你喜欢的孔韦做伴吧！你们俩到地狱去做恋人吧！"

卢应驰捡起刚才砸向孔韦的那块石头，发疯般地向俞希猛扑过来。俞希大惊失色，慌忙朝后退去，但她的身体却碰到了墙壁——原来刚才在不知不觉中，她已经退到死胡同的角落了。

俞希无路可逃，双腿也在瞬间失去了力气，她只能眼睁睁地看着卢应驰手中的那块大石头朝自己的脑袋抢过来，等待着死亡的降临——就在这千钧一发的时候，突然从侧面冲出一个人来，一把将卢应驰掀开，然后将他扼倒在地。卢应驰手中的石头朝那个人猛砸过去，却被那人用手臂挡开。同时，那个人大叫一声，右手握着的匕首朝卢应驰的胸口猛插进去——卢应驰抽搐了两下，吐出一口鲜血，便一动不动了。

俞希缩在角落，用战栗的手捂住嘴，惊恐地看着面前这一幕。当那个身材不高的人站起来之后，她才终于借着月光看清了他的脸，大声喊道："何老师！"

俞希的眼泪夺眶而出，她站起来，扑到何老师身上，大哭道："何老师，幸好您赶来了！我差一点儿……就被……"

"好了，好了，没事了。"何老师拍着俞希的肩膀说，"一切都结束了。"

俞希哭着说："卢应驰是杀人凶手！梁婧之、季晓妍和江姗都是被他杀死的！"

"好了，不用说了俞希，我都知道了。"何老师说，"你刚才不是给我拨了个电话吗？在此期间，我的手机和你的手机一直都处于'通话中'的状态。我刚才在赶来的过程中，已经把这里发生的所有情况全都听得清清楚楚的了。"

俞希摸出手机一看，果然，她的手机现在都还和何老师的手机处于连接状态。她庆幸自己起初的急中生智救了自己。"何老师，我刚才……太紧张了，我在慌乱中随便拨了一个最近才打过的电话——就是您的电话。但是我根本就没有任何机会和您通话，只有寄希望于您能听到我这里发生的事……要是没成功的话，我现在已经被杀死了！"

"我不是已经来了吗？别害怕了，俞希，已经安全了。"何老师充满慈爱的声音安抚着俞希那颗受到惊吓和创伤的心。俞希的心情渐渐平静了下来，忽然，她想起了生死未卜的孔韦，猛地转过身去，扑到男友的身边，用手指在他的鼻子前试了试，然后大叫道："何老师，孔韦还活着！得马上把他送进医院！"

"对，赶快！"何老师摸出手机，又看了一眼卢应驰，叹息道，"我居然……杀死了自己的学生。"

俞希看着已经断了气的卢应驰。他的胸口上插着的正是自己从家中带出来的那把匕首——看来是何老师在情急之中从地上捡起来作为武器的。俞希说："何老师，他是个杀人凶手！而且你是为了救我，也是出于正当防卫——我们会跟警察解释清楚的。"

"是啊……"何老师停止感叹和忧伤，他举起电话说，"我们现在得赶快报警！"

俞希走到卢应驰的脚边："现在最大的罪证，就是卢应驰穿着的这双鞋了。"

"为什么？"

俞希叹了口气，说："江姗在昨天晚上预感到自己会成为下一个受害者，便跟我打电话……我给她出了个主意……我叫她在自己房间的衣柜或壁橱底下刷一层和柜子颜色接近的油漆——这样的话，凶手如果要用老方法行凶，鞋底肯定会沾到一层未干的油漆——而他自己说不定发现不了，如此便能证明谁是真正的凶手了！"

"卢应驰刚刚去江姗家里作了案，他不知道我设计了这样一个陷阱。现在他的鞋底肯定会有一层油漆。"俞希搬起卢应驰的脚看了看——奇怪的是，她并没有发现什么油漆。俞希纳闷地转过头说："怪了，难道江姗没有照我说的那样……"

当俞希的目光接触到何老师的一刹那，她全身的血液仿佛在瞬间凝固成了冰。她感觉身上一点儿体温都没有了，从背脊骨末端冒起来的一股凉意在瞬间传遍了全身，她皮肤上的每一根汗毛都在这个时候直立了起来——

在她刚才说话的时候，何老师下意识地抬起自己的左脚看——在他黑色皮鞋的鞋底，有一层清晰的白色油漆。

"啊——"俞希的喉咙像是被什么东西堵住了一样。在接近极限的惊悸之下，她居然只能张开嘴，却发不出任何声音。她浑身战栗着从地上缓缓站起来，惊恐地盯着面前这个中年男人。

何老师放下脚，盯着俞希，脸上慈爱的表情没有了。他淡淡地说了句："糟糕，暴露了。"

"是你……原来，是你……"俞希颤抖的手指向他。

"对，是我。"何老师长长地叹了口气，"事到如今，我也没必要再演戏了。"

他走到俞希的身边，表情阴冷地说："这一切全都是我安排设计的，那几个人也全是我杀的——很吃惊吧，俞希？"

俞希已经惶恐得说不出话来了，她的眼睛瞟了一眼倒在那边的卢应驰。

"你一定是在想，凶手不是卢应驰吗？"何老师冷笑道，"别傻了，俞希。你以为那个蠢货、胆小鬼真的敢去杀人吗？他顶多配合我一下还差不多——他只是我的一颗棋子而已。你知道象棋中有个术语叫'弃卒保车'吧？他就是用来起这种作用的。现在用完了——啧——那就是他的归宿。"

俞希现在已经彻彻底底地明白这是怎么一回事了，她强迫自己吞咽下恐惧，壮着胆说："你和卢应驰串通好，先让他来找我说那些话，给我一个心理暗示，然后他再赶在我之前进入我家，藏在我的衣柜里，故意露出脚来让我看见——因为之前那些话的作用，我不敢露出声色，只能跑出房子，给卢应驰逃走的机会。而我报警的行为，既是间接地调虎离山，为你制造杀害梁婧之的大好机会；同时又把警方的注意力和怀疑引到我和孔韦身上——这一切，全都是你精心策划的！"

何老师阴笑着说："俞希，你太聪明了——我都忍不住想为你鼓掌了。你说得完全正确，几乎丝毫不差。"

俞希鄙夷地望着他："而且，你利用老师之便，有大量的机会可以从我们的书包里弄到每个人家里的钥匙，进行复制——所以你和卢应驰才能随意地进入我们这些人的家里。"

"对，这点也说对了。你还有什么精彩的推论，俞希？我都听入迷了——你果然是这个班上最聪明的女生。"

"不，我不是！"俞希尖叫道，"如果我是的话，就能在你杀死这么多人之前认清你的真面目！把你那些阴险、恶毒的诡计全都抖搂出来！"

"确实很遗憾，你现在不能这么做了。"何老师耸了耸肩膀说。

"你为什么要这么做！她们都是你的学生，跟你有什么仇？你为什么要杀了她们？"俞希厉声责问道。

何老师的脸抽搐了一下，终于凶相毕露："我的学生？你觉得她们真的把我当成老师吗？尊重过我这个老师吗？"

何老师用异样的神情望着俞希,令她遍体生寒。"俞希,你看看你,有着漂亮的脸蛋和高挑的身材,不管怎么瞧,都是一个窈窕美人。你怎么能理解我的悲哀呢?我长着一张丑陋的脸,身高连普通的女孩都不如。在我读书的时候,班上的女生都以和我坐在一起为耻,甚至没有人愿意和我走在一起,仿佛那是对她们的侮辱!到最后我连名字都没有了——"

他把俞希逼到墙边,嘴几乎贴着她的耳朵说道:"没有人叫我'何康',大家都叫我'矮河马'。"

他将脸移开一些,悲叹道:"对于起绰号的人来说,这个绰号显然展示了他们极具概括性的幽默才华。但他们可曾想过,每当有人这样叫我一声,便等于是在我的心中划上一刀——我读了这么多年的书——早已被割得伤痕累累、体无完肤了!"

他低下头,喘了口气,接着说:"我本来以为读完书,工作之后,便不会再听到有人这么叫我了。但我没想到的是,你们这个班的学生不知道是巧合还是从哪里听说了什么,居然又开始在背地里叫我'矮河马'——而且,那些牙尖舌利的女生以为我真的听不到吗?在她们那充满藐视和嘲讽的讥笑中,我难道真的听不出来她们在背着叫我什么吗?"

"就因为这个,你便大开杀戒。"俞希难以置信地说,"可是背着叫你的人那么多,你为什么偏偏要杀掉她们三个?"

"因为他!"何老师指着躺在地上的孔韦怒吼道,"就是因为这个有钱有势,又长得高大、英俊的白马王子!你看一下他,再看一下我!你比较一下!你看看我和他有多大的差别!我不允许世界上有这样的人存在!"

他额头青筋暴露,失控地咆哮道:"那些女生……尤其是梁婧之、季晓妍这样的贱人!她们叫我'矮河马''矮河马'!却在孔韦这个大帅哥面前卖弄风情,展现她们妩媚、娇柔的一面,我看了就觉得恶心!我不想再看到这些贱人在我眼前上演风情剧——我要让她们全都下地狱!"

面前这个人扭曲的面孔和内心让俞希感到不寒而栗:"所以,你杀掉梁婧之、季晓妍她们，既可以雪恨，同时又因为她们都是孔韦的前女友，便能自然而然地嫁祸到孔韦头上……"

"对！"那个因过度嘶吼而变得沙哑的声音说道，"本来我的计划十分周全，可谓是万无一失，但是卢应驰那个蠢货自己说漏了嘴，才破坏了计划——否则，你现在都会认为孔韦才是凶手！"

俞希打了个冷噤，说道："卢应驰为什么要配合你做这些事？这对他有什么好处？"

"你还不明白吗？他和我一样，视孔韦为敌！而且他在内心深处深深地爱慕着你，他比我还渴望能除掉孔韦这个眼中钉，然后以一种英雄救美的形式来赢得你的心——在他暴露之前，他不就正是这么做的吗？"

俞希心中一团怒火向上涌动，她骂道："你们这两个卑鄙、肮脏的小人，变态狂！就因为妒忌、自惭形秽和私欲，便丧心病狂地杀死了这么多人！"

"矮河马"忽然露出一种悲哀的眼神："俞希，其实班上的这么多女生当中，我是最喜欢你的——你从不叫我的绰号，也不会在背后偷偷说坏话……真是太可惜了……"

矮河马从衣服内侧摸出一把寒光闪闪的尖刀——正是这把刀夺走了好几个人的生命。他犹疑地望着那把刀，然后抬起头来，目露凶光："我是真的舍不得杀掉你，俞希！"

"啊……你——"俞希后背一寒，慌乱地朝后退去，但这里是死角，没有退路了。看着凶手一步一步逼过来，俞希顺手在墙角抓到一根木棒，把它紧紧握在手中，在这生死关头，她的心中骤然生出莫名的勇气，她大吼道："我……跟你拼了！"

矮河马看着俞希手中那根早已腐朽的枯木棒，冷笑道："我劝你别做傻事，乖乖放下这东西，还能少受点儿痛苦。"

"说得对，这正好是我想跟你说的。"在矮河马的身后，突然响起一个刚毅的声音。俞希心中猛地一颤，她听出来——这是鲁警官的声音！

矮河马缓缓地举起手，不敢轻举妄动——他能猜到背后正有一支乌黑的枪在对着自己。鲁警官大声喝道："放下刀！慢慢转过来！"

"好的，好的。"矮河马应承道。突然，他猛地转过身，"啊"地大叫着向鲁警官猛刺过去。

砰！一声枪响。矮河马的身体晃了两下，朝后一仰，直愣愣地倒了下去。他的眉心多出一个冒着青烟的黑洞。

矮河马的头刚好倒在俞希脚边。俞希吓得赶紧跳开，大声尖叫。鲁新宇一把将她拉过来，说道："好了，没事了。"

俞希忍不住又要哭出来，她望了望鲁警官，又望了一眼地上的矮河马："他刚才……也这么说。"

鲁警官笑了一声，把枪收起来，指着一侧说："看！真的没事了！"

废厂房区的左侧，两辆警车打着明亮的车灯朝他们开来。之后，几个刑警一起下车走过来。俞希心中悬着的那块石头才终于落了地。但是，紧接着，她慌张地对鲁警官说："警官，快，救救孔韦！他还活着！"

鲁新宇指着孔韦对两个警察下令道："你们把他抬上车，赶快送到医院去！"

看着孔韦被抬上了警车，俞希才觉得一切都放了下来——今天晚上受到的惊吓和刺激太多了，真正安全之后，俞希忽然觉得浑身的精神和力气像被抽干了一样，她终于支撑不住，昏了过去。

鲁新宇一把将俞希扶住。大个子警察这时也正好走了过来，他们俩对视一眼，鲁新宇叹息道："这个小姑娘不简单呀，经历了这么多惊险的事，竟然还能跟凶手周旋到最后——真是个勇敢的女孩！"

大个子警察说："队长，看来我们是真怀疑错她了。不过，要不是你今天晚上想到要去她家调查，发现她离家出来——我们也不会追踪到这里——再晚一步，恐怕凶手又要得逞了！"

"是啊。"鲁新宇微微点着头说，"还好案子破了，凶手也已经伏法了——"

这一次，他声音洪亮、气宇轩昂地喊道："收队——！"

尾声

三个月后，俞希在没有孔韦陪伴的情况下参加高考，最后只考了一个中等成绩，达到了一所普通大学的分数线——但俞希一点儿都没有觉得懊恼。当父母问到她准备怎么办时，她想都不想就回答："当然是不去啦。我要再复读一年，明年考一个更好的大学！"

暑假的第一天，俞希穿上碎花连衣裙和漂亮的凉鞋，放下那一头乌黑飘逸的长发，让它自然舒散地披在肩头，对父母说："爸、妈，我出去了！"

爸爸叫住她："哎，俞希，这个假期你不打算去好莱坞旅游了吗？"

"我又没考上名牌大学，留着明年吧。"俞希调皮地说，"再说，这个暑假我还要陪男朋友呢！"

"你这个丫头，也不害臊！"妈妈嗔怪道，"你在父母面前就不能含蓄点儿啊？"

"有什么好含蓄的，我们都是大人了嘛！"俞希冲父母挥挥手，"我约会去了！"

妈妈望着女儿美丽动人的背影，笑着对爸爸说："你看她那个样子，哪有个没上成大学，又要读'高四'的样？"

在湖滨公园的长椅边，俞希看到早就等在那里的孔韦。他头上的纱布才拆了没几天，但整个人已经精神焕发了，和以前阳光、帅气的形象没什么两样。

孔韦见到俞希后，第一句话就说："你太傻了。既然考上了大学，怎么不去读呢？再复读一年太辛苦了。"

俞希挽着孔韦的手臂说："有你这么一个帅男友，我怎么舍得一个人去读大学呢？我要守在你身边监督你，免得你去拈花惹草。"

孔韦不好意思地挠着头说："经历了这么多事，你还信不过我啊？"

俞希弯下腰"咯咯"地笑。他们俩与背后波光粼粼的湖水和山色融为一体，变成一幅美丽的图画。

（《衣柜里的怪事》完）

前面几个故事讲完了，至此，我们已经在荒岛上度过了十个晚上。现在还剩下五个活着的人：诺曼医生、阿莱西娅、一个德国人，还有方忠和我。

谁都看得出来，死亡的速度在逐渐加快。仅仅四天就死了九个人。而且奇怪的是，没有人知道这些人是怎么死的——我们现在白天已经不待在山洞里了，大家分开行动，晚上再回到山洞中来。如此一来，每次回来的人总会少那么一两个，并且谁都不过问这些人究竟去了哪里。我们只知道死亡人数和蜥蜴肉的数量成正比——山洞内风干的蜥蜴肉已经足够开一家熟食店。

第十一天晚上，就轮到方忠讲故事了。事实上，现在听不听故事对于我们来说已经不是那么要紧了，完全是之前所定的那个规则所形成的惯性而已，方忠讲了一个叫作"尖叫之谜"的故事（参见《奇谭物语》第二部《死亡约定》），但是讲到故事快结尾的时候，他停下来不讲了，我们几个人都望向他。

方忠主动解释道："我是倒数第二个讲故事的人了。"他望着我："兰成，明天晚上就该你讲了……只要你一讲完，我们这几个人就等于是听完了'所有的故事'。"

我立刻明白了他的意思——方忠把他那个故事的结局保留下来，这样的话，就等于钻了那个"约定"的空子——我们只要剩下一个人的故事没有听完，都不必在日后遵守那个"约定"。

另外几个人都对方忠的这个做法没有意见。他们没有说话，只是各自睡去了。

即便知道自己不一定能获救，仍然没人愿意在日后执行那个约定——哪怕只有一点点的可能性。

事到如今，已经没有人想把岛上发生的事情透露出去了。

我睡到半夜的时候，被一些沉闷的声音弄醒了。我侧过身子去看，发现方忠拖着那个德国人的脚，把他搬到了山洞外。他回来的时候，发现我坐起身子在看他，便走到我的身边来，对我说："兰成，我告诉你……我发现一些事。我们发生船难、漂流到这个荒岛上，然后一个接一个地死去——这些事情不是巧合，也不是意外……我怀疑，是有人刻意安排这一切的。"

"是谁？"我问他。

"我不知道是谁。"方忠说，"但我知道，我的感觉不会有错……这些事情，是早就安排好了的……"

方忠念叨着，躺到自己先前的位子上，睡下去了。

我也躺下去，什么都没想。我没有震惊，也没有恐惧、害怕或是担忧——我所有的感官都已经麻木了。

第二天早上，剩下的几个人醒来的时候，发现又少了一个德国人，他们的反应都跟我一样，没有丝毫惊讶——似乎消失一个人就像是树上的叶子少了一片那样正常。

第十二天晚上，我——作为最后一个还没有讲故事的人，给仅存的三个听众讲了一个叫作"异兆"的故事（参见《奇谭物语》第二部《死亡约定》）。这个故事根据我以前听说过的一些真实事情所改编。讲到最后的时候，我像方忠一样，也把结局保留了下来。

他们显然不懂我为什么也要这样做。我解释道："我把这个故事的结局讲出来，对于诺曼医生和阿莱西娅来说倒是无妨。但是方忠——"我凝视着他："你是知道你自己所讲故事的结局的，你再听完我这个故事，就等于是听完了所有的故事。"

方忠恍然大悟，他向我投来感激的眼神。

至此，经过十二个晚上，由不同的人讲述了十二个故事。而当人数仅剩下四个人的时候，似乎终于稳定了下来，我们又在岛上度过了八天，没有人再死去。但又出现了新的危机：那种被我们当作仅有淡水资源的水果所剩无几了。

这是一个我们无法解决的问题，正在我为此事烦恼的时候，阿莱西娅又病倒了——其实这是预料之中的事。她一直吃不惯那种蜥蜴肉，每吃一回，就会在之后呕吐一阵。长此以往，把身体折腾得消瘦无比，而且肠胃也被引发出疾病，患上了非常严重的痢疾。她的胃似乎已经丧失了消化功能，整个人瘦得皮包骨头。

在岛上的第二十三天，我本来以为已经麻木不仁的神经被悲痛所刺醒——阿莱西娅死了，她是由于严重营养不良和身体虚弱而被病痛夺去生命的。我大哭了一场——我一直视阿莱西娅为救命恩人，没想到她最后也没能熬下去。我抱着她来到海边，把她的身体送进大海的怀抱，祈祷大海能把阿莱西娅送回她的祖国西班牙。

现在只剩下三个人了。也许是阿莱西娅的死震醒了我。我对诺曼医生和方忠说："我们不能再这样下去了。再熬不了几天，我们也会死的！"

诺曼医生说："可是，我们又有什么办法？"

我向他们说出我的计划："现在只能孤注一掷了——在海边燃烧那小堆树枝是没人能发现得了的——我们只有把整个岛上的树林都点燃，用一场森林大火来引起周围船只和飞机的注意！"

诺曼医生张了张嘴，眉头紧锁："如果我们这样做仍然没能引来救援的话，就等于是把我们所有的退路都断了。我们不出两天就会死的。"

"照现在这样下去也是死路一条！我们仅存的那几个果子和干肉又能撑几天？"

方忠慎重地考虑了一阵，说："我也赞成这样做。洞里的那些干肉再吃完……以后都不会再有蜥蜴肉了……与其等死，不如一搏。"

我们三人对视了一眼，眼光碰在一起的时候，最后的决定出来了。

这是一场燃烧着悲痛和希望的树林大火。我们三个人把最后的果子和干肉拿到海滩上，然后眼睁睁地看着整个海岛变成火光冲天的炼狱。大火燃烧了两天两夜后，终于，第三天的早晨，我们在海岛上空看到了几架直升机。我们三个人发疯般地挥手、嘶叫，终于令直升机降落到海滩上来……

我们被营救人员接上飞机后，他们试图问我们一些关于海难和在荒岛上发生的事。但我们三个人一句话都没有说——我们的所有痛苦、哀思和恐慌已经随着这场大火而焚烧殆尽了，谁都不想再把这些东西从心灵的灰烬中重拾起来。

时至今日，这件事已经过去了二十年。大概四年前，我得知身在美国波士顿的诺曼医生因患癌症而去世了。而在几天前，方忠的儿子方元又把我叫到了他临死父亲的病床前。我通过一些小技巧得知了方忠在二十年前没讲完那个故事的结局（参见《奇谭物语》第二部《死亡约定》）。方忠死后，我成为符合二十年前那个"约定"的唯一一个人。

所以，我把这件隐藏在我心中二十年之久的秘密往事讲述了出来。当然，各位在听完我的故事后，也不需要我直白地讲出来——那些所谓的"蜥蜴肉"究竟是什么了。我们既然当时就达成默契没有戳穿，那我现在也就不想挑明。而我在此刻也必须承认，其实我是知道那些死去的人是怎么死的——我只是不能确切地肯定他们之间到底谁是猪、谁是虎。因为在那个远离文明，又泯灭人性的荒岛上，谁都是猎物，但谁又都是猎人。我们都是困在笼中的动物，在做着残忍的困兽之斗。

只有一件事情是我可以肯定的，那就是方忠有一句话说对了——这些事不是巧合，也不是意外，而是有人刻意安排这一切的。当时我和他都不清楚这个人是谁，但现在我知道了。

这个人你可以叫他上帝，当然叫真主、天主什么的也可以。总之是一种冥冥之中的力量，他无时无刻不在观察和注视着我们。当有人犯下罪恶或亵渎灵魂的时候，他便会用一种想象不到的方式来对这些人实施惩罚和折磨——当我听到岛上那些人所讲的十一个故事之后，便明白这些人为什么会聚集在一条船上，又会集到那个岛上了。我们的身边可不是每个人都能讲得出来这种故事的——其中有一些必然是他们亲身犯下的罪恶或经历的噩梦。是那种神秘力量将他们聚集起来，并要他们把这些隐藏在心中的罪恶之事全都吐露出来。而我，大概是被选中的见证者或记叙者——所以直到现在只有我一个人活了下来，并被赋予将这些事记录下来的使命。我得强调一点，以上的论点可不是我的猜测。作为一个研究人类心理学几十年的教授来说，我对此深信不疑。

最后，我得说明一点，这些故事不是我写出来的，而是我口述给我的一个好朋友，一个叫宁航一的作家听，再由他写出来的。宁航一是一位年轻、富有才华的作家，我相信通过他的文字来记叙要比我所写出来的吸引人得多。而由于时间隔得太过久远，我对于这些故事中的一些人名、地点、时间等细节已经记得不大清楚了，所以委托宁航一对这些故事做适当的改编和创作。总之，我想借由这些故事对人们做一种提醒和告诫，希望人们能把这些故事当成一种警示，并将它们永世相传。

（全文完）

图书在版编目（CIP）数据

奇谭物语 致命之旅 / 宁航一著. -- 北京：作家出版社，2021.5
（悬疑世界文库）
ISBN 978-7-5212-0911-2

Ⅰ. ①奇… Ⅱ. ①宁… Ⅲ. ①长篇小说 – 中国 – 当代
Ⅳ. ①I247.5

中国版本图书馆CIP数据核字（2020）第056841号

奇谭物语 致命之旅

作　　者：宁航一
出版统筹策划：汉　睿
责任编辑：翟婧婧
特约编辑：李　翠　丁文君
装帧设计：几何创想
出版发行：作家出版社有限公司
社　　址：北京农展馆南里10号　　邮　　编：100125
电话传真：86-10-65067186（发行中心及邮购部）
　　　　　86-10-65004079（总编室）
E-mail:zuojia@zuojia.net.cn
http://www.zuojiachubanshe.com
印　　刷：唐山嘉德印刷有限公司
成品尺寸：142×210
字　　数：230千
印　　张：9.5
版　　次：2021年5月第1版
印　　次：2021年5月第1次印刷
ISBN　978-7-5212-0911-2
定　　价：55.00元

悬疑界文库

悬疑世界
蔡骏策划

悬疑世界打造

宁航一《奇谭物语 致命之旅》
一次流落孤岛的旅程，一场惊心动魄的求生

悬疑世界文库

中国类型小说殿堂卷帙

[悬疑世界文库] 魅惑解锁

时间从此分叉

万象森罗 蛰伏如谜

爱与恨正在演绎无数可能

悬疑无界 故事无常

敬请期待